MAX OSSWALD

VON HIER BETRACHTET SIEHT DAS SCHEISSE AUS

ROMAN

dtv

FSC
www.fsc.org
MIX
Papier aus verantwortungsvollen Quellen
FSC® C019821

Originalausgabe 2022

Umschlaggestaltung und -illustration: Miriam Bröckel
Satz: C.H.Beck.Media.Solutions, Nördlingen
Gesetzt aus der DTL Documenta 10/15˙
Druck und Bindung: Druckerei C.H.Beck, Nördlingen
Printed in Germany · ISBN 978-3-423-21999-0

Für alle Suchenden

TEIL I

WIE ICH ANFING, ZU ENDEN

Friedhofstoiletten sind erstaunlich sauber. Um dem Raum ein Stück Perfektion zu nehmen, pisse ich auf die Klobrille, spucke ins Eck, wasche mir die Hände und trete nach draußen. Die Sonne kotzt mir ins Gesicht.

Grün und grau liegt er da, der Zoo der Toten, die Galerie der Ewigkeit, die letzte Ruhestätte. Dabei dauert die letzte Ruhe maximal 30 Jahre, in München sogar nur zehn, dann muss Platz gemacht werden für die Neuen, deren Höchsthaltbarkeitsdatum abgelaufen ist. Die Denkmäler der Vergänglichkeit sind vergänglich, wie ironisch, wie passend, wie hässlich, wie verabscheuungswürdig, wie gleichgültig.

Nach heute wird es also noch vier Besuche geben, bis die Unendlichkeit ihn vollends verschluckt und verdaut hat. An den ersten Besuch erinnere ich mich unangenehm genau, er hat einen sehr prominenten Platz unter den Lowlights meines Lebens.

Vor sechs Jahren spielte sich das bizarre Stück ab: ein toter Anfang-20-Jähriger in einem Holzkasten, Eiche rustikal, bestimmt gepolstert und aus Meisterhand, direkt aus dem Schöner-sterben-Magazin. So weit, so unspektakulär, wären wir nicht befreundet gewesen und wüsste ich nicht, dass nicht *er* darin liegt, sondern, wenn überhaupt, seine zermatschten Überreste. Ich ertrug die Vorstellung nicht. Das ist falsch, das sollte so nicht sein, dachte ich die ganze Zeit, doch das Leben zuckte mit den Schultern.

Selbstmord ist der Cousinenfick unter den Todesarten. Nicht verboten, fühlt sich aber auch nicht richtig an. Zumindest für alle anderen nicht. Wenn es aber sowieso nichts Richtiges im Falschen gibt, wäre das Falsche dann nicht das Richtige?

Ich erinnere mich genau, wie ich hier stand und ihn sah, den ganzen in Schwarz eingepackten Haufen von Heuchlern, all die entfernten Bekannten und Verwandten, denen man nur bei »Anlässen« begegnet. Sie warfen Blumen in ein Loch im Boden, sagten ein paarmal »Ja, ja, echt schlimm, so tragisch, er war viel zu jung, wie es wohl den Eltern gehen muss?«, endlose Worthülsen wie aus dem Maschinengewehr, *Ratatatablablablablabla*, gefolgt von der Frage, was es nachher zu essen gebe. Dann taten sie noch ein bisschen betroffen und fuhren anschließend damit fort, bedeutungslos zu sein.

Wir saßen beim Gottesdienst, vor uns stand ein alter weißer Mann in einer albernen schwarzen Montur, der sein ganzes Leben damit verbrachte, ein einziges verschissenes Buch zu interpretieren, woraus er eine furchtbar geschriebene Geschichte vorlas. Ein paar pseudopersönliche Phrasen, die klangen, als hätte er sie aus einem Achtsamkeitskalender abgeschrieben, und schließlich die immer korrekte Schlussfolgerung »Gott wird's schon richten, musst halt dran glauben«, der jämmerliche Versuch, Mut zu machen. Alle weinten. Ich fühlte mich unter Druck gesetzt und versuchte, mich den anderen anzuschließen, doch es klappte nicht. Kurz kam mir der Gedanke, einfach an etwas noch Traurigeres zu denken, um meinen Augen wenigstens ein paar Tröpfchen zu entlocken, nicht dass alle dächten, es wäre mir egal, was passiert ist. Mir fiel jedoch nichts ein und ich entschied mich dazu, betreten auf den Boden zu starren.

Das Schluchzen wich dem nächsten Punkt auf der Tagesordnung des Todes, eine Melodie waberte durch den Raum und ich ging unter im Meer des Kirchengesangs, zwischen bassigem Brummen und all den Höhen und Tiefen des Schwarms von Stimmen; irgendwie gruselig und eindrucksvoll zugleich.

Das Allergruseligste an alldem war aber vermutlich, dass es mich nicht allzu sehr überraschte. Wenn, dann er, dachte ich. Wir waren gute Freunde, sehr gute, und das war wunderschön, aber offensichtlich reicht es im Leben nicht, einen sehr guten Freund zu haben, um es erträglich zu machen. Nein, offensichtlich nicht. Entweder das – oder ich war nicht gut genug.

Nach den ersten Tagen der Trauer, als sich in mir nicht mehr alles zusammenzog und ich wieder normal essen konnte, war mein erster in Zynismus getränkter Gedanke: Von einem Hochhaus stürzen, echt jetzt? Da war ich schon leicht enttäuscht. Ich hätte, wenn schon, etwas Heroischeres oder Rockstarmäßigeres gewählt. Mich in die Luft gesprengt und ein paar Nazis mit in den Tod gerissen, irgendwas Krasses, irgendwas Bedeutungsvolles, irgendwas mit Stil, irgendwas. Aber egal. Ich frage mich seither nur: Wie fühlt man sich während des freien Falls? Ist man eins mit sich und allem? Oder will man zurück?

Heute, sechs Jahre später, zuckt nicht nur das Leben mit den Schultern, sondern auch ich. Stein ist immer noch Stein, der FC Bayern immer noch Meister und ich stehe wieder hier.

Die Sonne grinst mich hämisch an, während ich mich an all dem Grün vorbeischleife und vor seinem Grab stehen bleibe, das sein Leben in zwei Wörtern und einem Zeitraum auf einem Stück Stein zusammenfasst. Das bleibt also letztendlich von uns: zwei Fakten und zwei Quadratmeter.

Wenn ich zurückblicke, passierten die meisten schlimmen Dinge meines Lebens im Frühling. Vielleicht, weil man die Dunkelheit des Herbstes und Winters verschleppt wie eine Erkältung, die einen pünktlich zum Urlaub umhaut. Vielleicht, weil die Hoffnungen und Gefühle des jeweils vorausgegangenen Sommers lediglich bedeutungsschwanger waren und daher regelmäßig Fehlgeburten produzieren. Vielleicht, weil das Schicksal einen Winterschlaf macht und nach dem Aufstehen erst mal wild um sich schlägt, vielleicht einfach aus Zufall, vielleicht ist das alles aber auch völlig egal.

Ich lege meine am Wegesrand gepflückten Blumen ab, Gänseblümchen und irgendwas Gelbes aus einem Vorgarten, verabschiede mich von ihm und am liebsten von allem.

ERLEUCHTE MICH

Beim ersten Mal war das Feuerzeug himmelblau, der Knopf der Gaszufuhr feuerrot, die Flecken, die hinterher blieben, babyrosa; als hätte sich die Haut an dieser Stelle noch nicht entschieden, ob sie wirklich wieder zu Haut werden möchte. Nach dem Verheilen habe ich mir als kleines Mahnmal einen Smiley darüber tätowieren lassen. Doch wie bei allen Mahnmalen gewöhnt man sich schnell an sie und die Bedeutungen versanden im Alltag, und kaum versieht man sich, sind Nazis in allen Parlamenten und mein Finger am Zündknopf.

Heute habe ich ein schönes Exemplar dabei, *Der Kuss* von Gustav Klimt ziert das Äußere. Ich suche mir eine neue Stelle und erwecke das Feuer zum Leben, klick, zack, 1000 Grad Celsius aus einem Stück Plastik. Vor 10.000 Jahren wäre das Magie gewesen, heute ist es banal.

Ich lasse die Flamme langsam an meiner Haut entlangtanzen, sodass sie sie anfangs nur streichelt. Ich genieße die Wärme und stelle mir vor, ich würde an einem Lagerfeuer sitzen. Am Meer. Um mich herum lauter liebe, viel zu schöne Menschen. Ein langhaariger Typ, der einmal zu oft in Neuseeland war, um normal im Kopf zu sein, spielt Gitarre und singt. Alle sind nett und freundlich zu mir, ich knutsche mit irgendjemandem, komme mir vor wie ein richtiger Mensch, bin superwild und frei und ohne Zwänge und Termine und Verpflichtungen, wir brauchen hier keine Jobs, keine Wohnungen und keine professionellen Zahnreinigungen, wir sind einfach wir und hier und wir leben und das ist gut so.

Ich habe offensichtlich zu viele bescheuerte Popmusikvideos gesehen. Seit all unsere Erinnerungen das Format ».jpg« haben, frage ich mich, was am Ende des Tages realer ist: Das, was in uns vorgeht, oder das, was sich in der sogenannten Wirklichkeit abspielt.

Ich denke daran, dass ich morgen mein Jahresgespräch habe, und beginne damit, erst diese bescheuerten Vorstellungen und dann meine Haut zu verbrennen.

Das erste Mal habe ich es getan, weil ich mich nicht anders zu bestrafen wusste: Ich bekam eine Aufgabe ums Verrecken nicht gelöst, fühlte mich dumm, unnütz, wie eine Belastung, ein Kalorienverschwender, ein Luftwegatmer; wenn ich nicht mal das schaffe, wozu existiere ich dann, was rechtfertigt mein Dasein? Das Feuer erzeugte für eine kurze Zeit ein größeres Problem, bis ich wieder zu mir kam.

Mittlerweile tue ich es immer, wenn ich das Gefühl habe, in einem absurden Film, einer Matrix, einer vorgegaukelten Realität gefangen zu sein, dem müden Witz, der sich mein Leben nennt und dessen Pointe nie zu kommen scheint; wenn ich nicht weiß, ob ich tatsächlich lebe. Wenn es brennt, weiß ich, dass ich existiere. Schmerz ist real, so viel ist sicher. Alles andere kann täuschen.

Ich halte das Feuerzeug an meine Haut. Sie schreit. Das tut sie immer. Als würden darunter ein paar winzige

Wesen stecken, die Mitarbeiterinnen und Mitarbeiter der *Haut AG*, welche einen kleinen roten Notschalter umlegen und wie wild durch die Gegend rennen: »Fuck, fuck, fuck, es brennt, was tun wir?!« Der Vorstand, der Aufsichtsrat, der Betriebsrat, alle wissen sie: Oh, es brennt. Es gibt Pressemeldungen, die verkünden: Oh, es brennt. Aber wie in jedem Unternehmen ändert sich nichts, bis der Staat es dazu zwingt. Et l'état, c'est moi. Ich wünsche Ihnen vorab viel Spaß beim Aufräumen der Trümmer und halte das Feuerzeug weiter an die Stelle.

Meine Augen klappen wie automatisch zu, ein Schauer prasselt durch meinen ganzen Körper, ein glühend heißer Platzregen von innen.

Ich bin fertig. Meine Haut weint. Ich nicht.

STETS ZU DIENSTEN

Aufstehen, arbeiten, Sorgen machen, sterben. So hat mal jemand in irgendeinem VICE-Artikel das Erwachsenenleben beschrieben. Gegen das Aufstehen kann ich mich nicht wehren und Sorgen kommen mit der Zeit sowieso: Entweder man hat zu wenig und das stresst – oder man hat zu viel und Angst, es zu verlieren.

Auf das Arbeiten habe ich mich jahrelang vorbereitet, habe meine ganze Jugend damit verbracht, irgendwas zu lernen, mich auf irgendeine Arbeit abzurichten und zu dressieren, einen Beruf, einen Job, wobei das alles sehr unterschiedliche Dinge sind. Einen Beruf haben die wenigsten, einen Job die meisten und Arbeit hat dich glücklich zu machen, dich zu erfüllen, Spaß zu machen, tut es aber nie. Die einzigen Dinge, die mit der Zeit zunehmen, sind nicht deine Zufriedenheit oder der empfundene Sinn, sondern dein Gewicht und die Länge deiner Augenringe. Willkommen in der Erwerbstätigkeit.

Wie belanglos ein Job eigentlich ist, habe ich erst festgestellt, als ich einen hatte.

Und danach einen anderen.

Und danach noch einen anderen.

Und egal, was es ist – lass genug Zeit vergehen und alles ist scheiße. Scheiße und langweilig und es saugt dir die

Seele aus, lässt dich und deinen Elan zurück wie eine verschrumpelte Rosine, kaut dich durch und kotzt dich aus, zum Dank bekommst du Schlafstörungen, Depressionen, ein okayes Arbeitszeugnis und alle drei Monate ein »Danke« von Leuten, denen es genauso scheiße geht wie dir. Die wichtigen Leute sind für Dankbarkeit zu wichtig, da sie mit wichtigeren Dingen beschäftigt sind als dir. Aber man klopft sich gegenseitig auf die Schulter und freut sich, ein glänzendes, strahlendes Zahnrädchen zu sein, eins, auf das die Eltern der Freundin stolz sind, eins, das vielleicht dieses Jahr sogar in einer schlecht vorbereiteten Rede einer völlig rhetorikfernen Vorgesetzten erwähnt wird, eins, das entweder nicht weiß oder ignoriert, dass es überhaupt ein Zahnrädchen ist. Opium fürs Volk, Gehalt auch, also haltet es aus und vor allem die Fresse.

Und es ist egal, ob man beruflich Blut abnimmt, PowerPoint-Präsentationen erstellt oder Schwänze lutscht, man prostituiert sich sowieso, verkauft sich, tauscht Lebenszeit gegen Geld und hofft, einen guten Deal gemacht zu haben. Man kriecht Menschen in den Arsch, die man normalerweise mit ebenjenem nicht mal anschauen würde, dann leckt man noch dran, rubbelt ihn wieder sauber und freut sich über das Trinkgeld.

Jahresgespräch. Der Arsch, in den ich zu kriechen habe, ist der Puffvater des Bordells, in dem ich arbeite und das sich nach außen hin »Wirtschaftsprüfungskanzlei« nennt. Fehler zu finden ist mein Job, das habe ich seither in jedem Lebensbereich perfektioniert, unser Geschäftsmodell aber ist: Wir schauen uns Zahlen an und sagen, dass sie stimmen. Wenn sie nicht stimmen, flüstern wir das den Mandantinnen und Mandanten ganz vorsichtig zu und sie ändern es. Es gibt keine Fehler. Nie. Zumindest keine, die nicht tolerierbar wären.

Er trägt den Namen Thomas Reichardt.

Beziehungsweise Dr. Thomas Reichardt, schließlich hat er damals als geschäftsführender Partner mit Ende 40 nebenberuflich promoviert.

Klar.

Beziehungsweise Dr. Dr. Thomas Reichardt, schließlich wurde ihm von seiner alten Universität aufgrund der Verdienste für ebendiese noch der Ehrendoktortitel verliehen.

Klar.

Als ich damals als Werkstudent einmal zu ihm sagte, meine Hochschule suche noch Dozierende, meinte er: »Für Titel mach ich alles«, und kicherte dann, obwohl es kein Scherz war. Unter Kolleginnen und Kollegen, die sich tatsächlich mögen, wird oft gescherzt, dass er erst dann ruht, wenn seine Titel länger sind als sein Vor- und Nachname. Da er streng genommen noch seinen Steuerberater- und Wirtschaftsprüfertitel dazunehmen kann (»StB« und »WP«), fehlen ihm noch exakt eine Professur und ein weiterer Doktortitel, dann herrscht Buchstaben-Gleichstand und seine Seele findet Frieden. Wir fragen uns schon lange, ob er dann nett sein würde.

Er ist ein Mensch, der sich viel zu viel Zeit für seine viel zu wenigen Haare nimmt und der gerne einen über den Durst trinkt, wenn ein Projekt durch ist. Dann lässt er sich das zweite Mal blicken (das erste Mal ist ganz am Anfang des Projekts), schüttelt Hände, schwadroniert über früher und wie ausgezeichnet das hier wieder gelaufen ist und dass es im nächsten Jahr – »Sie werden sich doch nächstes Jahr wieder für uns entscheiden, oder?« – wieder mindestens genauso gut laufen wird, man kümmere sich ja viel um Personalentwicklung, was übersetzt so viel heißt wie: Er hofft, dass nächstes Jahr 60 % der Belegschaft noch dieselbe ist. Mindestens einmal pro Gespräch muss in irgendeinem willkürlichen Zusammenhang möglichst eindrucksvoll das Wort »Interdisziplinarität« fallen, denn das macht immer was her, dann nicken alle Mandantinnen und Mandaten, hauchen möglichst wissend »Aaah, sehr gut« und am Ende gehen alle möglichst lächelnd nach Hause.

Klingt langweilig und bescheuert? Ist es auch. Ich habe zu lange gebraucht, das festzustellen; wenn man sich auf der Überholspur befindet, stellt man dummerweise oft die Richtung nicht mehr infrage.

Einmal hat er mir im Suff erzählt, dass er viel Wert darauf lege, dass man seinen Nachnamen richtig schreibe, und zwar, Zitat: »Reichardt mit dt, verfickte Scheiße! Das kann doch nicht so schwer sein! Oder wieso begreifen diese behinderten Praktikanten das nicht, was lernen die eigentlich in der Schule?« Er schnaubte kurz und fuhr fort: »Entschuldigen Sie, da ging es grade ein bisschen mit mir durch. Aber das bleibt ja unter uns.« Ein richtiger Sympathieträger. Zu allem Übel zwinkerte er dann sogar noch. Ich fragte mich, ob er sich eigentlich selbst für sympathisch hält und mit sich ein Bier trinken gehen würde.

Es ist 9:25 Uhr. Fünf Minuten vor Terminbeginn stehe ich vor seinem Büro, falls er schon früher kann, denn er sagt immer »Zeit ist Geld und Geld ham' wir nich'!« und lacht dann laut.

Ich hasse Lügner.

Er kommt den Gang entlang und huscht geschäftig an mir vorbei.

»Ah, Herr Kollege, Sie sind schon da! Na, dann mal rein in die gute Stube.«

Ich nicke, lächle bemüht und trete ein. Die gar nicht mal so gute Stube ist ein Raum mit zu vielen Quadratmetern für eine Person, zu viel Edelholz (»Palisander, Mahagoni, kein Billigscheiß«) und zu wenig Seele. Alle, dessen Namen er sich nicht merken kann, nennt er ganz pragmatisch »Herr Kollege« oder »Frau Kollegin«. Noch im Stehen schaut er auf seinen Bildschirm, um sich kurz die groben Fakten über mich in Erinnerung zu rufen: Name, Position, Notiz der Sekretärin.

»Setzen Sie sich. Auch einen Espresso?«

»Gern.«

Zu angebotenen Dingen immer Ja sagen. Soll eine positive Grundstimmung erzeugen, war mal ein Tipp für Bewerbungsgespräche in irgendeinem Studienheftchen. Ich empfinde das Leben als permanentes Bewerbungsgespräch.

Ich schlängele mich gekonnt durch das initiale Smalltalk-Blabla, bis es richtig losgeht.

Ob ich zufrieden sei.

»Klar.«

Meine Antwort ist so knapp wie unehrlich, aber mir fällt nichts Besseres ein. Ehrlich gesagt ist es mir auch völlig egal.

Er grübelt, legt seinen Zeigefinger auf den Mund und lehnt sich in seinem pompösen Sessel zurück; die Hintern von Arschgesichtern sind meistens bequem gepolstert. Er schaut mich erwartungsvoll an. Ich sage nichts und versuche, zu lächeln. Ich bin mir sicher, dass es wahnsinnig künstlich wirkt.

Er lehnt sich wieder nach vorne und wischt imaginäre Krümel von seinem riesigen und perfekt aufgeräumten Schreibtisch.

»Schön, schön. Also Herr …«, Blick auf den Bildschirm, »… Schneider. Jetzt haben Sie also ein Jahr lang Prüfungsteams geleitet. Wie war das für Sie?«

»Gut.«

Lüge. Ich bin sehr anpassungsfähig und hasse mich dafür.

»Ja?«

»Sehr gut. Die Zusammenarbeit mit den Assistentinnen und Assistenten ist super gelaufen …«

Dem nächsten Juhu-ich-darf-einen-Anzug-tragen-aber-hab-in-der-Uni-überhaupt-nicht-aufgepasst-Praktikanten, dem ich den Anlagenspiegel erklären muss, drehe ich den Hals um.

»… und die Mandate waren super angenehm.«

20:30 Uhr und schon Feierabend? Sie kommen ja gut voran, zwinker, zwinker, haha, ja, fick dich.

»Gerade Freiburg hat mir sehr gut gefallen. Wirklich, sehr, sehr gut.«

Stimmt.

»Ich freu mich schon aufs nächste Jahr.«

Lüge.

»Sehr gut«, schließt er das Thema ab und glaubt mir. Ich mir selbst beinahe auch. Tief in meinem Herzen stirbt gerade ein kleiner Punk.

»Mein Vorstandskollege Herr …«, Blick auf den Bildschirm, »Melano – der hält ja auch große Stücke auf Sie.«

Ich glaube, darauf soll ich jetzt demonstrativ stolz sein, denn er taxiert mich, lehnt sich zurück und wippt etwas mit dem Stuhl vor und zurück, während er sich den Zeigefinger auf die Oberlippe legt. Es sieht aus, als würde er an seinem Finger riechen und daraus seine nächsten Worte extrahieren.

Ich nicke und lächle pflichtbewusst.

»Mal ein kleines Gedankenspiel: Wenn Sie es sich komplett aussuchen könnten, wie würde Ihre ideale berufliche Zukunft aussehen?«

Anders als die Gegenwart. Aber so was kann man ja nicht antworten. Ist auch eine selten bescheuerte Frage. Wir beide kennen den nun aufzuführenden Affentanz, die einstudierten und erwarteten Antworten.

Das Problem ist: Ich kann nichts. Nichts anderes. Nichts Besonderes. Ich habe nie etwas anderes gelernt als das, was ich eben gelernt habe, und das ist fast ausschließlich Quatsch. Bei einer Zombie-Apokalypse braucht niemand einen Steuerberater, der Jahresabschlüsse prüft. Scheiß auf die Zombies, bei *keiner* Apokalypse braucht man einen Steuerberater. Überhaupt braucht man nie einen Steuerberater, außer man ist reich oder kriminell oder beides. Niemand schreit: »Hilfe, Hilfe, Achtung, macht den Weg frei, lasst den Mann durch, er ist Steuerberater! Ich brauche dringend meine Umsatzsteuer-Voranmeldung, es geht um Leben und Tod.« Wir haben ein paar Regeln auswendig gelernt, die sich ein paar vermeintliche Schlauköpfe irgendwann mal ausgedacht und in Gesetze und Lehrbücher geschrieben und damit ein System geschaffen haben, das normalen Menschen ins Gesicht spuckt. Manchmal bereue ich es, nichts »Gescheites« gelernt zu haben, irgendwas von Substanz, ein Handwerk, etwas Technisches, Naturwissenschaftliches, Medizinisches – oder wenn schon Geisteswissenschaften, dann wenigstens richtig, Philosophie oder eine andere Form der inspirierten Arbeitslosigkeit, aber doch nicht »Wie mach ich viel Kohle?« getarnt als Wissenschaft mit pseudointellektuellen Kackbegriffen.

»Herr Schneider?«

»Hm?«

Er grinst. »Na, guten Morgen. Lange Nacht gestern? Ihr Espresso wird kalt.«

»Ah, entschuldigen Sie, danke«, lache ich, kippe ihn munter runter und bemühe mich, keine Schlürfgeräusche zu machen. »Also idealerweise sitze ich in der Zukunft auf Ihrem Stuhl.«

Ich versuche zu zwinkern und komme mir vor wie ein Alien, während Reichardt gebauchpinselt schmunzelt.

»Sehr schön, sehr schön. Das heißt, Sie haben vor, bald das Wirtschaftsprüfer-Examen anzugehen?«

Bitte, lieber Gott, falls es dich gibt, nein. Lieber würde ich in Säure baden und Rohrreiniger trinken.

»Klar«, beantworte ich seine Frage richtig.

»Sehr schön, sehr schön.«

Er sieht zufrieden aus.

»Schön, dass wir so ambitionierte und engagierte junge Mitarbeiter haben, sehr schön. Ich sag's Ihnen, wie's ist, Herr Schneider.«

Er macht eine Kunstpause, stützt seine Ellbogen auf dem Tisch ab und faltet seine Hände beinahe sakral.

»Wir sind von Ihrer Arbeit und Ihrem Entwicklungspotenzial überzeugt. Deshalb wollen wir genau das würdigen und Ihr Jahresgehalt um 4000 Euro aufstocken. Runtergerechnet also einmal schön essen gehen im Monat, das ist doch was.«

Er kichert und zwinkert mir zu. Ich glaube, er will väterlich rüberkommen, wirkt aber eher wie ein Pädophiler.

»Oh, ja, fantastisch, vielen Dank!«

Seit ich das Steuerberater-Examen bestanden habe, rufen mich alle paar Wochen Headhunter an, um mich abzuwerben. Das ist bei allen mit bestandenem Examen so, branchenübergreifend, das ist allseits bekannt, selbstverständlich auch bei Vorgesetzten. Wir beide wissen, dass ich jederzeit weg sein könnte, aber ich weiß, dass es nirgendwo merklich besser wäre, nur weil dann die Zahl, die monatlich auf mein Konto purzelt, ein bisschen höher wäre. Da sein Fokus hauptsächlich auf dem Purzeln liegt, ist er überzeugt, mir gerade einen großen Gefallen zu tun, und die meisten würden das an meiner Stelle wohl genauso sehen. Es ist völlig absurd. Da war ich mein ganzes Leben in dieser Bettler- und Bittsteller-Position, und auf einmal: zack, verkehrte Welt.

»Was natürlich auch mit einem Mehr an Verantwortung und einem Mehr an Mandaten einhergeht, was für einen ambitionierten jungen Mitarbeiter wie Sie ja aber genau das Richtige ist, quasi die Überholspur Richtung Führungsposition. Super, oder? Win, win, win!«

Ich hasse ihn und alles, was er liebt.

»Ja … super! Klar. Vielen Dank.«

Ich will hier raus.

In der Wirtschaftsprüfung arbeitet und reist man von Jahresende bis Jahresmitte sehr viel, die sogenannte *busy season;* im Wesentlichen sieht man sein Zuhause nur, um Wäsche zu waschen und den Koffer umzupacken. Ich ging in der vergangenen Saison schon auf dem Zahnfleisch, noch mehr Mandate und ich kippe im Stehen tot um. Ein Kollege, der im selben Zeitraum sieben Mandate gleichzeitig zu betreuen hatte, braucht seither eine Brille und hat unkontrolliertes Muskelzucken im Gesicht.

»Wunderbar, na dann frisch ans Werk, die Berichte schreiben sich ja nicht von alleine!«

Ich stelle mir manchmal vor, wie er als Kind in einen Topf voller Floskeln gefallen ist, jetzt ist er wie Obelix, nur dass seine Superkräfte das Phrasendreschen und der langweilige Klamottenstil sind.

Ich lächle, damit er sich gut fühlt.

»Einen schönen Tag noch, Herr Dr. Reichardt. Und vielen Dank noch mal!«

»Sehr schön, sehr schön. Gerne!«

Mein holder Wohltäter geleitet mich nach draußen und drückt mir die benutzten Espressotassen in die Hand.

Ich beginne den Arbeitstag mit dem Ziel, ihn zu beenden. Als hätte sich seit der Schule nichts verändert. Wenn es immer nur das Ende ist, wonach man sich sehnt: hat man es dann nicht auch in der Hand, diesen Zeitpunkt selbst zu bestimmen?

Irgendwann ist Mittagessen, irgendwann ist Kaffeepause,

irgendwann ist Feierabend. Meine Augen brennen, mein Inneres längst nicht mehr.

Aufstehen, arbeiten, Sorgen machen, sterben. Fehlt noch das Sterben. Auch dagegen kann ich mich nicht wehren. Will ich auch gar nicht.

WAS MAN VERDIENT

Es ist Abend, ich stehe am Fenster meiner balkonlosen, viel zu teuren und von mir viel zu wenig bewohnten Einzimmerwohnung in der Münchner Innenstadt. Ich rauche und lasse die Zigarette zwischen Zeige- und Mittelfinger hin und her rollen. Eigentlich bin ich Nichtraucher. Behaupte ich zumindest seit Jahren, vor anderen und vor allem vor mir selbst.

Hier stehe ich also.

Wieder ein Tag vorbei.

Wieder habe ich meine Zeit erfolgreich entführt und mit voller Wucht totgeschlagen.

Wieder frage ich mich, ob ich einen guten Deal gemacht habe. Und kenne die Antwort eigentlich längst. Ich tauschte Zeit gegen Geld und Freude gegen Status und wusste dabei nie, was die eigentliche Währung des Lebens ist. Bis heute nicht.

»Es gibt nix Geiles, alles ist scheiße, da dacht' ich mir, ich mach halt einfach das, womit man wenigstens das meiste verdient«, begründete eine ehemalige Mitschülerin ihre Entscheidung, Betriebswirtschaftslehre zu studieren; das beliebteste Studium des 21. Jahrhunderts, die Pilgerstätte der kleinen hörigen Messdienerinnen und am Tropf hängenden Ministranten der einen großen Religion, auf die sich alle, wirklich alle erbärmlichen Würmer auf dem Globus einigen können – Geld, drecksverschissenes Geld, Kohle und Asche, denn nicht selten geht etwas deswegen in Flammen auf.

Doch wir richten uns danach und beten es an, erklären es zum Maßstab für Lebensglück, denn es ist messbar in Euro, Dollar und Urlauben an exotischen Orten, an die man reist, um dort beim Hotelfrühstück exakt das Gleiche zu essen wie zu Hause. Ja, Herr, hier bin ich, nimm mich, am liebsten von hinten, ich hab schon alles vorbereitet, brauchst nur noch Anlauf nehmen, komm, ich bin nichts, du bist alles, gib meinem Leben einen Sinn, gib mir einen Wert, schau, ich kann was, ich hab was, ich bin was, ich habe, also bin ich, ich hab Aktien, schwarze Kreditkarten, kein Gewissen und einen Gürtel, der zu meinen Schuhen passt.

Und wir hören auf sie, auf die Propheten, die Wirtschaftsweisen, Börsenmakler und Professorinnen, die uns freundlicherweise die Welt erklären und wie wir sie zu verstehen haben, was alternativlos ist und was nicht, und wir sind froh, glücklich, strotzen vor Dankbarkeit, denn die Wege des Marktes sind unergründlich, zumindest vorher, im Nachhinein finden sich immer eine Erklärung und ein Sündenbock. So bringet ihnen ein Opfer dar, den Kursen, den Indizes, den Algorithmen des Hochfrequenzhandels; zum Beispiel die Lebensmittelpreise in Entwicklungsländern, oh ja, geil, ja, ja, noch ein Leerverkauf, ja, ich komme, fuck, ja, ich spritz den armen Schweinen der dritten Welt den Ausfluss meines Wohlstands in die Fresse, einfach, weil ich's kann. Seht mich an, wie ich in meinem Industrieland in meinen Sessel furze, euch bei jeder Gelegenheit ins Gesicht scheiße und mit Plastikmüll überhäufe, das moderne Teeren und Federn des Steroid-Kapitalismus, es grüßt der Neoliberalismus freundlichst.

Tja. So einiges wurde mir erst klar, lange nachdem ich mich für Betriebswirtschaftslehre eingeschrieben hatte.

AUSKNIPSEN

Es ist dunkel und ich finde den Schalter nicht mehr. Manchmal, wenn ich im Bett liege und nicht schlafen kann, drängt sich die Vorstellung in meinen Kopf, einfach so nach draußen zu gehen, wie ich gerade bin, in T-Shirt und Boxershorts, und mich irgendwo in ein versifftes, dunkles Eck zu legen und in Ruhe zu erfrieren. Das würde sich wirklich hervorragend anhören, wenn ich nicht wüsste, dass das enorm unkomfortabel werden würde und es jetzt nicht schon längst zu warm dafür wäre. Das beschissene Wetter ist einfach nie so, wie man es gerne hätte.

Ich gehe nach draußen. Tür zu, Kopf leer. Der Himmel, meine Jacke und mein Gemüt sind schwarz und ich frage mich, ob es das Ziel aller Menschen ist, der Erkenntnis näher zu kommen wie Vögel dem Himmel, wissend, sie nie erreichen zu können, aber ebenso unfähig, zu verstehen, dass man sich längst mittendrin befindet.

Eine schwarze Katze läuft vorbei, langsam, ziellos. Hätte beinahe was Poetisches, wenn ich nicht wüsste, dass sie einfach nur Futter sucht und dann schlafen möchte. Hat aber auch was, so ein Katzenleben, denke ich. Während ich rauchend auf den verlassenen, regennassen Straßen stehe und das Geheule der letzten S-Bahnen in der Ferne höre, beneide ich sie ein wenig. Die Zigarette ist fast zu Ende und

Schrift ist Gift, sagt man, aber ich rauche den letzten Rest, weil ich sowieso nicht zum Genuss oder zur Beruhigung rauche, sondern einzig deshalb, weil es mir schadet und ich daraus eine seltsame Form der Genugtuung ziehe. *Macht kaputt, was euch kaputtmacht*, heißt es, also gebe ich mir Mühe, denn ich kann ehrgeizig sein, wenn ich möchte. Der Frühling ist launisch und meine Finger eisig, noch spüre ich sie, nach dem nächsten Glimmstängel nicht mehr und ich weiß, dass ich morgen erkältet sein könnte, aber das wäre in Ordnung, dann hätte mein Körper wenigstens mal etwas zu tun und ich zudem eine praktische, allgemeingültige Ausrede für all meine Unzulänglichkeiten.

Ich schlurfe die Straße entlang und bleibe vor einem Graffiti an einer Häuserfassade stehen. Ich glotze und der aufsteigende Zigarettenrauch brennt in meinen Augen. Aus einer dunklen Ecke des furchtbar umgesetzten Motivs starren mich zwei Augen an. Das Schwarz ist an einer Stelle so ausgebleicht, dass man meinen könnte, die mysteriöse Figur hätte einen Mund und würde schief grinsen. Eigentlich wollte ich über mein Leben nachdenken, doch ich stelle lediglich fest, wie wenig schmerzhaft es ist, die Glut in der eigenen Handfläche erlöschen zu lassen, drehe um und gehe nach Hause. Bevor ich dort ankomme, erwischt mich ein Regenschauer. Das ist wohl Gottes Weg, mir ins Gesicht zu spucken.

Ich habe nicht das Recht, mich schlecht zu fühlen. Dazu bin ich zu privilegiert. Ich bin ein Hochstapler, ein undankbarer noch dazu.

Ich habe glücklich zu sein und zu lächeln und mich verfickt noch mal darüber zu freuen, dass im Großen und Ganzen alles glattläuft. Im Großen und Ganzen ist immer alles toll, im Großen und Ganzen ist man nie klein oder unvollständig, weil man das nicht darf, niemand schreibt »Selbstwertprobleme« unter »Sonstiges« in eine Bewerbung, das verkauft sich schlecht.

An meinem Fenster noch eine Gute-Nacht-Kippe. Jede Inhalation von Zigarettenrauch ist Materie gewordener Selbsthass. Jeder Zug ist abgefahren. Der Rauch brennt im Auge. Und genau das soll er, brennen soll er. Was soll groß passieren? Blind war ich schon immer. Der Wind lässt die Glut tanzen wie ein Discolicht, bis sie von einem Regentropfen zum Schweigen gebracht wird.

Stille.

ZIEHEN SIE EIN EREIGNISLOS!

Der Wecker klingelt, ich bin schon wach. Ein weiterer ereignisloser Tag in einem ereignislosen Leben. Ein Unspektakel jagt das nächste, und wenn ich nicht aufpasse, kaufe ich mir morgen einen Gartenzwerg und sortiere meine Tassen nach Farben.

Ich gehe zur Küchenzeile. Ich habe Hunger, will in irgendetwas reinbeißen, nichts Weiches, etwas Hartes, sodass es knirscht und kracht und der Kiefer sich beim Zermalmen anstrengen muss. Den Durst versuche ich seit jeher zu stillen und habe bis heute noch nicht herausgefunden, womit. Ich mache mir einen mittelmäßigen Kaffee, trinke ihn gedankenlos, ohne ihn wirklich zu brauchen oder zu wollen. Routine und Komfortzone, die Mörderinnen eines jeden Lebens. Seine Feinde zu lieben ist ein unfassbar beschissener Ratschlag gewesen.

Schlafen, essen, trinken, ficken – egal, was, letztendlich lenken wir uns nur ab, bis das alles hier vorbei ist. Man macht und tut, man rät und versucht, doch im Vergleich zu Tetris kann man die Scheiße, die man gebaut hat, nicht mit ein paar Klicks aus dem Weg räumen, das Leben lässt sich nicht einfach neu starten, wenn man es verkackt hat.

Und das bereue ich wirklich, denn ich habe einen erschreckend großen Teil meines Lebens damit verbracht, über das Leben nachzudenken, anstatt es einfach zu leben. 29 Jahre des Machens und Verpassens, des Aufschiebens und des »Jaja, ich bin ja noch jung«. Immer fleißig gewesen, nur um festzustellen, dass ich mir mit meinem Fleiß lediglich einen riesigen Trümmerhaufen errichtet habe.

Meine Krawatten sind vorgebunden. Ich sehe es nicht ein, damit jeden Morgen aufs Neue meine Zeit zu verschwenden. Ich besitze zehn verschiedenfarbige Krawatten, sieben weiße Hemden, zwei Paar Business-Schuhe, klassisch und casual, drei Anzüge, schwarz, dunkelblau, grau, wobei ich den grauen nie trage, weil er mich deprimiert und ich den schwarzen im Büro erst tragen darf, seit ich Teamleiter bin. Was ich aber trotzdem nie tue, da ich sonst das Gefühl habe, tagtäglich meine eigene Beerdigung zu besuchen, auch wenn das unabhängig von den Farben meiner Kleidung der Fall ist.

Ich verlasse das Haus.

Ich komme an.

Ich treffe einen Kollegen: Ja, gut und dir; auch; bald ist ja Wochenende, haha; ja, der ist ein Arschloch; mhm; voll; jap; nee ich hatte schon einen; keine Ahnung, ich interessier mich nicht für Fußball; ja, hier, nimm; klar hab ich auch Feuer, bringst es halt wieder; ok bis später.

8:40 Uhr. Ich fange an.

Klick, klick, ja, ja, nein, frühestens Ende Mai, ja, nein, klick, klack, klack, klick, klick.

9:15 Uhr. Ich trinke Kaffee und werde in ein nervtötendes Gespräch über den Immobilienmarkt verwickelt. Einer von ihnen stellt fest, dass die Mieten in München »megateuer« sind. Na so was. No shit, Sherlock. Ich möchte ihm die Augen ausstechen.

Klick, klick, klack, klack.

Ich brauche Unterlagen von einer Kollegin. Man nennt sie die »seufzende Sophie«, weil sie in jedem zweiten Satz entweder leidvoll stöhnt oder seufzt oder sich beklagt, wie schwer das ja alles sei, wie viel das ja alles sei, was sie nicht alles zu tun habe und bla. Die meisten – auch ich – meiden sie nach Möglichkeit.

»Hey, Sophie, hi.«

»Hey Ben … boah … ich sag's dir, ich bin ja bei diesem neuen Mandat aus Augsburg mit dabei, erst mal haben die ein *furchtbares* internes Kontrollsystem und dann muss ich denen wegen jedem Scheiß hinterherrennen, das glaubst du nicht.«

»Ja, na so was, voll blöd. Apropos fehlende Unterlagen, sind die Saldenbestätigungen aus Fürstenfeldbruck da?«

»Nee, immer noch nicht, dafür aber 84 nachgereichte Belege zum Anlagevermögen!«

Ich habe meine Antwort und fliehe, während ich im Gehen »Die Sonne scheint zum Fenster rein, hak's ab, es wird schon richtig sein« ins Zimmer rufe. Ein Klassiker; was haben wir alle herzlich gelacht, als wir das zum ersten Mal gehört haben.

9:50 Uhr, mein Büro. Ich bin alleine und starre, starre, starre, die Zahlen und Buchstaben beginnen zu tanzen, formen einen Stinkefinger, alles wird unscharf.

E-Mail vom Puffvater. Einladung zur Schulung für Führungskräfte, Samstag und Sonntag übernächste Woche, ganztägig, er freue sich.

Mir wird schwindelig. Ich schlafe zu wenig, rauche zu viel und habe mittlerweile Blut in meiner Koffeinbahn. Er entweiht mein letztes Heiligtum, das Wochenende, das ich immer versucht habe freizuhalten, auch wenn ich dafür montags um 4:00 Uhr anfangen oder freitags um 23:30 Uhr aufhören musste. Eine Schulung, jetzt, also mehr Arbeit, um mehr arbeiten zu können, warum, wieso, wer bin ich und was habe ich mit mir gemacht, wieso mache ich das hier, wieso mache ich überhaupt noch irgendwas, wieso, wieso, wieso, wozu?

9:55 Uhr. Ein Blick auf meinen Posteingang verrät mir, dass ich heute bereits 28-mal wichtig war, es 17-mal noch nicht zur Kenntnis genommen habe und heute das Büro erst nach der Putzkraft verlassen werde; der Sonnenuntergang wird mich garantiert nicht befreien.

Ich zittere. Ich nehme einen Schluck Kaffee. Ich sabbere auf mein Hemd. Ich finde das nicht gut. Ich habe ein Ersatzhemd im Schrank. Ich denke nach. Ich stelle fest, dass es mir egal ist. Ich denke abermals nach. Über alles außer Hemden. Ich finde keine Antwort, keine Lösung, aber eine Alternative.

Der Kaffee ist eingetrocknet.

Ich werde gehen. Einfach gehen.

Als ich meinen Körper gerade in Bewegung setzen möchte, pocht meine soziale Ader lauthals los.

»Hey!«, schreit sie und plustert sich auf. Ich stelle sie mir immer vor wie einen aufgepumpten und mies gelaunten Türsteher mit missglückten Gesichtstattoos. »Wo willst du denn hin, sag mal?«

»Einfach weg.«

»Halt, halt, halt, so nicht, du kommst hier nicht raus.«

Ich würde sie gerade gerne aufschlitzen und ihr beim Verbluten und Vertrocknen zuschauen.

»Wieso nicht?«

»Weil ich das sage. Ich bestimme, wer hier rauskommt.«

»Ich bin krank, mir geht's nicht gut.«

»So? Hauch mich mal an.«

Ich tue, wie mir geheißen.

»Ganz im Gegenteil, dir geht's wohl ein bisschen *zu gut*, mein Lieber. Du bist nicht krank, hör auf, mich verarschen zu wollen. Du bleibst schön hier.«

»Ich kann ja wohl selber entscheiden, ob ich aus diesem Büro gehe oder nicht.«

»Nix da. Da hab ich immer noch was mitzureden, Kollege. Führerschein und Arbeitsvertrag, bitte.«

»Ich hab doch meinen Arbeitsvertrag nicht dabei.«

»Dann sag ich dir jetzt einfach so, was da drinsteht, und zwar, dass du hier nicht rauskommst und gefälligst auf deinem Arsch sitzen bleibst und das tust, wofür du hier bist und bezahlt wirst.«

»Fick dich.«

»Denk mal an die anderen, die müssen deine ganze Arbeit übernehmen, wenn du jetzt hier abhaust! Bis die sich in deine Unterlagen eingearbeitet haben, dauert das locker anderthalb Wochen, die müssen endlos Überstunden schieben, nur weil du keinen Bock hast!«

Ich grüble.

»Es tut mir leid, aber du musst heute leider drinnen bleiben«, sagt sie.

Ich resigniere und widme mich wieder meinen Mails wie ein braves Kind, das von Mama gelobt werden möchte.

»Sehr gut, siehst du«, sagt meine soziale Ader stolz, »es lohnt sich immer, auf mich zu hören.«

Fragt sich nur, für wen.

Ich klicke bei der ersten Mail auf »Antworten«, als plötzlich die unsoziale Ader aus dem Nichts auftaucht und der sozialen Ader hinterrücks eine Flasche Whiskey über den Kopf zieht.

»RENN!«, schreit sie, während sie zusammen mit der egoistischen Ader auf die soziale Ader eintritt und die sadistische Ader das Ganze lachend mit dem Handy filmt, mich anfeuert und »JA, MANN, LOS JETZT, WHOOO!« grölt.

Ich beginne, eine Mail ans Sekretariat zu tippen.

»Stopp! Lasst das!«, röchelt die soziale Ader am Boden liegend. Sie spuckt Blut, keucht, krümmt sich und schafft es gerade noch, meine Finger zittern zu lassen.

Vergeblich.

Ich tippe die Mail fertig und verlasse das Büro durch einen Seitenausgang. Ihr panisches Gebrabbel wird leiser, ich ziehe meine Krawatte aus und meine Kopfhörer auf, es läuft *Sympathy for the Devil* und ich frage mich, ob sich Mick Jagger in seinem ganzen Leben jemals ein Attest geholt hat und dann, ob er überhaupt noch lebt, aber das tut er bestimmt, der tritt wahrscheinlich sogar immer noch auf und sieht irgendwann als Rock-'n'-Roll-Zombie mit 150 noch aus wie knackige 110.

Ich schaue nach oben, die Sonne gibt mir zu verstehen, die richtige Entscheidung getroffen zu haben.

Zwei Stunden später liege ich mit Gras im Gras auf dem Olympiaberg, mein Kopf fährt Karussell und ich finde, es ist besser, rote Augen vom Kiffen zu haben als vom Schlafmangel. Ich spiele mit dem weichen Papier der Zigarettenschachtel. Ich habe in der letzten Dreiviertelstunde 153 Züge für zehn Kippen und 16 für den Joint gebraucht und frage mich, ob der Begriff Schadstoff nicht vielleicht daher kommt, dass es schade ist, nicht noch mehr von diesem Stoff in sich zu haben, und dass es bestimmt kein Zufall ist, dass im Wort »verbraucht« das Wort »Rauch« steckt.

Ich bin eingedöst, wache wieder auf. Es ist 14:00 Uhr an einem Wochentag und ich starre auf den künstlich angelegten, glitzernden See vor meiner Nase. Idylle in Perfektion, also eigentlich alles andere als perfekt. Früher fand ich es hier schön, wärmend, euphorisierend. Heute finde ich es grün, blau, das Gras zwickt.

Ich fühle mich gut. Die Zeit verstreicht, das Gefühl jedoch auch. Mir wird klar, dass ich mich auf der Flucht befinde und für Fliehende geht es in den seltensten Fällen gut aus.

Selbst wenn ich jetzt ein, zwei, drei Wochen schwänze, selbst wenn ich ein Sabbatjahr nehmen würde, was würde das letztendlich für einen Unterschied machen?

Was macht überhaupt noch einen Unterschied?

Warum überhaupt noch einen machen wollen?

Warum ein zerstörtes Auto tanken?

Warum eine Salzwüste wässern?

Warum?

CHECK

Mein ganzes Leben ist eine einzige To-do-Liste. Schon immer gewesen. Eine Pflicht, die es zu erledigen gilt, ein Hetzen von einem zu nächsten, von Einkaufen bis Handyvertrag kündigen, von Sack rasieren bis Buch fertig lesen, alles Aufgaben, alles Zwang, alles Muss, alles kann man auf Listen schreiben und durchstreichen. Will ja stolz sein. Selbst Meditieren steht drauf, als ob Seelenheil etwas wäre, das man abhaken kann. Ich erledige alles, aber immer zu wenig, weil ich immer mehr hätte erledigen können; am allermeisten erledige ich aber mich selbst. Trotzdem klopfe ich mir für das erfüllte Soll auf die Schulter, betrachte die durchgestrichenen Aufgaben, die Abzeichen meines Fleißes, die am nächsten Tag wieder verblassen, dahinschmelzen, wegplätschern, vergehen und spätestens vergessen sind, sobald der Wecker schreit. Alles muss quantifizierbar sein, weil alles quantifizierbar ist – wenn man sich nur genug Mühe gibt. Ich habe nachgerechnet und festgestellt: Die Summe meines Lebens ist negativ, das Produkt ein Haufen Scheiße.

Ich bin krankgeschrieben. Eine Woche geschenkte Lebenszeit. Und jetzt? Das Leben verabscheut mich und ich tue es ihm gleich. Immer wieder habe ich mich gefragt, wann es endlich losgeht, und mittlerweile glaube ich, dass das entweder nie der Fall sein wird oder ich diesen Losgeh-Moment verpasst habe, was heißen würde, dass *das hier* tatsächlich das ist, worauf ich all die Zeit hingefiebert habe. Die immergleichen Gespräche, die immergleichen Ereignisse, gefangen in einem ewigen Kreislauf beschwerlicher Scheiße.

Seit jeher habe ich jeglichen Schmerz mit Ablenkung betäubt, bis sie irgendwann nicht mehr geholfen hat und ich Ablenkung von der Ablenkung gebraucht habe, nur leider hilft das nicht viel. Einmal angefangen, Dinge infrage zu stellen, ist es schwierig, wieder loszulassen. Die rote Pille schmeckt bitter, Morpheus ist ein Arschloch.

Wenn man nichts erwartet, kann man nicht enttäuscht werden, heißt es. Wenn aber das ganze Leben bislang eine einzige Täuschung war, sieht man nach der Enttäuschung endlich klar und erkennt die alles einnehmende Leere, die mit nichts auszufüllen ist, nicht mit Pillen, Sex oder Gefühlen, weil alles nur eine wieder verpuffende Illusion ist, eine Fata Morgana, deren Rauch einem noch den Mittelfinger zeigt, bevor sie hämisch grinsend verschwindet.

Tiefe Nächte erzeugen hohe Erwartungen. Egal, ob zu fünft und mit Bier in der Hand oder alleine mit 10 % Akku, egal, wie enttäuscht du bist oder warst, egal, was dein Ziel ist, egal, wie müde du bist, der Zauber der Dunkelheit ist, dass sie dir ständig sagt: Vielleicht ja doch.

Ich sitze auf dem dünnen Geländer der Reichenbachbrücke, meine Füße baumeln, sind leicht und frei. Darunter schleicht die Isar still und bestimmt voran, stetig, schön, schwarz. Ich schaue nirgendwohin und lasse meinen Oberkörper ruhig im Wind wiegen, öffne die Augen nur gelegentlich. Der Abgrund sieht freundlich aus. Ich bin ein *Platsch* entfernt von ewiger Ruhe. Ich lasse die letzten Jahre Revue passieren. Es dauert nicht lange.

Ich frage mich, wie kalt sich zwölf Grad Celsius anfühlen, wie schnell ich in eine Wasserwalze geraten, untergehen und das Bewusstsein verlieren würde.

Und was würde ich tun, bis es mich erwischt? Planschen? An meiner Kraultechnik arbeiten?

Ich frage mich, was passieren würde, wenn jetzt jemand vorbeikäme. Eine Passantin, ein Taschendieb, irgendwer. Ob man von mir Notiz nehmen würde. Falls ja, ob sie etwas tun würden. Falls ja, was. Ich fantasiere mich durch alle möglichen Szenarien, von einem platten, pseudoherzlichen »Hey, es gibt doch so viel, wofür es sich zu leben lohnt« über »Hier spricht die Polizei, kommen Sie langsam und vorsichtig herunter, wir bringen Sie nach Hause und machen Ihnen einen leckeren Espresso« bis hin zu jemandem, der mich auf einmal gewaltsam von der Kante reißt und auf den Beton drückt, bis Hilfe kommt, oder einfach ein psychisch Kranker, der einen schlechten Moment hat und mich mit voller Kraft hinunter Richtung Wasser stößt.

Aber ich bin unsichtbar. Schon immer gewesen.

Niemand kommt.

Ich gehe.

KLEINSTER GEMEINSAMER NENNER

Ich lernte Tobi vor zwei Jahren auf unserer Weihnachtsfeier kennen. Weihnachtsfeier, die institutionalisierte Selbstbefriedigung der Arbeitswelt. Wenn man sich lange genug gegenseitig gesagt hat, wie geil man ist, das verbale Sperma schon aus den Mündern der vortragenden Führungskräfte trieft und schleimig-klobige Pfropfen aus Heuchelei, Selbstbeweihräucherung und Realitätsferne die Gehörgänge der Mitarbeiterschaft verklebt haben, das Klatschvieh geklatscht hat, wenn man das alles endlich, endlich hinter sich gebracht hat, gibt es wenigstens was zu essen.

Großer Saal, pastellfarbene Wände und eine Menge Kron- und vor allem Armleuchter. Die meisten der wichtigtuerischen Schwachmaten hier konnten und können nicht mal eine Krawatte richtig binden. Der wandelnde *dad joke* der Abteilung nervte eine Gruppe junger Menschen, indem er »Merci Bockwurst« statt »Merci beaucoup« sagte und das sehr lustig fand. Zum 734. Mal. Niemand lachte. Zum 734. Mal.

Ich stand verloren herum, hatte den obligatorischen Hallo-ich-arbeite-hier-übrigens-auch-Smalltalk mit den wichtigen Leuten hinter mich gebracht und wusste danach nicht, wohin mit mir.

Ich beobachtete die Szenerie. Hässliche Persönlichkeiten in langweiligen Körpern und schönen Anzügen, die sich auf Geschäftskosten abschossen. Alles betriebsnotwendig, versteht sich, alles steuerlich absetzbar, klar. Als ich dabei zusah, wie mein Jahresbonus in Form von Wein und Schnaps die Rachen der Leute hinunterfloss, wurde ich auf einmal angestupst.

»Wunderschönen guten Abend, Cheers!«

Ich hatte ihn im Büro noch nie gesehen. Vielleicht jemand Neues aus einer anderen Abteilung oder Niederlassung, dachte ich. War auch egal. Hellblonde Haare, ein wenig kleiner als ich, ungefähr 1,75 Meter, Allerweltsgesicht, Zahnpastalächeln. Er trug keine Krawatte, weißes Hemd und schwarzes Sakko, beides maßgeschneidert, ein weißes Einstecktuch und ein Glas Rotwein, das in seinen schlanken Fingern hin und her tanzte. Ich hatte ihn beobachtet, wie er sich durch verschiedene Menschengruppen geschoben, gelacht und sich mit allen prima verstanden hatte, und ich fragte mich, ob er beliebt oder einfach nur ein Arschkriecher-Naturtalent war und worin genau der Unterschied lag. Was mir dann recht schnell egal wurde, denn dank ihm kam ich mir auf einen Schlag weniger deplatziert vor.

»Cheers!«, antwortete ich.

Mein Glas war leer.

»Du sitzt ja auf dem Trockenen – ich darf doch Du sagen, oder? –, das müssen wir sofort ändern, komm mit.«

Er steuerte auf die Bar zu und schleifte mich hinter sich her, als wäre ich ein Hund an einer imaginären Leine, der zu spät rafft, dass es weitergeht.

»Was trinkst du?«, fragte er zielsicher.

»Wein.«

»Rot, weiß, Schorle? Lass dir doch nich' alles aus der Nase ziehen!«, sagte er schmunzelnd, als würden wir uns schon seit unserer Kindheit kennen. »Lass mich raten: Schorle, weiß! Nein, halt, Quatsch, rot, definitiv rot, du bist zu entspannt für weiß und erst recht für 'ne Schorle, rot, ganz klar rot!« Er wirkte, als hätte er gerade drei Kaffee geext. Später verstand ich, wieso.

»Du trinkst Merlot, bestimmt Merlot«, sagte er, machte einen leichten Schritt zur Seite, um mich aus einem anderen Winkel zu betrachten, als ob diese Information irgendwo hinter meinem Ohr versteckt wäre, »nein, halt, nicht ganz; warte … Pinot Noir, jetzt hab ich's, Pinot Noir! Volltreffer, oder?«

Es wunderte mich, dass er so scharf darauf war, das zu erraten, als wäre das sein persönlicher Leistungssport.

»Ja, tatsächlich«, log ich und lachte, um meinen kleinen Betrug glaubwürdig zu machen. Ich habe noch nie verstanden, wieso es so ein komisches Männlichkeitsding ist, sich gut mit Getränken auszukennen. Aber sie fühlen sich dann irgendwie besser, also was soll's.

Er bestellte, lächelte, reichte mir mein Glas, klopfte sich innerlich auf die Schulter und sah mir tief in die Augen, als wir anstießen. Der Wein schmeckte okay.

Wir verstanden uns gut. Erstaunlich gut. Wenig später erfuhr ich, dass das zu seinem Job gehörte. Wir standen draußen, etwas abseits, rauchten, quatschten, scherzten, hatten Spaß. Immer wieder klinkte er sich kurz aus, redete mit ein paar Leuten und kam zurück.

Ich hatte gerade eine Zigarette ausgedrückt, als er innehielt und ein Stück näher kam, meinen Arm streichelte und schon fast hauchte: »Weißt du, normalerweise haben ich und der Lesniak aus der Steuerabteilung ja einen sehr unterschiedlichen Geschmack ... aber auf dich konnten wir uns einigen.«

Ich stand beidbeinig auf dem Schlauch.

»Auf mich? Hä, was?«

»Mhm.«

Sein Gesicht näherte sich meinem, er legte seine Hand auf meine Schulter, ließ sie sanft zu meinen Hals wandern. Ich stand völlig benebelt und überfordert neben mir und vor ihm, bis ich einen halben Schritt zurück machte, kurz bevor sich unsere Lippen berührten.

»Schade«, sagte er lachend, »aber ganz uninteressiert scheinst du mir nicht.«

Und er plauderte einfach nahtlos weiter, als wäre nichts passiert. Zehn Minuten später fragte er: »Kiffst du?«

»Klar«, log ich.

Alles wurde weich und lustig, ich müde und hungrig, er brachte mich nach Hause und ließ sich vor der Wohnungstür noch einmal zurückweisen. Seither stattet er mich so fürsorglich mit Cannabis aus wie all meine Kolleginnen und Kollegen mit Kokain, Amphetaminen, Ritalin oder Dingen, die einen sich selbst vergessen lassen oder die Welt bunter machen.

Wir wurden fast so was wie Freunde.

GRENZGÄNGER

Auf dem Schild steht »Brandl«. Dass er wirklich so heißt, bezweifle ich. Klingt viel zu normal.

Ich klingle, einmal kurz, einmal lang, zweimal kurz, einmal lang. Er beliefert *eigentlich* nur Organisationen und stellt das auch immer wieder gerne klar, dass es schon *sehr besonders* sei, dass ich so viel Kontakt mit ihm habe und sogar wisse, wo er wohne, aber er vertraue mir. Bei den *super wenigen Ausnahmen*, die er mache, müsse er deshalb *sehr vorsichtig* sein. Das heißt: den Besuch mindestens einen Tag vorher ankündigen, auf eine Bestätigung warten, Klingelzeichen, der ganze Scheiß.

»Der Herr Steuerberater! Du kennst den Weg.«

Der Fahrstuhl ist defekt, ich seufze und stapfe sechs Stockwerke zu Fuß hoch. Das Treppenhaus ist so geleckt und gut in Schuss, dass man Angst hat, etwas kaputt zu machen oder zu verunstalten, wenn man irgendwo hängen bleibt. Ein Stellplatz in der hiesigen Tiefgarage kostet vermutlich mehr als eine Zweizimmerwohnung in Ostdeutschland.

Er öffnet die Tür.

»Hey, mein Lieber, schön, dich zu sehen! Tritt ein, bring Geld herein!«

»Du meinst Glück.«

»Was ist der Unterschied?«

Seine Wohnung ist direkt aus einer Pinterest-Suche ausgebrochen, ein Bastard aus Schickimicki-Hotelzimmer und Reichardts Büro. Ich weiß nie, ob ich beeindruckt oder angewidert sein soll. Die Möbel sind eine Orgie aus Ebenholz und Chrom, perfekt geordnet, hier und da stehen ein paar arschteure, seltsame abstrakte Kunstwerke auf Kommoden und Regalbrettern, es ist minimalistisch, jeder Gegenstand hat seinen klar definierten Platz, alles ist so stimmig, dass der Raum gar keine Seele haben *kann*, auch wenn mit Sicherheit irgendeine Feng-Shui-Kackbratze dafür gesorgt hat, dass das Chi hier mal so richtig doll fließt.

Ich sitze auf der Couch im Wohnzimmer, er macht sich ein Wasser mit einem Schuss Zitrone und reicht mir eine Bionade.

»Und, alles gut bei dir? Was macht die Prüferei?«

»Stressig halt. Die wollen mich jetzt zur Führungskraft machen. ›Aufbauen‹. Boah, ey.«

»Ja, geil! Glückwunsch!«

Ich starre auf meine Flasche und pople das Etikett ab.

»Oder … nicht?«

»Egal.«

»Okay, musst nix sagen, alles gut.«

Er erzählte einmal, dass er auch BWL studiert und dann mit der Dealerei angefangen habe, um sich sein Studium zu finanzieren. Als die Sache immer größer wurde, meinte er: Wozu noch studieren? Er führe längst ein Unternehmen, das besser laufe und mehr Geld bringe als die besten Jobs seiner damaligen Bekannten, und das, ohne von irgendwelchen Vorgesetzten an der kurzen Leine gehalten zu werden. Außerdem habe er den Vorteil, nur die angenehmen Dinge mitzumachen: Feiern, Feste, Afterworkpartys. Wenn er einmal richtig gearbeitet hätte, wüsste er, dass das keine angenehmen Dinge sind.

»Ich will nicht mehr.«

»Den Job?«

»Nein. Ja, auch.«

Seine Augen verengen sich, er mustert mich.

»Egal, lass gut sein«, sage ich.

»Du, ich hab keine Termine.«

»Nee, ist egal. Ich hätt gern bisschen Gras, mein Vorrat ist leer und mein Kopf soll's wieder werden.«

»Menschenskinder, bist du gut aufgelegt heute«, kichert er, »lächle doch mal, haha! Sagt ihr das nicht ständig zu Frauen?«

Ich lächle schief.

»Ich nicht.«

»Was willste denn Feines?«, fragt er und klingt dabei, als hätte er sich auf Knopfdruck in den Business-Modus geschaltet.

»Indica, irgendwas, egal. Soll mich runterfahren. So drei Gramm.«

»Willst nicht gleich sechs mitnehmen? Geb ich dir für 60 mit.«

Ich hasse seine Gebrauchtwarenhändler-Attitüde. Ich schaue ihn genervt an.

»Drei Euro pro Gramm gespart, hallo? Tanzt da der kleine Betriebswirt in dir nicht *Macarena*?«

»Da hat's wohl jemand nötig.«

»Da will ich dir entgegenkommen und einfach nur nett sein, und dann so was. Sososo. Tja, selbst schuld!«, sagt er und tut beleidigt.

Ich rolle Augen und Scheine, gebe ihm 65 Euro.

»Kauf dir 'n Keks von.«

Er grinst zufrieden. Während er das Zeug holt, starre ich mein Spiegelbild im absurd großen Flachbildfernseher an, da sitze ich, wie hinter Milchglas, eine trübe, dunkle Schicht, die mich in einem Kasten gefangen hält, bewegen kann ich mich nur innerhalb dieses Rahmens, und wenn ich über die Grenze gehe, bin ich weg vom Fenster. Ich stehe neben mir, sitze mir gegenüber, erkenne die Augenringe und Einsamkeit in diesem Gesicht, aber nicht die Person, der es gehört. Ich frage mich, ob das noch wichtig ist.

Er kommt zurück, baut, haut, raucht, ich auch, und wir versinken zerklatscht im Sofa. Wir durchforsten die Untiefen des Internets und verpulvern unsere Lebenszeit mit Bewegtbildmeisterwerken wie *Our Planet*, bestaunen die wahnsinnige Schönheit der Natur, ich murmle ein paarmal zu oft das Wort »krass« vor mich hin und am Ende bin ich traurig, weil die Folge damit endet, dass die Menschen den Planeten zerstören. Mit einem kleinen Zwischenstopp bei Fail-Videos landen wir bei einer Reportage über das Darknet.

»Diese Wichser«, sagt Tobi und hält das Video nach einer Weile an.

»Was?«

»Machen mir das Leben schwer. Wenn sich bald alle ihr Zeug im Internet bestellen können, wer braucht dann noch 'nen Dealer? Die sind das Amazon der Drogen. Ich kenn sogar ’n paar Leute, die da unterwegs sind. Alles blöde Wichser.«

»Aha«, versuche ich, etwas zur Unterhaltung beizusteuern.

»Ja, weißt, ich bin da halt noch ganz Dienstleister. Ich betreue meine Kundinnen und Kunden, berate sie, ich wache über meine Schäfchen, bin für sie da, wenn was ist«, er zeigt auf mich, »hier, manche hocken mir sogar Löcher in die Couch. Auch wenn du dich da ganz reizend machst, möchte ich sagen, aber anderes Thema. Wo war’n wir? Ah, ja. Diese Darknet-Leute da, bah! Geh mir weg mit denen.«

»Mhm. Soso.«

»Wenn du da was bestellst, kriegste am Ende noch Gott weiß was zugeschickt. Die sind kriminell, sag ich dir! Also nicht nur rechtlich, weißt. Die haben keine Moral, das mein ich. Keinen Anstand«, sagt er und zeigt energisch auf den Bildschirm. »Schau sie dir doch an, die sind krank. Da kriegste für Geld *wirklich* alles. Pässe, Kinderpornos, Waffen, you name it, hast es ja gesehen.«

Ich glotze auf den Bildschirm, das Standbild zeigt die unvorteilhaft verzogene Fratze eines Interviewten.

»Die haben vorhin auch irgendwas von Auftragsmorden gelabert«, werfe ich ein.

»Na ja, also das …«

»Geht das? Kann man da einfach jemanden umbringen lassen, so: Zack, hier haste Geld, mach den da mal tot, geht das? Mal angenommen, man hat die Kohle, geht das?«

»Bestimmt. Wieso, war der Reichardt mal wieder so ’n richtiger Reichardt, oder was?« Er lacht.

»Mal angenommen, die Person hätte gar nichts dagegen? Also, zu sterben?«

»Ich glaub, da hätten so ziemlich alle was dagegen.«

»Nicht alle.«

Er schaut mich an, als hätte ich ihm gerade auf den Teppich gekackt.

»Ich nicht«, sage ich.

Es ist halb drei nachts. Wir verabschieden uns und ich schlurfe die Treppen hinunter, hinaus auf die viel zu sauberen Straßen Schwabings.

Der Himmel leuchtet dunkelschwarz.

FORSCHUNG UND ENTWICKLUNG

Die meisten erhängen sich. Mit Abstand. Auf dem zweiten Platz der gute alte Sturz in die Tiefe. Gerade so aufs Treppchen geschafft haben es Arzneimittel, Drogen und sonstige Substanzen, ganz knapp vor »Überfahrenlassen«. Obwohl ich es interessant finde, widert es mich an, dass ich selbst das analytisch angehe und mir ein Statistik-Dossier zum Thema Suizid besorgt habe.

Als ich Google die Stichworte »selbstmord möglichkeiten« in den Rachen werfe, spuckt es mir als Erstes aus: »Hier findest du Hilfe, sprich noch heute mit jemandem, Telefon-Seelsorge, 24 Stunden erreichbar: 0800 1110111.«

Na, vielen Dank. Scheißgoogle. Da fressen die schon all meine Daten und finden dann immer noch nichts Brauchbares. Mit Ecosia hätte ich wenigstens nichts gefunden, aber dabei einen Baum gepflanzt.

Es soll irgendwie was Besonderes sein, denke ich; wenn es mein Leben schon nicht war, dann wenigstens mein Tod. Kurz stehe ich innerlich auf dem Friedhof, stelle mir vor, am Ende neben ihm zu liegen, wir plaudern wieder, haben uns wieder, zwei Freunde, nur unter der Erde; ich könnte angeben und sagen, dass wenigstens ich mit einem Knall gegangen bin, dann streiten wir uns ironisch, weil es bei ihm ja schon auch ordentlich geknallt hat, und ich werde sagen, nee, eher geklatscht, und dann kichern wir beide.

Dazu müsste mir jetzt nur noch was einfallen. Ich will nicht einer von vielen sein, nicht Mainstream, ich will, dass die Leute sagen: »Bitte, was? Krass, wie kommt man auf so was?«, ich will, dass anstandslose Zeitungen detailliert darüber berichten, ich will wenigstens eine Anekdote sein, wenn ich jetzt schon nichts bin, ich will, dass sich charakterlich ungefestigte 13-Jährige davon erzählen und geschockt kaputtlachen, wie krank das ist. Wenn es eine Hölle gibt, wimmelt es dort sowieso von Pubertierenden.

Einige stehen ja darauf, beim Wichsen gewürgt zu werden, nicht wenige sterben dabei; da aber den perfekten Zeitpunkt abzupassen, scheint mir zu riskant. Nachher komme ich vorher und der Tod wird alles andere als geil, furchtbar, schrecklich; oder, noch schlimmer, ich komme gar nicht und sterbe. Ich stelle mir das ungefähr so vor, als würde ein Niesen feststecken, nur bis in alle Ewigkeit – man ist kurz vor dem Ziel, aber erfährt nie die Befriedigung, die man sich gewünscht hat. Superbitter. Richtig beschissen. Auf der anderen Seite: Ich wäre dann tot, also was soll's?

In der Badewanne die Pulsadern aufschlitzen. Viel zu schmerzhaft, viel zu stressig. Müsste ich ja selbst tun. Wahnsinnig unangenehm.

Medikamente: Am Ende dosiere ich sie falsch und überlebe, bleibe für den Rest meines Lebens blind oder ohne Niere zurück, hänge permanent an irgendwelchen Schläuchen oder sonst was, traue mich dann aber nicht, es noch mal zu versuchen; und dann sitze ich da rum, den Rest meines dann noch erbärmlicheren Lebens. Nein, danke.

Pistole: Ich drücke garantiert nicht selbst den Abzug und es kann zu viel schiefgehen. Gas: zu sehr Hitler. Ertrinken: Ich bin doch nicht bescheuert. Autounfall: Könnte eins mieten, mit ein bisschen Pech bin ich am Ende aber nur partiell Matsch. Überfahrenlassen: haha, auf keinen Fall, viel zu schmerzhaft.

Ich bin frustriert, schmiere mir ein Toastbrot mit Erdbeermarmelade und stopfe es mir gedankenlos rein. Dann noch mal zwei, spüle sie mit Milch runter und stelle fest, ich hätte mir auch gleich was Richtiges kochen können.

Je mehr ich recherchiere, desto mehr fuckt mich alles ab. Allem ist gemein, selbst dem legalen Suizid in den Niederlanden und der Schweiz, dass es auf einen Moment hinausläuft, in dem es *Bumm, Zisch, Krach, Fz* oder *Piu* macht. Alles muss man selbst bewusst in die Wege leiten, bei allem kann man kurz vorher einen Rückzieher machen, bei allem weiß man, dass es *jetzt* passieren wird.

Das ist das Schlimmste.

Ich will nicht wissen, wann es vorbei ist. Ich will aus dem Nichts aus dem Leben gepfeffert werden, ex nihilo weggeballert, plötzlich, zack, ein *sucker punch* mitten in die Fresse, unerwartet, aber in meinem Fall willkommen.

Ich grüble.

Die Stille schreit mich an.

UNGEFILTERT

Ich trinke einen Cappuccino, der so gut ist, dass ich mich frage, ob ich von Morpheus doch die blaue Pille bekommen habe und in einer Matrix lebe. 200 Milliliter Realitätsflucht, elf Schluck Lebensfreude, fünf Minuten innere Wärme. Ich inhaliere den Duft, während ich vom Sofa aus nach dem weißen Kaninchen Ausschau halte und den auf der Oberfläche der Flüssigkeit schwimmenden Keks bei seinem langsamen Untergang beobachte.

Das Café Amsel ist seit Jahren mein liebstes. Heimelig eingerichtet, beige und weiße Wände, drei Tische mit Stühlen, zwei Sofas, eine große Theke aus schönem, hellem Holz mit einer kleinen, feinen Kuchenvitrine. Sie machen den besten Kaffee, den ich je hatte und je haben werde, man schmeckt, dass die Menschen hier lieben, was sie tun. Ich frage mich, ob man das aus Jahresabschlussprüfungsberichten auch herauslesen kann, für den unwahrscheinlichen Fall, dass irgendjemand diesen Job »aus Liebe« macht.

Keine Ahnung, wann ich hier zum letzten Mal unter der Woche mittags sitzen konnte, in Ruhe, ohne Stress. Meine Tasse ist leer, ich bestelle noch einen Kaffee und fühle mich wie ein Konjunkturpaket mit Mund, Nase und Koffeinproblem.

»Da schau her!«, quatscht mich jemand an.

Ich schaue ungläubig.

»Na so was«, sage ich, »ich glaub, ich hab dich noch nie bei Tageslicht gesehen.«

Tobi setzt sich neben mich aufs Sofa, einen Latte macchiato in der Hand.

»Nein? Tja. Your loss. Aber zum Glück gibt's ja immer ein erstes Mal.«

»Hast nix zu tun, oder wie?«

»Erst heut Abend wieder, ich dachte, du kennst mittlerweile meine Kernarbeitszeiten. Und du hast schon so viel von dem Kaffee hier geschwärmt, da dacht ich, ich muss den jetzt endlich mal probieren.«

»Jap, solltest du.«

»Schmeckt wirklich sehr gut.«

»Siehste.«

Er lehnt sich auf dem Sofa zurück und nimmt genießerisch einen Schluck.

»Sind die kleinen Dinge im Leben, ich sag's immer wieder.«

»Na dann, wenn du das sagst.«

»Etwa nicht?«

Ich zucke mit den Schultern.

»So 'n schöner Kaffee … oder 'n schöner Spaziergang … oder 'n schöner Kerl«, sagt er.

Er schaut mir schmunzelnd in die Augen, ich verziehe keine Miene. Er runzelt die Stirn.

»Ach komm, normalerweise fühlst du dich doch zumindest ein bisschen geschmeichelt.«

Ich ringe meinem Gesicht ein Grinsen ab. »Bin ich.«

»Mhm … weißt du, lügen war noch nie so deins.«

»Ach ja?«

»Ja. Ich weiß auch, dass dir der Rotwein damals nicht geschmeckt hat.«

Das überrascht mich wirklich.

»Was? Woher?«

»Du grinst immer so bescheuert, wenn du was sagst, das nicht wahr ist, weil du nicht weißt, wohin mit deinen Mundwinkeln. Aber ich fand's süß, dass du gelogen hast, um mir ein gutes Gefühl zu geben.«

»Ja, hey, immer gerne. Bin ja Dienstleister«, sage ich und lächle halbherzig.

»Ich auch«, sagt er. Ich starre in meine Tasse und betrachte das aus Milchschaum geformte Herz beziehungsweise das, was davon übrig ist. Nicht viel. Es sieht deformiert aus. »Und ich hab vor, mein Portfolio zu erweitern«, ergänzt Tobi.

»Soso.«

»Ja, genau. Ich geh auf sehr spezielle Kundenwünsche ein.«

»Okay. Brauchst du jemanden, der dir 'nen Businessplan schreibt, oder wie?«

»Nein, danke, der steht schon. Sind sehr spezielle Wünsche zum Teil. Bin aktuell mitten in der Akquise meines ersten Kunden.«

»Freut mich für dich. Wie läuft's denn?«

»Wird sich noch zeigen. Sagt dir der Styx was? Mal Fan von griechischer Mythologie gewesen?«

»Überraschenderweise nicht.«

»Du wieder«, seufzt er, »dann mach ich's kurz: Das ist der Fluss, der die Welt der Toten von der Welt der Lebenden trennt. Und da gibt's einen Fährmann, der die Seelen der Toten über den Fluss schifft, damit die ihren Frieden finden können.«

»Und worauf willst du hinaus?«

»Der Fährmann bekommt einen Obolus für die Überfahrt.«

»Ja, und?«

»Auf welche Seite möchtest du?«

Er nimmt einen Schluck und schaut mich eindringlich an. Ich schweige. Mein Blick wandert umher. Mein Inneres sucht nach Gefühlen, meine Hände nach Halt, mein Hirn nach Worten.

»Ich weiß es nicht«, sage ich schließlich. Er mustert mich mitleidig; ich glaube, er will Verständnis zeigen, weiß aber nicht, wie.

»Du kennst mich. Ich mag dich. Sehr. Ich bin für dich da, wenn du magst. Hast du schon mal daran gedacht, dir Hilfe zu holen?«

Ich schaue durch ihn durch auf den Tresen, durch den Tresen auf die Wand, durch die Wand in die Welt, verliere den Faden und mich. Wenn man alles durchblickt, ist alles leer.

»Warum willst du das wissen?«

»Weil ich mich um dich sorge.«

»Nett von dir.«

»Ernsthaft.«

»Willste mir noch so einen schlauen Ratschlag geben wie eben mit den kleinen Dingen? Lass mich raten: Es ist gar nicht alles sinnlos, es gibt 'ne Menge Dinge, die das Leben lebenswert machen, geh doch mal öfter an die frische

Luft, nimm doch mal Urlaub und komm runter, verlieb dich doch, aber ganz egal, was du tust: bleib unter allen Umständen da!«

»Nein.«

Mein Gesicht verzieht sich.

»Nein?«

»Nein.«

»Wie, nein?«

»Ganz einfach: Wenn du sterben willst, stirb.«

»Ah. Okay.«

»Versteh mich nicht falsch, natürlich freu ich mich deutlich mehr, wenn du am Leben bleibst und wir 'ne schöne Zeit haben können. Aber ich seh das so: Es ist dein Leben. Nicht das deines Chefs, nicht das deiner Mutter, nicht das deiner Freundin oder deines Freundes und erst recht nicht das deiner Rolle in der dummen Volkwirtschaft. Es ist *dein* Leben. Nur deins. Und du kannst damit machen, was du willst, finde ich. Und wenn du es beenden willst – wenn das *wirklich* das ist, was du willst –, dann ist das dein gutes Recht. Warum sollte dir da jemand reinquatschen?«

Ich bin perplex.

»Das kommt unerwartet«, stammle ich, trinke einen Schluck und schmecke nichts. »Okay. Ist ja schön und gut, nett von dir, aber warum reden wir darüber?«

»Ich kann dein Fährmann sein«, sagt er mit einer gewissen Theatralik in der Stimme, die ich mir vielleicht auch nur einbilde, weil ich ihn bisher nur als Showman kenne und immer noch nicht zu 100 % herausgefunden habe, ob er tatsächlich so ist oder einfach dauerhaft eine Rolle spielt. »Also nicht ganz«, fügt er hinzu. »Um genauer zu sein: Ich kann der sein, der dir die Fahrt beim Fährmann bucht. Quasi dein Agent. Ich schätze mal, dass du's nicht selbst tun willst, sonst hättest du's vermutlich schon getan. Oder?«

»Vermutlich, ja.«

»Okay. Du erinnerst dich an das mit den Auftragsmorden letztens? Darknet?«

»Jap.«

»Ich denke, das ließe sich arrangieren. Ich würd mich mal schlau machen. Hast du morgen Abend Zeit?«

»Oh, nee, das geht nicht, da hab ich 'nen Zahnarzttermin.«

»Bitte was hast du da?«

»Natürlich hab ich Zeit, blöde Frage. Ich denk hier grade sehr stark drüber nach, mich umbringen zu lassen.«

»Trottel. Dann bis morgen. 21 Uhr bei mir.«

»Alles klar, bis morgen.«

Er schüttet seinen restlichen Kaffee runter, lächelt, fasst mir noch mal sanft an die Schulter und geht.

Ich sitze regungslos da und starre gedankenlos ein Bild an der Wand an. Nach einer kurzen Ewigkeit bin ich mir sicher, den Fluchtpunkt gefunden zu haben.

Ich trinke den letzten schaumigen kalten Schluck aus meiner Tasse, lege irgendeinen Geldschein auf den Tisch und gehe.

BÖSE BUBEN

Lieber mit einem großen Knall gehen als langsam dahinsiechen, teilt mir Neil Young durch die Blume und das 7.1-Heimkino-Soundsystem mit, das Tobi mit seinem Handy steuert.

Er ist einer dieser Menschen, die sich etwas auf ihren Geschmack einbilden. Denen es wichtig ist, dass Leute wissen, was für Bücher, Filme und Alben sie mögen. Meistens sind es »die alten Sachen«, die sind ja noch so »rau« und »unverfälscht«, so was »gibt's ja heutzutage gar nicht mehr« oder »bei den ersten beiden Alben hatte/n die/der halt noch richtig Biss, war/en hungrig!«, blablabla. Dabei ist er nur ein Erfolgsfan der Vergangenheit. Klar kann ich *Der alte Mann und das Meer* toll finden, dann pflichten mir alle andächtig nickend bei, der Scheiß hat ja auch einen Nobelpreis gewonnen, jede andere Meinung ist »falsch«. Wenn man es langweilig oder nicht gut findet, hat man es »halt einfach nicht verstanden«. Alter Mann fängt Fisch. 150 Seiten lang. Ja, doch, ich glaub, ich hab's verstanden. Ist trotzdem kacke.

Er schlürft aus seinem Wasserglas.

»Also, mein Lieber, ich hab recherchiert und eine Lösung gefunden. Aber noch mal: Du willst das wirklich?«

»Erzähl.«

»Okay, alles klar. Gleich. Vorab kurz was, falls du dich da

selbst schlau machst, es gibt ja in manchen Ländern wie der Schweiz oder den Niederlanden …«

»Ich will keine aktive Sterbehilfe.«

»Oh. Ah. Ja, gut. Dann hat sich das eh erledigt.«

»Ich bin zu gesund, ich hab keinen Krebs, kein Aids, keine andere schlimme chronische Krankheit, die mich leiden lässt, oder sonst was. Und das Allerletzte, was ich will, ist, dass mein Tod ein beschissenes Bürokratiemonster wird. Auf keinen Fall. Auf gar keinen Fall. Ich will keinen Termin, ich will nicht kurz vorm Verrecken in einem verfickten Wartezimmer sitzen. Ich will nicht viel: Es soll schnell gehen und ich will es nicht kommen sehen.«

»Kriegen wir hin.«

»Schön.«

»Na dann: Ich habe jemanden gefunden, der das macht. Da das aber ein superheikles Thema ist, gestaltet sich die Kommunikation da sehr schwierig. Wenn wir das einmal in die Wege geleitet haben, gibt's quasi kein Zurück mehr.«

»Quasi?«

»Die Leute, die das anbieten, haben sonst halt ganz andere ›Kunden‹, um das mal so auszudrücken. Die sind superschwer ausfindig zu machen und zu erreichen. Und wenn der Auftrag steht, steht er. Sprich: Da kannst du nicht mal eben 'ne WhatsApp-Nachricht schreiben mit ›Ey yo, lass das mal doch lieber sein, bitte‹; je nachdem, wann dir das einfallen würde, muss ich echt alles in Bewegung setzen, um noch mal an den ranzukommen, falls das überhaupt geht. In dem Business gibt's keinen Jour fixe und keinen Customer-Service-Berater.«

»Ja, ja, ist okay. Wie läuft das jetzt ab?«

»Jemand, den ich kenne, verschafft mir einen Kontakt, der mir wiederum einen Kontakt verschafft, sodass ich möglichst schnell an einen privaten Link zu einem Forum im Darknet komme, das man in keiner Suchmaschine findet, auch nicht in klassischen Link-Verzeichnissen.«

»Mhm«, murmle ich möglichst fachmännisch.

»Das Problem ist, dass man nicht so easy in den ›Auftragsmörderclub‹ reinkommt. Das ist bei Kinderporno-Ringen ähnlich. Die Links zu den privaten Foren, auf denen solche Pornos gehandelt werden, bekommt man erst, wenn man ›dazugehört‹. Und um dazuzugehören, muss man erst selbst, ähm, *entsprechendes Videomaterial* hochladen. Und bei den Auftragsmorden ist das ähnlich.«

»Aha.«

»Stell dir das Ganze vor wie ein Clubhaus voller böser Buben. Da kommst du nicht einfach so rein. Du weißt nicht mal, wo es liegt. Und die wollen auch, dass das so bleibt. Schließlich könntest du ja alles andere sein als ein böser Bub und die ganzen Clubmitglieder verpetzen.«

»Soll das heißen, ich muss erst jemanden umbringen beziehungsweise du musst jemanden umbringen, bevor ich mich umbringen lassen kann? Ist ja völlig bescheuert.«

»Nein, musst du nicht. Lass das mal meine Sorge sein. Es wird halt teuer.«

»Wie teuer?«

»Na ja, wir sind hier nicht in Mexiko, wo ein Leben einen Scheiß wert ist und man Leichen einfach auf den Müll kippt – das ist Deutschland. Eins der sichersten Länder der Welt. Wir haben zwar ein paar Nazis bei den Bullen, sogar ein paar zu viel, aber so richtig korrupt ist hier niemand, bei uns funktioniert soweit alles solide. Hier kann man das nicht buchen wie 'ne Massage.«

»Wie teuer?«

»Kann ich noch nicht genau sagen, aber auf jeden Fall fünfstellig.«

Ich trinke einen Schluck Wasser und lasse meinen Blick durch den Raum tänzeln. Ich gehe im Kopf meine Konten und mein Aktienportfolio durch. Tobis Möbel sind nach wie vor schick, in letzter Zeit war er wohl ein bisschen nachlässig beim Staubwischen. Oder Wischenlassen. Auf einer Kommode fehlt eins dieser schrägen Kunstobjekte, die er so toll findet.

»Das bekomm ich zusammen.«

»Perfekt. Und ich bräuchte eine kleine Anzahlung von 2000 Euro.«

»Blutsauger.«

»Ist nur zu deinem Besten. Je früher das Geld, desto schneller dein Adiós.«

»Schmeiß ich dir morgen in den Briefkasten. Wie lang wird das denn dauern, bis der Typ aktiv wird?«

»So zirka ein, zwei Monate, schätze ich. Ich hoffe, du hast es nicht eilig. Da gibt's keine Same-Day-Delivery.«

»Ich hab's 29 Jahre ausgehalten, das schaff ich jetzt schon noch.«

»Hervorragend!«

Er hält mir sein Wasserglas hin, ich stoße mit ihm an. Er zückt einen vorgedrehten Joint, hält ihn mir vor die Nase und grinst.

»Geht auf mich!«

»Sehr nobel von dir.«

Ich zünde ihn an, ziehe, grüble.

»Das wäre wirklich ganz praktisch, noch ein bisschen Zeit zu haben. Kann man da Wünsche abgeben?«

»Wie meinst du das?«

»Dass ich, sagen wir mal, noch 50 Tage habe? So 'ne schöne runde Zahl? Um in Ruhe Abschied nehmen zu können und dann bäm, ciao?«

Er überlegt kurz. »Klar doch, der Kunde ist König. Das lässt sich so einrichten, denke ich.«

Ich reiche ihm den Joint.

»Wundervoll. Wenn ich der König bin, wer oder was bist du dann in dem Szenario?«

»Nur ein einfacher Diener, ein Kämmerer, ein Mundschenk, ein Narr.«

Er zieht und inhaliert tief.

»Ich bin, was immer du willst, Schätzchen.«

»Du Creep.«

Wir kichern.

»Ich werd dich vermissen«, sagt er und versucht, andächtig zu nicken.

Ich versuche, ihm zu glauben.

KLICK

Das Fotoalbum wird von einem roten Stoffeinband und einer Heerschar längst verdrängter Erinnerungen umschlossen. Ich sehe mich als Kind, mit Spaghetti Bolognese und einem Lachen im Gesicht. Mit verdrecktem T-Shirt, jubelnd, beim Fußballspielen. Meine Schwester, ein kleiner Kloß Mensch mit bunter Mütze, die sich selbst noch nicht kennt. Meine junge, strahlende Mutter bei dem Versuch, alles zusammenzuhalten. Meinen Vater. Ich klappe es zu.

Ich werfe Tobi die Anzahlung in den Briefkasten und gehe zu meiner Hausärztin, um mein Attest verlängern zu lassen. Sie blickt mich mitleidvoll an und ich frage mich, wie fertig ich gerade aussehe, wenn ich ihr nicht mal irgendwas vorspielen muss, und wie lange es dauert, jahrelang gezüchtete, gepflegte und stetig erneuerte Augenringe wegzuschlafen. Vermutlich länger als eine Woche.

Ich ziehe mir meine Kapuze über die Ohren und streife ziellos durch die Straßen.

Da ich nicht weiß, wohin mit mir, setze ich mich an einen Tisch draußen vor einem schönen italienischen Restaurant. Die Münchner Sonne scheint gebührenfrei und werkelt sich durch die weißen Wolken, die wie Milchglas für die Welt wirken und die Strahlen angenehm abschwächen.

Ich bestelle einen großen gemischten Salat, Vitello

Tonnato und eine Pizza mit Büffelmozzarella, eine Ananas-Schorle, ein Glas Weißwein, noch ein Glas Weißwein, einen Cappuccino und merke, dass es mir zum ersten Mal völlig egal ist, 56 Euro für ein Mittagessen auszugeben. Viele werde ich davon ja nicht mehr haben.

Ich sitze alleine am Tisch. Das mache ich seit ein paar Jahren hin und wieder, seit ich festgestellt habe, wie umständlich es sein kann, dafür zu sorgen, nicht alleine essen zu müssen. Wie ich mich immer bemüht habe, sich um mich aber nie bemüht wurde. So ist wohl das Leben, habe ich festgestellt. Niemand wartet auf einen, alles ist mühsam, und wer darauf keine Lust hat, bleibt zurück und alleine. Und wenn schon.

Ich zahle, gebe 20 Euro Trinkgeld, sage »Aber bitte für Drogen ausgeben«, der Kellner lächelt pflichtbewusst, ich gehe, sitze wieder zu Hause und frage mich, warum und wozu.

Ich sollte mir eigentlich Gedanken machen, wie es weitergeht, bis es nicht mehr weitergeht.

Ich frage mich, ob es sich noch lohnt, zu kündigen. Und wenn ja, wie ich wem das Kündigungsschreiben überbringen würde. Sekretariat? Personalabteilung? Reichardt? Post? Eingescannt per E-Mail? Persönlich übergeben? Einen Raben schicken?

Ja, ich will. Schlussstriche lohnen sich immer. Wegen des ganzen nicht genommenen Urlaubs und der Überstunden muss ich nicht mal mehr schwänzen.

Ich quetsche mich auf meine zu kleine und fleckige 70-Euro-IKEA-Couch, die ich seit meiner Studienzeit habe, und überlege mir eine Formulierung.

Wenig geehrter Herr Dr. Dr. Dr. Dr. Dr. Dr. Dr. Dr. Reicharschdtdtdtdtdtttd,

ich verachte Sie und Ihr gesamtes Wesen zutiefst. Sie sind ein furchtbarer Mensch und hätten niemals Personalverantwortung haben sollen. Die Welt wäre ohne Sie eine bessere. Ich wünschte, Sie würden sich zum Teufel scheren, auf dass er Ihnen mit seinen Hörnern die Augen aussteche, Sie anal penetriere und Sie daraufhin die Ewigkeit mit einem gerissenen Arschloch verbringen müssen, mitten im Fegefeuer und mit David Hasselhoff auf Endlosschleife.
Außerdem kündige ich.

Mit unfreundlichen Grüßen
Ben Schneider

PS: Wirklich ein Jammer, dass Sie sich fortgepflanzt haben.

Beim Gedanken daran badet meine Seele, spielt mit Quietscheentchen, formt sich einen Bart aus Schaum und lacht aus tiefstem Herzen, meine soziale Ader krampft und weint, während die unsoziale mit dem Fuß auf ihrem Hals steht, mir applaudiert und lauthals »GUT SO!« zugrölt. Ich stelle mir vor, wie ich die Mail an ihn schicke und das gesamte Unternehmen in CC setze. Ich wäre ein Held. Eine Legende. Das Symbol des »Corporate Rebellentums«, in alle Ewigkeit würde mich und all meine Taten ein Nimbus des Keinen-Fick-Gebens umhüllen. Angepisste Praktikantinnen und Werkstudenten würden sich die Mail ausdrucken und einrahmen und Hoffnung daraus schöpfen. Es gäbe T-Shirts mit meinem Konterfei, die auf antikapitalistischen Demos getragen würden, es gäbe einen Hashtag in den sozialen Medien (#neverforgetarschfickmail), es gäbe Nachahmerinnen und Nachahmer, Trittbrettfahrende und einen internationalen Feiertag mit Freibier und Straffreiheit fürs Beleidigen von Vorgesetzten.

Ich gebe mich meinen Gedanken hin und habe für einen kurzen Moment das Gefühl, irgendetwas könnte irgendetwas ändern. Dann muss ich lachen.

Ich fange an, zu tippen, zögere. Würde vermutlich doch niemanden interessieren und nur unnötigen Stress machen.

Sehr geehrter Herr Dr. Dr. Reichardt,

hiermit kündige ich meinen bestehenden Arbeitsvertrag zum nächstmöglichen Datum.

Mit freundlichen Grüßen
Ben Schneider

Reicht. Mail raus. 20 bestimmte Wörter in einer bestimmten Reihenfolge vernichten fünf Jahre des Buckelns. Das Ganze noch ausdrucken, unterschreiben, frankieren, weg damit.

Drei Tage später spuckt mein Briefkasten die Kündigungsbestätigung meines Arbeitgebers, eine verspätete Stromkostenabrechnung und einen unbeschrifteten braunen Umschlag aus.

Ich reiße den Umschlag auf und halte DIN-A4-große Fotografien in meiner Hand. Sie zeigen mich. Beim Spazierengehen, in meiner Wohnung, im Café Amsel, beim Essen in verschiedenen Lokalen und sogar einmal aus der Froschperspektive, wie ich auf einer Bank sitze, vermutlich irgendwo an der Isar, als ich spazieren war. Auf der Rückseite steht mit Edding geschrieben: *40k bar.* Das ist also mein Kostenvoranschlag. Ich lege die Bilder beiseite, hole mein Handy, wähle den Chat mit Tobi aus und verabrede mich mit ihm.

INVESTIEREN

Das ist die Welt, in der wir leben: Wenn ich 20 Zweieurostücke auf der Straße nebeneinanderlege, nimmt sich nicht jeder eine, sondern einer alle. Alle schauen nur auf sich, Bedarfsgerechtigkeit ist ein theoretisches Konstrukt, das ein paar Eigenurin-für-Champagner-haltende Elfenbeinturmnasenpoplerinnen und -popler an irgendwelchen Unis auswendig lernen müssen.

Ich stehe am Schalter meiner Bank. Heute früh habe ich all meine Aktien verkauft und sage der ambitionierten Servicemitarbeiterin jetzt, dass ich gerne 40.000 Euro in bar abheben möchte. Sie mustert mich einmal ausführlich, nimmt meine Girokarte entgegen und widmet sich ihrem Computer.

Sie trägt ihren Hosenanzug wie eine zweite Haut. Perfekt geschminkt, das Haar offen, der Blick geradeaus. Ich spiele Biografie-Raten: Sie lässt sich von niemandem etwas gefallen, außer sie muss; sie spielt Spielchen so lange mit, bis sie die Regeln selbst bestimmen darf. Das hier ist für sie nur eine Zwischenstation. Sie wird die Karriereleiter hochsprinten, sie wird sich durchbeißen, durchboxen und alles niederbrennen, was sich ihr in den Weg stellt, ihr Jahresbonus wird mal größer sein als ihre Einsamkeit, sie wird sich vier Toyboys halten, die in regelmäßigen Abständen durchrotieren und die sie bei Bedarf austauscht. Sie wird sich als Kapitalanlage Wohnungen in florierenden Großstädten kaufen und zum Privatvergnügen einen Bungalow in der Toskana. Sie wird viel Rotwein trinken, gnadenlos und konsequent alles aus ihrem Leben streichen, das ihr nicht guttut, und mit Mitte 50 mit einem jung gebliebenen, klassisch-männlichen Italiener mit beachtlich viel Brusthaar durchbrennen, von da an im Homeoffice von der Veranda aus arbeiten und glücklich sein. Sie hat sich ihr Leben ausgesucht und fühlt sich darin pudelwohl, bereut nichts.

Ich bin neidisch. Erfolg und Geld als einzige Lebensmaßstäbe zu haben, muss ein Segen sein.

Sie legt mir den Buchungsbeleg hin, ich unterschreibe. Sie verlangt meinen Personalausweis und macht eine Kopie davon. Während sie das tut, erinnere ich mich an eine alte Vorlesung zum Geldwäschegesetz und begähne mein Leben.

Ich soll ihr folgen und das tue ich; sie führt mich in einen abgetrennten Raum, eine »Diskretkasse«, ich soll kurz warten. Sie kommt mit einem dicken Umschlag wieder. Vor meinen Augen gibt sie das Geld in eine Zählmaschine, das kleine Display zeigt 40.000 Euro an, 200-Euro-Scheine. Sie fragt, ob sie es noch einmal per Hand nachzählen soll oder ob das so passe. Blöde Frage. Sie zählt nach. Stück für Stück.

Völlig absurd. Zwei Zentimeter Papier. Papier, für das mir andere Menschen fast alles geben, fast alles für mich tun würden, zwei Zentimeter Papier, für die man in Deutschland durchschnittlich 17 Monate arbeiten muss, in einer

Textilfabrik in Bangladesch 39 Jahre, Papier, das Menschen zu Tieren macht und Tiere zu Vorspeisen, Papier, das Leben retten und zerstören kann.

Sie ist fertig mit Zählen, legt die Fetzen zusammen und drückt sie mir unbeeindruckt in die Hand. Da halte ich es, mein Ticket zur Freiheit, stecke es in die Innentasche meiner Jacke, bedanke mich bei ihr und wünsche ihr ein schönes Leben. Sie nickt und fährt mit ebendiesem fort. Vermutlich bin ich höchstens eine kurze Randnotiz beim abendlichen Afterwork-Plausch und dann für immer vergessen.

Ich sitze auf Tobis Sofa und warte. Er kommt aus seinem Schlafzimmer zurück, reicht mir ein Glas Weißwein und setzt sich.

»Hab grad keinen Roten mehr da, sorry«, scherzt er.

»Mensch, wie schade.«

»Jedenfalls: Bin fertig, stimmt alles. Ich treffe mich morgen mit ihm und übergebe ihm das Geld, ab dann hast du noch deine 50 Tage, bis du an der Reihe bist. Danach schlagen sozusagen deine letzten Stündchen, ab da kann's jederzeit passieren. Er meinte außerdem, dass du es ihm gerne leichter machen kannst; achte zum Beispiel darauf, in Restaurants dein Essen immer mal wieder unbeaufsichtigt zu lassen, oder wenn du dich draußen irgendwo hinsetzt, dann am besten irgendwo mit möglichst wenig potenziellen Zeugen, und so weiter … Du verstehst, was ich meine. Mach dich eben zu leichter Beute, auf jede mögliche Art und Weise.«

»Krieg ich hin.«

»Na dann – auf dich!«

»Kein Zurück«, sage ich.

Wir stoßen an. Es klirrt.

»Kein Zurück«, erwidert er.

Wir trinken und lächeln uns an wie zwei schüchterne Teenies beim ersten Date, keiner weiß so recht, wie er sich verhalten soll. Was sagt man da auch? »Ja übrigens, danke dir, voll cool, dass du sterben willst und dabei an mich gedacht hast.« Ich lasse meinen Blick schweifen, um etwas zu finden, womit ich die peinliche Stille zerschneiden kann.

»War hier nicht letztens noch 'ne Kommode?«

»Äh, also, ja. Ich fand, die hat zu viel Platz weggenommen, hatte keine Lust mehr auf die.«

»Was? Verarschst du mich?«, lache ich. »Das Zimmer hier hat doch locker 25 Quadratmeter.«

»Ach, keine Ahnung, hat mich einfach gestört, das Ding. Weißt doch, ich bin Minimalismus-Fan. Ist ja auch egal. Willste eigentlich noch irgendwas mitnehmen?«

»Willste mich loswerden? Ich bin eh bald weg, genieß es doch noch.«

Er kichert künstlich.

»Aber ja, gern«, sage ich, »gib mir noch mal fünf Gramm mit, die sollten mir mein Leben lang reichen.«

Er kichert. Halb künstlich.

»So viel hab ich grad nicht da, nur noch drei.«

»Was bist du denn für ein miserabler Dealer, sag mal?«

»Hey, ruhig bleiben. Der Nachschub lässt auf sich warten und ich hab mich in letzter Zeit viel mit anderen Dingen beschäftigt, wie du ja selbst am besten weißt.«

Da es mir egal ist, gebe ich ihm zu viel Geld für zu wenig

Gras. Wir verabschieden uns knapp und erst, als ich nach draußen trete, wird mir so richtig klar, was bald passieren wird. Ich atme ein, so tief und so bewusst, dass ich meine, die Luft hätte einen Geschmack. Ein Zittern durchfährt meinen ganzen Körper und ich habe zum ersten Mal in meinem Leben das Gefühl, die uneingeschränkt richtige Entscheidung getroffen zu haben.

Zu Hause vernichte ich zur Feier des Ganzen eine Flasche sackteuren Weißwein und eine halbe Schachtel Zigaretten ohne Zusätze, falle halbtot ins Bett und schlafe sofort ein.

Ich träume nicht mehr.

TEIL II

FREIMACHEN

2 %

Meine Jeans ist staubig und die Musik laut. Ich sitze im Flur, auf dem Boden, weil es egal ist, wo ich sitze, weil es egal ist, was ich trage, weil es egal ist, was für Lieder laufen, weil es egal ist, wie viel Uhr es ist, weil es egal ist, was morgen ist oder nicht ist, ob ich morgen noch bin oder nicht.

Ich schaue ins Regal, ungelesene Kafkas und Atwoods winken mir herablassend zu, die Kiste mit Erinnerungen zwinkert verzweifelt, ich lasse sie verschlossen und lege mich auf den Fußboden. Er ist weicher als gedacht. Aus der Box scheppert *Lonely Boy* von The Black Keys. Ich schließe die Augen und merke, wie ich anfange, mit den Waden im Takt zu wippen, wie sich meine Hände wie automatisch zu kleinen Pistolen formen, die »Peng Peng!« machen und sich schließlich bewegen wie eine Dampflok.

Ich schieße hoch und schnappe mir drei große Umzugskisten, die ich nie weggeworfen habe, weil »ich sie ja vielleicht mal wieder gebrauchen kann«, und unterteile sie in: Spenden, Müll, Behalten. 50 Tage. Jeder Gegenstand hat genau zehn Sekunden, um mich zu überzeugen.

All der Schund, den die Jahre hervorgebracht haben; bei vielem bin ich gleichermaßen fasziniert und schockiert.

Grußkarten. Die dümmste Umweltverschmutzung seit dem Geschenkpapier. Die unnötigen Kackteile erfüllen ihren Zweck im Moment des Lesens: Grüße ausrichten. Das Grußkartendasein ist vermutlich die Hölle toter Bäume. Dann fühlt man sich auch noch schlecht, sie wegzuwerfen, da sich ja irgendeine Pappnase anderthalb Minuten Zeit genommen hat, um drei pseudopersönliche, banale, bereits milliardenfach geschriebene Sätze draufzuklatschen, alles Gute, bleib, wie du bist, feier schön, blabla. Mhm, ja, danke. Alle in den Müll.

Ein Plüsch-Schwan, zigtausend Kabel für jede noch so verzwickte Situation, die nie eintreten wird, eine Playstation, die ich seit Jahren nicht mehr benutzt habe, eine alte Ballpumpe, ein Reiskocher, ein Bademantel, einmal und keinmal benutztes Sexspielzeug, ein Pulli, den eine Quasi-Ex mir geschenkt hat, endlos viele Schreibwaren, die ich über Jahre hinweg exzessiv aus den Materialräumen meiner Arbeitgeber geklaut, aber nie gebraucht habe, Weihnachtstee, Gewürztee, Seelenharmonietee, Ayurvedatee, Entspannungstee – offensichtlich fällt den Leuten kein anderes beschissenes Geschenk-Lebensmittel ein.

Bücherregal. Ich ziehe irgendetwas heraus. *Die Leiden eines Chinesen in China* von Jules Verne. Nie gelesen. Weg damit. Alles war schon mal da, alles hat schon mal gelangweilt. Dasselbe Schicksal ereilen Uni-Lehrbücher, pseudoanspruchsvolle Hochliteratur, die meint, etwas sei nur Kunst, wenn es entweder wahnsinnig sperrig geschrieben ist oder wenn es keine Sau versteht, alle Bücher, deren Kapitel ausgeschriebene Zahlen sind (ich meine, »Eins«, »Zwei«,

»Drei«, komm schon, was ’ne prätentiöse Scheiße, wow, du kannst zählen – mit Buchstaben! Herzlichen Glückwunsch), alle Ratgeber, alles von Reclam und drei staubfressende Kochbücher. Erstaunlich, dass ich mir erst jetzt eingestehe, niemals einen Sellerierahmtopf mit Trüffel zubereiten zu werden.

Ich behalte nur ein paar wenige, gute Bücher, damit die Leute, die am Ende meine Wohnung ausräumen müssen, denken: »Mein lieber Scholli, da schau mal einer an, der Gute hatte ja Geschmack!« Solche Leute sagen ziemlich sicher »Mein lieber Scholli«.

Ich blättere in *Schöne neue Welt* und *Die Glasglocke* und frage mich, wieso die ganzen umgangssprachlichen Bezeichnungen für lesende Menschen so negativ klingen, Bücherwurm, Büchernarr, Leseratte, was für eine Scheiße, ich will doch weder Wurm noch Narr noch Ratte sein. Wieso nicht Literaturtiger oder Seitenadler, wegen überfliegen, weißte, haha, voll witzig, denke ich und freue mich, dass niemand meine Gedanken lesen kann, und höre dann auf, mich zu freuen, da mir anscheinend selbst über den Tod hinaus wichtig ist, was wildfremde Leute von mir halten. Ich denke an Tobi und seinen Musikgeschmack, aber vor allem an meine Meinung dazu – und beschmunzle meine Widersprüche. Fuck it. Aus Trotz stelle die Ratgeber wieder zurück, direkt neben die Frida-Kahlo-Biografie, und garniere sie mit allen gefühlt 50 Bänden vom bescheuerten *Café am Rande der Welt* sowie meinem imaginären Stinkefinger. Hätte ich in diesem Leben noch ein Café eröffnet, hätte ich es aus Wut und Trotz das »Café am Rande des Nervenzusammenbruchs« genannt.

Ich frage mich kurz, ob tatsächlich ein Amt oder irgendwelche Fremden meine Wohnung ausräumen werden, eine kurze Internetrecherche ergibt dann: Meine Angehörigen müssen das tun. Ergo: Es ist sowieso scheißegal, was hier noch steht.

Die Behalten-Kiste ist noch fast leer. Wenn man das Ziel sieht, ist das Gepäck leichter. Man nimmt einfach weniger mit.

Ich habe mich in Rage sortiert, nutze den Flow und bringe den Müll direkt runter.

Der kleine weißhaarige türkische Nachbar steht wie immer still vor dem Gebäude, raucht, spielt mit seiner Gebetskette, trinkt Cay und nickt mir zu, als ich an ihm vorbeihechle. Er heißt Yilmaz, wie ich einem Paket entnehmen konnte, das mal bei mir für ihn abgegeben wurde. Mein Gesicht klebt während des Tragens an der absurd großen Umzugskiste, als würde ich ihren Herzschlag hören wollen. Ich sehe bescheuert aus und frage mich, was er wohl denkt. Tag und Nacht steht er da, an derselben schäbigen Ecke, seine Welt ist auf einen Radius von 150 Metern begrenzt, doch das scheint ihm zu genügen. Er ist also entweder ein krasser spiritueller Guru, der die Erleuchtung mit seinen drei Schachteln Zigaretten pro Tag inhaliert, oder er hasst sein Leben so abgrundtief, dass er längst mit allem abgeschlossen hat und nur noch völlig resigniert vor sich hin existiert und sich mit Tee, Nikotin und Religion zu betäuben versucht.

Oder er findet es einfach sehr, sehr geil, draußen rumzustehen.

Dann sind die Spenden dran. Ich gehe in einen Oxfam-

Laden und gebe irgendeiner ehrenamtlichen Kurzhaar-Ulrike oder -Sabine oder -Gabi die Kiste. Sie sagt, ich solle kurz warten, sie prüfe schnell die Gegenstände. Ich verlasse den Laden. Ulrike oder Sabine oder Gabi meckert mir hinterher und ich schmiege mich an mein Gefühl völliger Gleichgültigkeit.

Ich lasse mich in meine Couch sinken und starre mit leerem Kopf in meine noch leerere Wohnung und glaube, zufrieden zu sein.

LAST BUT NOT LIST
6 %

Erwachsen ist man, sobald man eine Zahnzusatzversicherung abschließt, alt, sobald man bei den Charts den Kopf schüttelt, und tot, sobald man mehr an die Vergangenheit denkt als an die Zukunft. Ich schwebe irgendwo dazwischen, weder tot noch lebendig, also untot; ich überlege, wie ich mich als Zombie machen würde, und stelle fest, dass ich schon seit Jahren sehr erfolgreich darin bin. Ich hatte mir immer mehr erhofft, aber wenn ich ehrlich bin, bekomme ich für mein Leben nur eine Teilnehmerurkunde.

Schon mein ganzes Leben war ich wandelndes Mittelmaß. Die Mensch gewordene Zweiminus. Überall ganz okay, stets um den Durchschnitt rumscharwenzelnd, manchmal besser, manchmal schlechter, aber in nichts richtig gut. In gar nichts. Ich war in jedem Lebensbereich allerhöchstens eine Randnotiz, bin es und werde es immer bleiben.

Ich habe daher Leute, die sich selbst als »anders« bezeichnen, immer beneidet und noch nie verstanden, weshalb sie sich über das Anderssein beklagen. Anderssein gibt dir eine Aufgabe, für die man kämpfen kann, einen Sinn, den es zu verteidigen gilt, eine Rolle in diesem jämmerlichen beschissenen kleinen Leben, oft eine unliebsame und nicht selbstgewählte, aber eine Rolle, Widrigkeiten, denen man trotzen und an denen man wachsen kann. Man ist jemand. Jemand Besonderes. Anders zu sein, ob freiwillig oder unfreiwillig, zeugt von Mut und Charakter, während ich nur Wut und verkackt hab.

Ich bin so stromlinienförmig, so austauschbar und generisch, dass ich mich im Schwarm selbst nicht erkenne. Ich war und bin ein perfektes Chamäleon, das nach jahrelangem Anpassen vergessen hat, wie die eigene Farbe aussieht. Ich wurde privilegiert geboren, werde privilegiert gelebt haben und privilegiert sterben. Jeder Platz, auf den ich mich jemals gesetzt habe, war vorgewärmt und der kleinste Hauch von Kälte macht mich krank, weil ich nie damit klarkommen musste. Und weil ich schwach bin. Die einzige Widrigkeit in meinem Leben bin ich selbst und selbst damit werde ich nicht fertig. Bis jetzt.

Würde jemand, der oder die sich als »anders« bezeichnet, diese Gedanken mitbekommen, würde es heißen: »Schau ihn dir an, hat keine Probleme und beklagt sich dann auch noch drüber, sag mal, geht's noch, die Fresse halten soll er!« Zu Recht. Sie haben recht, vollkommen recht. Ich nicht. Ich habe kein Recht, mich beschissen zu fühlen. Das wäre anmaßend.

Es sind mittlerweile 72 Stunden vergangen seit dem Startschuss und bisher war ich nirgendwo außer in meinem Kopf. Das Sterben zieht sich. Die Filme sind öde, das Wichsen langweilig, die Tage lang und groß und meine Fantasie klein; gänzlich ohne den Seelenräuber Job überfordert mich die Zeit.

Da steht die Freiheit dem Glück mal wieder im Weg, denn mal wieder gibt es vor lauter Freiheit keine Entscheidung, weil jede Entscheidung ja die Freiheit einschränkt, und so werde ich immer einfallsloser. Ein geschätzter Kollege hat mir mal gesagt, ich sei ein Suchender. Was für eine beschissene Beschreibung. Beziehungsweise was für eine leider gute Beschreibung und was für ein beschissenes Los. Klingt superpoetisch und abenteuerlich, aber was soll das denn für ein Leben sein? Will ich mein Leben lang suchen? Wenn mein prägnantester Charakterzug ist, suchend zu sein, bedeutet das ja automatisch, dass ich nie ein Findender sein werde, dass ich nie irgendwo ankommen werde. Wobei ich das Ankommenwollen schon immer für ein beschissenes Lebensziel gehalten habe. Wenn also suchen und ankommen für den Arsch sind, wozu das Ganze?

Stand jetzt: Das Sterben langweilt und ich sehne es herbei, würde es am liebsten an mich heranziehen wie ein vertäutes Boot, das zu weit auf das Wasser getrieben ist. Aber das kann's auch nicht sein, denke ich, echt nicht. Nach Jahren der Leere werde ich doch wenigstens ein paar Tage füllen können. Und da ich mir nicht anders zu helfen weiß, tue ich, was ich schon immer tue und verachte: Ich schreibe mir eine Liste.

Die letzte.

ABGESCHLAGEN
12 %

»Kann ich Ihnen helfen?«, fragt mich eine zu gut gebräunte und zu gut gelaunte Verkäuferin Ende 40 im gewollt flotten Betriebs-Poloshirt und reißt mich damit aus meiner Trance.

»Äh ... nein.«

»Alles klar. Ich bin da hinten, wenn Sie mich brauchen.«

»Okay«, antworte ich stirnrunzelnd. Im nächsten Moment muss ich mir eingestehen, dass ich tatsächlich Hilfe brauche, folge ihr sofort und komme mir dabei sehr dumm vor.

»Entschuldigen Sie, Hilfe wäre doch ganz gut.«

»Gerne.«

»Ich hätte gern einen Baseball-Schläger.«

»Dass Sie keinen Fußball wollen, hab ich mir schon gedacht, nachdem Sie jetzt fünf Minuten vor dem Schlägerregal gestanden sind. Was für einer soll's denn sein?«

»Ähm, ja, irgendein Allrounder vielleicht. Robust. Nicht zu schwer. Vielseitig einsetzbar.«

»Wo werden Sie denn damit spielen?«

Ich habe ein Brett vor dem Kopf; zwar nur kurz, aber nicht kurz genug, denn mit jeder Sekunde, die ich länger brauche, um »draußen« zu sagen, wird ihre Stirn runzliger.

»Ja schon klar, draußen, ich meine, spielen Sie nur in der Freizeit? Oder in einer Liga? Ich schätze mal nicht, wenn Sie so fragen.«

»Nur so freizeitmäßig einfach, mit ein paar Kumpels.«

»Mhm.«

»Ja.«

»Softball oder Baseball?«

»Baseball.«

»Welche Position spielen Sie denn?«

»Joa«, eiere ich herum, »alle irgendwie. Wir sind 'ne Hobbymannschaft.«

»Okay. Und auf welcher Position haben Sie vor, mit dem Schläger zu spielen?«

»Ach, eigentlich auf allen. Ich leg mich da ungern fest.«

»Ist das so, ja? Sie wissen, dass man beim Baseball immer von derselben Stelle aus schlägt?«

»Äh, klar. Ha, witzig, dass Sie das sagen, ich wollte grade nur …«

Sie starrt mich an, was mich sichtlich verunsichert, holt tief Luft, kommt sehr nah heran und wispert: »Also, passen Sie mal auf, mir ist klar, dass Sie nicht vorhaben, Home-Runs zu schlagen, sondern offensichtlich etwas anderes, aber Sie scheinen mir auf den ersten Blick kein völliger Psycho zu sein und, sind wir mal ehrlich, Sie könnten sich den Scheiß auch einfach günstiger im Internet bestellen, deshalb will ich nur wissen: Menschen oder Gegenstände?«

»Ähm …«

Ihre Augen verengen sich und ich komme mir vor wie ein Kindergartenkind bei der letzten Ermahnung, kurz bevor es in die Ecke muss.

»Lügen Sie mich nicht an!«

»Gegenstände.«

»Sehr gut.«

»Sehr gut?«

»Jap. Kann ich nur empfehlen, das ist richtig geil.«

»Was?«

»Jap, richtig, richtig geil. Nichts gibt dir so viel Befriedigung wie mit so 'nem Ding irgendeinen Scheiß zu zertrümmern«, sie wispert jetzt nicht mehr, »Gott, ich stell mir dann einfach immer das Gesicht meiner beschissenen Ex vor, die nach 13 Jahren Beziehung auf einmal meinte, nach Paris gehen zu müssen, weil sie ihre Leidenschaft für bildende Kunst entdeckt hat. Und dann nimmst du einfach diesen Schläger und HAUST auf die Tasse mit ihrem Gesicht oder auf ihr Fahrrad oder ihren bescheuerten Malkasten mit den bescheuerten Acrylfarben drin und danach ist dein Leben wieder ganz okay. Stellen Sie sich was in der Richtung vor?«

»Jap, so was in der Richtung.«

»Dann nehmen Sie einen aus Aluminium, ist leichter und stabiler.«

Ich bedanke mich, sie begleitet mich zur Kasse, ich zahle und gebe ihr vor lauter Überforderung Trinkgeld.

ÜBERHOLSPUR
14 %

»Sehr geehrter Herr Schneider, schade, ich dachte, Sie hätten das Zeug zu mehr gehabt. Habe mich wohl getäuscht. Wollte ich Ihnen nur noch mal persönlich sagen. Nichtsdestotrotz wünsche ich Ihnen weiterhin Erfolg auf Ihrem beruflichen Weg, wo auch immer der Sie hinführen wird. MFG Dr. Dr. Thomas Reichardt«, lautete die Mail von vor zwei Tagen.

Die Straßen sind leer, die Laternen schimmern und die Isar rauscht leise vor sich hin, während mein Herz so laut pumpt, dass ich denke, ich wecke damit gleich die ganze Nachbarschaft.

Ich trage eine zu kleine Sporttasche, aus der der Griff des brandneuen Schlägers herausragt, da ich nichts anderes dahatte und weil ein Mann im schwarzen Kapuzenpulli mit Baseballschläger in der Hand des Nachts eine wenig vertrauenerweckende Erscheinung ist.

Ich stehe vor seiner Wohnung und entdecke voller Genugtuung den Porsche-SUV, der alle anderen Straßensubjekte herablassend beäugt und erhaben auf zwei Parkplätzen steht; die fehlende Rücksicht war im Leistungsumfang enthalten. SUVs, wie ich sie hasse, SUVs, super unnötige Vehikel, scheiß Umwelt-Verschmutzung, Sitzgelegenheit für umnachtete Vollidioten, schwanzkompensierender Unsinn in Verkehrsmittelform, ich hasse sie und alles, was darin sitzt, wirklich, wirklich sehr.

Es ist still, es ist vier Uhr und es ist einsam, sprich, es ist so weit. Ich öffne die Tasche und höre währenddessen innerlich seine Stimme, wie er mal großkotzig erzählte, dass die Stadt ihm ja lieber sei als Grünwald, inmitten so vieler Villen fühle er sich nicht wohl, ja, dann lieber die Stadt, auch um den Kontakt zum »normalen Volk« nicht zu verlieren, und schön sei es hier ja schon irgendwie, so direkt am Wasser, so gegenüber vom Deutschen Museum, das habe schon was, auch wenn er gar nicht so oft zu Hause sei.

Die Wut kocht, doch ich zögere, stehe vor dem widerlich gut designten Metallklotz und glotze ihn verdutzt und planlos an, als würde ich eine dieser merkwürdigen Bauplan-Speisekarten in einem Hipster-Lokal studieren, in dem man einen Hochschulabschluss braucht, um zu verstehen, wie man da was zu essen bestellt.

Dann bin ich mir sicher.

Scheiß auf Hipster-Lokale, scheiß auf SUVs, scheiß auf Speisekarten, scheiß auf Jobs, scheiß auf Steuererklärungen und Jahresabschlüsse, scheiß auf Paris, scheiß auf Malkästen, Aquarell und Acryl und Microsoft Outlook, scheiß auf E-Mails und Software-Updates, scheiß auf PowerPoint und Windows 7 und 8 und 10 und portable Drucker und SAP, scheiß auf Spesenabrechnungen und Proleten-Stammtischgelaber, bei dem man freundlich nicken muss, weil es von den Chefs kommt, scheiß auf SUVs und auf SUVs und vor allem scheiß auf den beschissenen Reichardt.

Ich hole aus, der erste Seitenspiegel fliegt ab, ein weiterer

Schlag und der Frontscheinwerfer zersplittert, das Geräusch umarmt meine Seele, beschwingt mich, treibt mich an und Schlag für Schlag werde ich wacher, fitter, schneller. Die Alarmanlage schafft es nicht, meinen Puls noch weiter zu erhöhen, nur die Frequenz, mit der ich zuschlage, und als ich merke, dass ich nichts weiter zertrümmern kann, packe ich ein Messer aus der Tasche und lasse es den ersten Reifen küssen und will mich direkt an den zweiten machen.

Dann höre ich Geschrei und sehe Lichter angehen. Ich packe ein und renne.

Ich renne, bis ich außer Atem und Sichtweite bin, werfe meinen Kapuzenpulli in einen Altkleidercontainer, steige auf mein dort bereitstehendes Fahrrad und rase los, lache dabei wie ein Irrer und merke erst gar nicht, dass ich bereits am Flaucher angekommen bin, gute vier Kilometer entfernt.

Weit und breit nur Wasser, Wiese, Steine und ich. Ich lege mich ans Ufer, starre auf den steten Strom, das Nass fließt friedlich vor sich hin. Ich krame einen Joint aus meiner Hosentasche, zünde ihn an, ziehe, mein Kopf tanzt lachend um sich selbst wie Rumpelstilzchen ums Feuer, alles dreht sich und ich liege in der Mitte.

Als die Sonne ihren Dienst antritt und mich die ersten Strahlen streicheln, schlurfe ich zurück zu meiner Wohnung. Ich schaffe es gerade noch, die Rollos runterzulassen, und kippe dann mitsamt Klamotten und zufriedenem Lächeln ins Bett.

Ich fühle mich gut.

Ich schlafe 14 Stunden.

RETTER
28 %

Ich kann mich nicht daran erinnern, wann ich das letzte Mal drei Tage lang nicht geduscht habe. Wenn unsere Gehirne sechs Millionen Jahre alt sind, wieso stört es Leute dann, wenn jemand riecht, wie er oder sie eben riecht? Steinzeitmenschen hatten auch kein Deo, kein Anti-Transpirant, kein Eau de Toilette in Aprikose-Pfirsich. Aber Achseln produzieren heutzutage weitaus mehr Scham als Schweiß, niemand freut sich über den kühlenden Effekt, alle wollen ihn nur im Keim ersticken, auslöschen, überdecken, vermeiden, so tun, als wäre er nie da gewesen. Natürlichkeit ist unangenehm, Natürlichkeit ist peinlich, Natürlichkeit stinkt.

So laufe ich stinkend, aber natürlich und wohltemperiert durch die Straßen, ziellos. Ich frage mich, ob Spazierengehen für mich jemals ein Selbstzweck war.

München hüllt sich auch in sommerlichen Samstagnächten oft in fast schon bedauernswerte Ruhe, als wäre dieser Ort eine Großstadt in Ausbildung, die Module »Lärmbelästigung«, »Junkies« und »Randale« kommen noch, aber erst im nächsten Semester, noch weiß hier niemand etwas davon.

Umso mehr erregt es meine Aufmerksamkeit, als es in einer Einfahrt klappert. Ich bin neugierig.

Was soll schon passieren, im schlimmsten Fall bringt mich jemand um, denke ich und amüsiere mich im Stillen. Ich bin mein liebstes Publikum.

Ich schlendere gemütlich in die Einfahrt, als würde sie mir gehören. Nach ein paar Metern höre ich hektisches Getuschel, Geschepper, und als ich im Innenhof stehe, schweigt die Welt wieder.

Einige mehr oder weniger volle Kisten stehen verloren herum, auf der linken Seite ist das Tor eines etwas erhöht liegenden Lagerraums geöffnet. Hier werden wohl normalerweise Lkws be- und entladen. Das Licht brennt. Ich gehe näher heran, schaue hinein und sehe eine Menge Mülleimer.

»Hallo?«, rufe ich und stelle erst danach fest, dass das vielleicht dumm gewesen sein könnte.

Nichts.

Ich kratze mich am Bart, den ich neuerdings habe, seit ich mich nicht mehr rasiere, und trete ein. Es raschelt, dann rumst etwas gegen einen Mülleimer. Wie aus dem Nichts stehen drei Leute vor mir. Wir schauen uns unentschlossen an.

»Du bist ja gar kein Security!«, platzt es aus einem vollbärtigen Pferdeschwanzträger mit Schlabberpulli heraus. Er sagt es halb zu mir, halb zu seiner Entourage. Er ist bestimmt jemand, der das Wort »Dude« zu oft benutzt.

»Das hätten wir gleich gewusst, wenn du einfach Schmiere gestanden hättest, wie wir das geplant hatten UND IMMER MACHEN!«, zischt ihn eine kleine Frau mit blonden Haaren an, während sie Bananen in ihren Rucksack stopft, aus dem etwas herausschaut, das wie eine Mülltüte aussieht.

»Ach, komm ey, die letzten Male ist nie je …«

»Pscht jetzt! Haltet beide die Klappe!«, wird er von einer Stimme hinter mir unterbrochen. Ich drehe mich um und sehe sie, die personifizierte Lässigkeit, sie trägt eine Beanie, aus der ihre lockigen schwarzen Haare zu entkommen versuchen, ein Holzfällerhemd, das ihr auf perfekte Art und Weise zu groß ist und ihre dunkle Haut zur Geltung bringt, eine helle Jeans, für deren Löcher nicht die Fabrik, sondern das Leben verantwortlich zu sein scheint, und Sneakers, die mal weiß waren. Ich hasse Menschen, an denen alles stimmt. Sie hält einen großen Backpack-Rucksack vor der Brust und schaut mich fragend an. »Was willst du hier?«, fragt sie.

»Äh«, stammle ich, »nichts. Ich hab's rumpeln gehört und wollt' dann einfach mal schauen, was hier hinten so los ist.«

Sie runzelt die Stirn, schaut auf ihre runtergerockte Armbanduhr, dann mir ins Gesicht.

»Verpfeifst du uns?«

»Wieso sollte ich? Und wofür denn?«

»Gut. Willst du uns helfen?«

»Wobei?«

Ich schaue mich um.

»Pediküre bei mir und Feli hier bräuchte noch 'nen Korrekturleser für ihre Hausarbeit«, sagt sie, nimmt einen Karton mit Fladenbrot und streckt ihn mir entgegen. »Wonach sieht's denn aus?«

Selbstgefällige Klugscheißerin.

»Wir retten Lebensmittel«, sagt der Dude.

»Ah. Ja, äh … cool.«

»Nennt man Containern«, fügt er gut gelaunt hinzu.

»Okay«, antworte ich. Er scheint mehr Begeisterung erwartet zu haben.

»Wie heißt du denn?«, fragt mich die Lässigkeit und mustert mich.

»Ben.«

»Okay, Ben. Willst du uns helfen oder gehen oder was ist jetzt los?«

Ich zögere.

»Ich nehm das mal als ein Ja«, sagt sie, während sie aus ihrem großen Rucksack einen etwas kleineren Rucksack holt, in Lichtgeschwindigkeit eine Mülltüte hineinstopft und mir ihre Konstruktion entschlossen hinhält.

»Ja, äh … wieso nicht, klar.«

»Perfekt! Nimm einfach mit, was du kriegen kannst und was noch gut ausschaut! Und Beeilung!«

Und auf einmal, ohne es weiter infrage zu stellen, mache ich mich ans Werk, zusammen mit dieser schrägen Truppe, einer Handvoll Menschen, die noch vor fünf Minuten nur ein paar Geräusche zwischen Abfalleimern waren. Ich spüre eine Art kindliche Aufregung, fühle mich als Teil des Mülltonnen-Kommandos. Ich durchwühle die Eimer wie Black-Friday-Schnäppchenfreaks, finde alten Brokkoli, Berge von Äpfeln, Paprika, abgepackte Waffeln; erstaunlich viel ist top in Schuss.

»Krass!«, flüstert Feli euphorisch, »hier sind sogar noch geschlossene Gewürzpäckchen, wie heftig! Das hatte ich noch nie!« Sie reckt ihren Schatz in die Luft, als wäre er der kleine Simba in *König der Löwen*: Paprika edelsüß, Pfeffer, Kräuter der Provence, in rauen Mengen, die bis ans Lebensende reichen könnten, bis an meins sowieso. Die anderen freuen sich kurz für sie mit und greifen dann wieder in stiller Begeisterung in die eigenen Tonnen, bis plötzlich eine Türklinke heruntergedrückt wird.

In allen Gesichtern steht ein stilles »FUCK« geschrieben. Nach einer halben Sekunde der Schockstarre setzen sie sich sofort in Bewegung, schließen die Rucksäcke und hetzen nach draußen. Das geht mir alles viel zu schnell.

»EY! IHR DA! STEHEN BLEIBEN!«, schreit ein bulliger, 1,90 Meter großer Security-Typ. Und obwohl meine Instinkte mir etwas anderes befehlen, widersetze ich mich ihnen und gehorche lieber dem Berufsochsen, der auf uns zustürmt.

»Ben, renn!«, ruft mir die Lässigkeit beim Raussprinten zu.

»Alles gut, geht ihr mal«, sage ich so leise, dass es vermutlich sowieso niemand gehört hat. Der Security-Typ weiß im ersten Augenblick nicht, wen er sich zuerst schnappen soll, und da die anderen deutlich agilere Ziele sind und ich mich kein Stück bewege, steuert er schließlich auf mich zu.

So kann man auch neue Leute kennenlernen.

AB- UND GRÜNDE
30 %

Es ist erstaunlich, wie schnell die Treue zum Arbeitgeber schwindet, wenn 500 Euro in die eigene Tasche tanzen. Jeder Mensch hat seinen Preis. Wenn ich in den letzten Jahren eins gelernt habe, dann das. Und wer kann es einem verübeln? Wenn der schlechtbezahlte Security-Typ den Lohn von vier Schichten jetzt und sofort und steuerfrei und direkt in die Hand gedrückt bekommt und dafür lediglich ein paar »müllfressende Hippies« gehen lassen muss, dann ist ihm das grade recht.

Er lässt mich sogar noch ein bisschen in den Mülleimern »shoppen«. Immerhin habe ich das Ganze ja bezahlt, irgendwie. Er heißt Sandro, produziert in seiner Freizeit Hip-Hop-Beats, hat neun Profi-Thaibox-Kämpfe hinter sich und hasst seinen Job. Das haben wir schon mal gemeinsam. Und jetzt sitzen wir hier zusammen.

»Aber Bruder, ich versteh das nich' so ganz, wieso wühlst du da in den verdreckten Mülltonnen rum, wenn du Kohle hast? Kauf doch einfach ein.«

»Ja, aber die retten ja Lebensmittel, die noch gut sind und sonst einfach weggeschmissen werden, das ist schon 'ne feine Sache, find ich. Und ich wollt ja ursprünglich gar nicht mitmachen, ich war einfach neugierig und hab geschaut, was hier so klappert, dann hab ich die drei getroffen.«

»Ja, aber warum wühlst du dann gleich mit denen im Müll rum? Check ich nicht.«

»Keine Ahnung, weiß auch nicht.«

»Findest du eine von denen hot, oder was?«

»Hä, was?«

»Die eine, die Schwarze. Oder halt, nee, die kleine Blonde. Ich schwör, ich würd die sofort nehmen, hast du die Titten von der gesehen? Wobei ... so 'ne Ökofotze stinkt bestimmt wie Sau, ey. Aber ich kann mir ja die Nase zuhalten, wenn sie mir den Schwanz lutscht«, sagt er und lacht.

Ich starre ihn fassungslos an.

»Was?«, fragt er.

Fuck it.

»Was ist das denn für 'ne Arschloch-Ansage, sag mal? Findest du das witzig? Klopfen dir da deine Proleten-Freunde auf die Schulter, wenn du so daherlaberst? Weiß deine Mutter, was du so von dir gibst? Findet die das toll? Alter, raff dich mal.«

Nie im Leben hätte ich mich getraut, jemandem seines Kalibers das ins Gesicht zu sagen, aber jetzt? Was soll's. Ich bereite mein Gesicht auf eine Kollision mit seiner Faust vor und bin völlig fein damit. Mein Blick bleibt fest.

Ich zähle bis acht – nichts passiert. Sandro ist mindestens genauso überrascht von meiner Ansage wie ich. Er starrt auf den Boden.

»Ja, hast schon recht, irgendwie ...«

Ich hätte so einiges erwartet, aber das nicht. Er grübelt, sucht Worte.

»Was ist los?«, frage ich.

»Digga … ich weiß auch nicht.«

Er entschuldigt sich und erzählt, dass sich seine Verlobte von ihm getrennt hat, weil sie ihn für einen Versager hält, weil er beruflich nichts auf die Reihe kriegt, wie sie drei Wochen später mit einem Anwalt durchgebrannt ist und er seitdem wahllos mit allen möglichen Frauen schläft, um darüber hinwegzukommen, und dass das sehr schlecht funktioniert. Dass er zu seiner Mutter seit Monaten keinen Kontakt hat, sein viel jüngerer Bruder in den Jugendknast gekommen ist und sich nichts sagen lässt und dass ihm bei den ständigen Versuchen, Dinge festzuhalten, alles entgleitet.

Seine Stimme wird zunehmend brüchig, seine Augen immer glasiger. Ich biete ihm eine Zigarette an, er nimmt sie dankbar. Ich denke kurz an mein elitäres Umfeld, wo mal ein Bukowski gelesen und dann über den Charme der Abgefucktheit schwadroniert wird, Verfall und Imperfektion seien ja *in*, sonst würden wir keine kaputten Hosen kaufen. Menschen, die das Kaputte glorifizieren, sind es selbst offensichtlich nie gewesen, sondern sehen das Leben als einzige Jagd nach dem nächsten Dopamin-Schub.

Das Einzige, was ihm Halt gibt, ist der Sport, sagt er, ohne Kampf- und Kraftsport wäre er jetzt vielleicht schon gar nicht mehr hier. Ich habe das Fitnessstudio immer nur für eine Pilgerstätte der Minderwertigkeitskomplexe gehalten, revidiere meine Meinung jetzt aber sehr schnell. Ich erzähle ihm, dass ich als Jugendlicher mal zwei Jahre geboxt habe, aber irgendwie nicht drangeblieben bin. Er ermutigt mich, wieder damit anzufangen. »Gute Idee«, sage ich.

Als er anfängt zu schluchzen, habe ich den merkwürdigen Impuls, ihn in den Arm zu nehmen – und tue es einfach.

»Äh, was?«, sagt er noch, lässt es dann aber zu. Ich lasse ihn schluchzen, bis das Schluchzen zum Weinen wird, und bleibe da.

»Wie läuft's denn mit der Musik?«, frage ich.

»Ach. Geht so. Zwei kleine Auftragsproduktionen und sonst nur so Kleinscheiß. Läuft aber seit Jahren nur so mittel. Einen Song hatte ich mal mit 'nem bekannten Rapper, aber der ist gefloppt. Seitdem kam nix Großes mehr.«

»Zeig mal was!«

Euphorisch drückt er auf seinem Handy herum, findet etwas und hält es mir mitsamt Kopfhörern hin. Der Sound ist genial. Er legt Wert auf Nuancen und Pausen, ballert nicht einfach jeden beschissenen Modeeffekt drauf. Seit ich als pubertierender Hosenscheißer angefangen habe, Hip-Hop zu hören, hat das Genre so einige Phasen durchgemacht, aber die aktuelle ist mit Abstand die furchtbarste. Mein Gott, höre ich mich alt an.

»Hammer«, sage ich.

»Findest?«

»Voll.«

Sein Gesicht leuchtet.

»Wie hast du damit angefangen?«, frage ich. Er erzählt von gecrackten Programmen, Diebstählen aus dem Media-Markt, dass er lange für das gute Equipment sparen und worauf er dafür verzichten musste.

Mir fällt der kleine, verwöhnte Sohn eines Kollegen ein, der auch Musik macht und all das in den Arsch geschoben bekommt und dessen Songs sich trotzdem beschissen anhören.

Wir sitzen noch eine Weile da, reden über Musik, und als sein nächster Rundgang ansteht, verabschiede ich mich und schenke ihm meine restlichen Zigaretten.

»Ey«, ruft er mir noch hinterher. »Danke.«

Ich nicke.

BEGLEITERSCHEINUNGEN

34 %

Ich sitze in der Lobby des Hotels, in dem ich 200 Euro für ein Zimmer ausgegeben habe, und warte auf die Ankunft der Frau, deren Gesellschaft mich das Siebenfache kosten wird.

Ich hätte nicht gedacht, dass ich mich jemals durchs Internet klicken und Frauen vergleichen würde wie Fernseher. Nachdem es anfangs spannend war, wurde ich mit jedem weiteren Tab, den ich im Browser öffnete, gelähmter und konnte irgendwann keine halbnackten und betont verführerisch aussehenden Frauen mehr sehen. Die albernen »Verkaufstexte« auf den Homepages der Agenturen klangen, als hätten eine romantische Hollywood-Komödie und *Fifty Shades of Grey* ein missratenes Kind gezeugt. Ich musste daran denken, wie ich einmal eine halbe Stunde meines Lebens damit verbracht habe, mir die »richtigen« Filzgleiter zu bestellen; mein Wohnungsboden wird seitdem von meiner Jämmerlichkeit geschont.

Nachdem ich viel zu viele Beschreibungen gelesen hatte, die alle viel zu ähnlich klangen, entschied ich einfach ganz banal nach: Mit wem hätte ich am liebsten einmal gevögelt, bevor ich sterbe?

Und auf einmal ging alles sehr schnell.

Die Schiebetüren des Hoteleingangs flüchten zur Seite,

um sie hereinschweben zu lassen. Sie trägt ein ärmelloses schwarzes Etuikleid, klassisch und zeitlos, es passt perfekt zu ihren dunklen Haaren und bringt ihre breiten Schultern zur Geltung. Sie scannt den Raum, und als ich mich im ungemütlichen Designer-Sessel zu erkennen gebe, lächelt sie halb amüsiert, halb verrucht und erzeugt in mir einen Mix aus Vorfreude und Erregung. Ich frage mich, wie lange sie diesen Blick vor dem Spiegel geübt hat.

Ich bin schon von der Begrüßung überfordert und strecke ihr die Hand hin, sie nimmt sie sanft und lehnt sich fürs Küsschen-Küsschen nach vorne. Wir bestellen zwei Gläser Weißwein an der Hotelbar und plaudern ein bisschen.

Sie fragt mich, was ich beruflich mache, wo ich herkomme, wie meine Woche war, ich antworte und lüge viel und sie auch, als ich ihr dieselben Fragen stelle. Sie heißt nicht wirklich Anastasia, aber vielleicht ähnlich, sie studiert nicht wirklich Biologie, aber vielleicht etwas Ähnliches, wir beide verstehen das Spiel, aber Worte sind sowieso nur die Beifahrer im Vehikel, das von Empfindungen gesteuert wird. Die ganze Zeit ist mir bewusst, dass es ihr Job ist, mir zu gefallen, und es dauert eine Weile, bis ich mich damit abfinde, dass es mein Job ist, das einfach zu genießen. Ich trinke meinen Weißwein etwas zu schnell, sie nippt an ihrem nur hin und wieder.

Nach ungefähr 20 Minuten streichelt sie meine Hand und fragt: »Hast du mein kleines Geschenk dabei?«

»Ah, oh, klar«, stammle ich und schiebe ihr unter dem Tresen den Briefumschlag zu. Sie entschuldigt sich auf die Toilette und ich komme mir albern vor. Was für eine bescheuerte Idee, was für ein armseliges Würstchen bin ich eigentlich, so was tun zu müssen? Ich überlege, zu gehen, aber meine Neugier, mein instinktiver Geiz und vor allem der nahende Tod leimen mich auf den Barhocker. Ich zähle die Nüsschen im Snackglas vor mir, schaue auf die Uhr und rechne aus, wie viel eine Minute Nüsschen-Zählen kostet, und komme zu dem Entschluss, dass das Ergebnis völlig egal ist. Wie berechnet man den Return on Investment bei so einem Date? Was sind die entscheidenden Kennzahlen? Küsse pro Euro? Orgasmen pro Stunde? Wie viel ist es wert, zu wissen, dass es ihr selbst gefällt und sie es nicht *nur* macht, weil sie dafür bezahlt wird, und wie viel ist es wert, genau das zu ignorieren, weil diese Frage absoluter Schwachsinn ist?

Sie kommt strahlend wieder und setzt sich neben mich, als ob sie sich nichts Schöneres vorstellen könnte als das.

»Hunger?«, frage ich. Sie nickt. Wir stehen auf und gehen rüber ins Hotelrestaurant, bei einem Overnight-Date ist ein Dinner verpflichtend, hieß es. Sinnvoll, finde ich.

»Was für einen Sport machst du eigentlich? Auf der Homepage stand nur Kampfsport«, sage ich.

»Ich hab früher Taekwondo gemacht und mittlerweile Thaiboxen und Fitness zusätzlich.«

»Cool. Also, ich weiß jetzt nicht, wie gut du im Vermöbeln bist, aber, äh … äußerlich, also körperlich, sieht das echt top aus.« Es fiel mir schon immer wahnsinnig schwer, Komplimente zu machen. Ich komme mir dabei immer vor wie der dümmste Mensch der Welt. Als würde ich etwas im Schilde führen, auch wenn ich's nicht tue.

Sie zuckt mit den Schultern. »Form folgt Funktion, wie man so schön sagt. Den meisten ist das ja zu viel.«

»Also ich mag's. Sehr gerne.«

»Ich find mich auch schön. Ich werde zwar deutlich weniger gebucht als meine schmalen Kolleginnen, aber was soll's.«

»Wieso das denn?«

»Ich glaube, Männer schüchtert das ein, die fühlen sich in ihrer Männlichkeit angegriffen, wenn die Frau mehr bankdrückt als sie. Dann fühlen sie sich schwach, sie können nicht mehr den Beschützer spielen und kommen sich nutzlos vor.«

»Hm. Und wie stehen Frauen so dazu?«

»Da ist es bisschen besser, aber auch von denen finden es viele unästhetisch oder sagen, ich sehe aus wie ein Mann. Manchmal wird mir unterstellt, ich würde mir irgendwas spritzen. Solche Sachen.«

»Klingt unangenehm.«

»Meine Theorie ist, dass man Muskeln für unweiblich hält, weil man Stärke für unweiblich hält, alle Frauen sollen am besten einfach nur Ja sagende Püppchen sein. Und das Schlimme ist eben, dass jede Menge Frauen da mitmachen. Aber egal. Trainierst du denn?«

Ich mustere sie und vergleiche unsere Körper. Ich bin zwar größer und etwas massiger als sie, aber würde im Ring definitiv auf sie setzen.

Wir reden über Sport und kommen über die Themen Disziplin und Werte irgendwie zu Philosophie und Lieblingsbücher und sind uns einig, dass T-Shirt-Sprüche furchtbar sind, wir aber einen Pullover mit dem Aufdruck *Make Orwell Fiction Again* definitiv anziehen würden. Ich schaue ihr ins Gesicht, die Grenze zwischen Realität und

Fassade verschwimmt, bis sie mir vollends egal ist. Wer ständig hinter die Kulissen schaut, kann ein Stück nicht genießen. Ich sitze an genau diesem Abend an genau diesem Tisch mit genau dieser Frau und habe heute alles genau richtig gemacht.

Im Fahrstuhl drückt sie sich sacht an mich, küsst sich behutsam ihren Weg meinen Hals entlang, und als sie mir ins Ohr haucht und sagt, dass sie meinen Schwanz in sich spüren will, höre ich endgültig auf, darüber nachzudenken, ob das wirklich stimmt. Wir küssen uns und sie benutzt die exakt richtige Menge Zunge.

Wir betreten das Hotelzimmer und es ist noch mal einen Tick schicker als die endlos vielen Hotelzimmer, die ich in den letzten Jahren des Herumreisens und Arbeitens gesehen habe; stilvolle Grautöne mit ein paar wenigen roten Akzenten, ein riesiges Boxspringbett, auf das sie mich drückt.

Sie klettert auf mich, knöpft mein Hemd auf und wirft es weg, packt meine Hand und lässt sie über ihren gesamten Körper gleiten, ihre Brüste, ihren Hintern, ihren Bauch, überall, ich fasse sie an und kann mich kaum entscheiden, wohin ich greifen soll. Je mehr ich sie anfasse, desto weniger kann ich mich kontrollieren, ziehe ihr ungeduldig das Kleid aus, scheitere dabei fast, sie hilft mir. Ihr Anblick ist atemberaubend. Ich steige aus dem Bett, ziehe meine Hose aus und stehe nackt da, sie nimmt meinen Schwanz in die Hand und in den Mund und bearbeitet ihn mit ihren Lippen und ihrer Zunge so perfekt, dass ich vor Erregung zusammenzucke und Schiss davor habe, zu früh zu kommen und das, was hier passiert, nicht gänzlich auskosten zu können. Ich packe sie an den Haaren und ziehe sie zu mir hoch, nah an mich heran, küsse sie. Streiche mit meinen Händen über ihren gesamten Körper, stoße sie aufs Bett, streife ein Kondom über und dringe in sie ein.

Von da an wird alles schummrig, rauschhaft vernebelt, ich bin nur noch Empfindung und fühle mich ekstatisch, ich taste, fühle, koste aus und habe keine Gedanken mehr.

Wir liegen da, sie entspannt, ich etwas außer Atem. Sie geht ins Bad, nach wie vor nackt, nach wie vor beeindruckend.

Ich drehe meinen Kopf, starre an die Decke und muss plötzlich laut lachen. Die Klospülung rauscht, sie kommt zurück und grinst.

»Was ist denn so witzig?«

»Ich«, pruste ich, »ich komm grade einfach nicht auf die Situation klar.«

»Inwiefern?«

»Wir hatten Sex.«

Sie lacht.

»Ja, und?«

»Na ja, das war so einfach. Und so unkompliziert. Erschreckend unkompliziert. Und du bist, na ja … schau dich doch mal an. In ›freier Wildbahn‹ hätten wir nie miteinander geschlafen.«

»Wer weiß? Du bist doch ganz cute.«

Früher hätte ich »ganz cute« mit »unfickbar« übersetzt.

»Ich hab mich auch über deine Buchung gefreut«, fährt sie fort, »du bist nicht gerade der typische Kunde. Die meisten sind locker über 50.«

Sie erzählt, dass sie mit Escort begonnen habe, um ihr

Studium zu finanzieren und sich hin und wieder etwas gönnen zu können, davon, wie ihr erstes Date lief, von der Unterschiedlichkeit der Kunden: typische Geschäftsmänner, schüchterne Quasi-Jungfrauen, hin und wieder einen B-Promi, Verheiratete, die ein Date mit ihr eine »Investition in ihre Ehe« nennen, Männer, die nirgendwo sonst ihre Fantasien ausleben können oder sich nicht trauen, im »normalen Leben« ihre Bedürfnisse zu kommunizieren.

»Und es gibt welche, die seit über zehn Jahren nicht berührt wurden«, sagt sie. »Also überhaupt nicht. Keine Umarmungen, kein Streicheln, nichts. Das sind auf merkwürdige Art und Weise die Besondersten. Die sind währenddessen und danach so wahnsinnig glücklich, das kannst du dir nicht vorstellen.«

»Das klingt richtig abgefahren.«

Sie lächelt und rutscht ein wenig näher an mich heran, stützt sich auf den Ellbogen ab und fährt mit ihrem Finger über meine Schulter, die Brust, den Bauch und fragt dann vorsichtig: »Hey ... ich bin etwas müde, dürfte ich bisschen schlafen?«

»Was? Ja klar. Hä, wieso fragst du?«

»Na ja, weißt du, viele Männer wollen ihre Investition möglichst ausnutzen und in der Zeit einfach so viel vögeln wie möglich, das kann manchmal ziemlich anstrengend werden.«

Ich fühle mich ertappt.

»Und das musst du jedes Mal machen?«

»Ich wurde ja dafür gebucht.«

»Darfst du nicht Nein sagen?«

»Jein, also ich sag schon, wenn irgendwas gar nicht geht

oder es ’ne Grenze überschreitet, aber an sich werde ich ja genau dafür bezahlt. Und einfach viel Sex zu wollen ist legitim. Aber eben auch anstrengend.«

»Okay. Wie oft können die Männer denn so, dass das so anstrengend ist?«

»Ich sag mal so, viele helfen nach.«

»Ah.«

»Und manche wecken einen halt auch mitten in der Nacht: ›Hey, es ist zwar halb vier und ich reiße dich grade aus dem Tiefschlaf, aber er steht wieder! Los geht’s.‹«

»Genießt du den Sex auch manchmal?«

»Manchmal ja, aber nicht so oft.«

Ich schaue sie an.

»Es war schön mit dir, keine Angst.«

Bevor ich anfange, genauer darüber nachzudenken, bremse ich meinen Kopf und erwidere. »Ich fand es auf jeden Fall schön. Hast du eigentlich ’ne Beziehung, also, äh, im normalen Leben?«

»Ich habe einen Freund, ja.«

»Weiß der hiervon?«

»Ja.«

»Ah, krass. Und das stört ihn nicht?«

»Nee. Er hat ein bisschen gebraucht, sich damit abzufinden, aber er ist zum Glück ziemlich im Reinen mit sich. Wir reden immer vorher über die Dates, er weiß, wo ich bin, ich schreibe ihm, sobald ich da bin, und auch zwischendurch mal.«

»Verrückt. Irgendwie. Aber richtig cool. Freut mich für dich.«

»Danke«, sagt sie und gibt mir einen Kuss. »Du bist süß.«

Am nächsten Morgen bestellen wir uns Frühstück aufs Zimmer.

Sie isst mehr als ich; Rührei, Lachs, Bacon, Brötchen, Pancakes. Alles, was sie in die Finger kriegt, atmet sie quasi ein. »Hab nachher noch Training«, sagt sie. Ich muss schmunzeln.

»Was mich noch interessiert, also, falls ich fragen darf ...«

»Frag.«

»Machst du dir manchmal Gedanken darüber, dass das rauskommt und irgendwelche negativen Auswirkungen haben könnte?«

»Hm«, sagt sie, nachdenklich kauend. »Nicht wirklich. Wäre natürlich blöd, wenn es mir was verbauen würde, aber ich finde, Menschen geben grundsätzlich zu viel auf Moral und eine weiße Weste. Viele tun so, als sei das Ziel im Leben, möglichst unbeschadet und ohne Kratzer davongekommen zu sein, als sei es erstrebenswert, möglichst brav zu sein und nicht aufzufallen, aber am Ende sind sie doch nur langweilig und farblos.«

»Und wenn jetzt zum Beispiel deine Eltern das mitbekommen würden, wär dir das auch egal?«

»Puh, also ich weiß nicht, wie meine Mutter das finden würde oder erst mein Vater. Aber schlussendlich ist es ja so: Wenn ihre Liebe zu mir wirklich davon abhängt, ob ich für Geld mit Menschen schlafe, ist das ja auch scheinheilig und keine wirkliche Liebe.«

»Hört sich nach 'ner gesunden Einstellung an.«

»Es ist eben nicht alles schwarz oder weiß. Ich hab's Gefühl, heutzutage sind alle entweder Engel oder Teufel und es gibt nichts mehr dazwischen, dabei sind wir alle irgendwo dazwischen, immer. Aber um das rauszufinden, müsste man ja miteinander reden, meine Güte, was für'n Stress.«

Nach dem Frühstück schlafen wir ein letztes Mal miteinander.

Wir umarmen uns zum Abschied, der mich ein bisschen melancholisch macht, sie schwebt aus dem Zimmer und ich genieße die Duftreste ihres Parfums und ihres Körpers in den Laken und bin zufrieden.

NACHTISCH
38 %

Wer das Maul nie voll genug bekommt, produziert meist eine Menge Scheiße; zwischen Gier und der Größe des Arschlochs scheint es einen kausalen Zusammenhang zu geben, denn wenn man vorne Privilegien hineinstopft, kommt hinten Selbstgefälligkeit heraus. Aber ein paar Muffins passen in der Regel immer noch rein, mit besten Grüßen von Ex-Mitarbeiter Schneider. Es hat gestern Nacht fast den gesamten *Forrest Gump* lang gedauert, bis ich die Teile mit meinem beschissenen, kleinen Mini-Backofen und meinen noch beschisseneren Backfertigkeiten endlich fertiggestellt hatte, aber jetzt kann der finale Abschied von der Arbeit beginnen. Ich bin jetzt offiziell Rentner.

Ich betrete das Bürogebäude. Da ich meinen Geschäftslaptop schon abgeben musste, darf ich vom Sekretariat aus eine letzte Rundmail tippen. Ich weise auf meine schokoladigen Mitbringsel in der Teeküche hin und füge ein speichelflussanregendes Foto hinzu. Ich fühle mich wie Pawlow, jetzt warte ich nur noch, bis die Hunde auf das Klingeln reagieren, angekrochen kommen und zugreifen. Denn egal, wie hoch das Jahresgehalt: Wenn es was gratis gibt, greifen alle zu, da werden Diäten ignoriert und unangenehmer Smalltalk geführt, die Gier siegt immer, im

Großen wie im Kleinen und auf jeden Fall in Sachen Muffins.

Ich stehe mit ein paar für ihr junges Alter sehr alt wirkenden Kolleginnen und Kollegen beisammen, plaudere, trinke Vollautomatenkaffee und werfe immer wieder verstohlene Blicke Richtung Tür. Fünf Minuten später tapst Reichardt herein. Ich klinke mich aus der Gruppe aus.

»Herr Reichardt! Schön, Sie zu sehen!«

Sein Augenlid zuckt kurz und vermisst mindestens einen Doktortitel.

»Guten Tag.«

»Alles gut?«

»Ja, gut, sehr gut. Mein Auto ist gerade in der Werkstatt wegen so ein paar Assis, aber meine Güte, wer sich die paar Anarchos nicht leisten kann, sollte nicht Porsche fahren. Mit dem Baseballschläger draufgehauen, das muss man sich mal vorstellen, wie Wilde. Was das auch für einen Krach gemacht hat.«

»Das ist ja unter aller Sau«, sage ich und schüttle meinen Kopf demonstrativ empört und taktvoll zu jedem einzelnen Wort.

»Da sagen Sie was.«

»Was gibt's Neues?«, frage ich.

»Haben Sie das noch nicht mitbekommen? Die Frau … na, wie heißt sie noch … die Frau Kollegin hat gekündigt, hier, die, die immer … die immer so … angestrengt, äh, engagiert war …«

»Sie meinen Sophie?«

»Ah, ja, genau, Sophie ist ihr Vorname. Der Nachname

kommt mir grade nicht. Aber sehr ungewöhnliche Sache, sehr ungewöhnlich. Völlig aus heiterem Himmel. Die war so engagiert, man hätte meinen können, die macht nix anderes als arbeiten. Und dann, zack, Kündigung. Komisch, sehr komisch. Haben Sie sie etwa angesteckt?«, fragt er scherzhaft.

Jap. Ich habe Sophie eine Mail geschrieben, in der ich ihr dargelegt habe, dass ihr der Job nicht guttut, dass sie daran kaputtgeht, dass sie für ein Riesenarschloch arbeitet, das sie nicht mal kennt, dass sie mit diesem Job und ihrem Übereifer nur Anerkennung will, dass das hier aber der absolut falsche Ort dafür ist, dass ein Burnout ein Problem ist und keine Auszeichnung, die man stolz auf der Brust vor sich herträgt, dass Karriere kein Selbstzweck ist, dass sie rennen soll, solange sie noch kann, dass sie noch jung ist und easy noch etwas anderes machen kann, sogar ganz von vorne anfangen, und natürlich, dass sie von allen »seufzende Sophie« genannt wird. Dass sie tatsächlich gekündigt hat, erfüllt mich mit wahrer Freude.

»Wenn das ansteckend ist, sollten Sie lieber Abstand halten.«

»Keine Sorge, da bin ich immun.«

»Wie laufen die Mandate? Und die Akquise?«

»Wir können nicht klagen, können wirklich nicht klagen. Nachher ist noch das letzte Gespräch mit dem Westenrieder, und wenn alles glattläuft, und da spricht absolut nichts dagegen, dann haben wir fürs nächste Jahr ein richtig fettes, neues Mandat. Ein richtig, richtig fettes Mandat. Und damit meine ich nicht die Wampe vom Westenrieder.«

Er kichert. Ich nicht. Endlich muss ich das nicht mehr.

»Ach, das Gespräch ist heute?«, frage ich.

»Ja.«

»Na so was. Dann stärken Sie sich vorher noch mal, damit Sie fit sind.«

Ich halte ihm einen Muffin hin. Er greift zu. Ich zittere.

»Gerne, gerne. Da kann ich immer schlecht Nein sagen. Danke schön. Wissen Sie, das Prüfungsteam hätten wir eigentlich Sie leiten lassen. Ungewöhnlich für jemanden, der so jung ist wie Sie. Hätte ich von mir aus niemals gemacht. Aber der Herr Melano hatte mich wirklich von Ihnen überzeugt.«

»Mhm.«

Na, komm.

»Aber na ja, was soll ich sagen, Sie müssen selbst wissen, was für Sie am besten ist.«

Er beißt in seinen Muffin.

»Ja, ich denke, das weiß ich.«

GENAU DAS.

»Mhm«, schmatzt er, »was ist denn da drin? Schmeckt irgendwie komisch. Schokoladig, ja, mhh, aber irgendwie ungewöhnlich. Irgendwie ... würziger?«

»Das ist vegan«, lüge ich, »wirklich sehr gesund. Das Backen hat 'ne Weile gedauert, nur beste Zutaten aus dem Bioladen drin. Ist sogar gut für den Cholesterinspiegel.«

Ich habe keine Ahnung, was der Cholesterinspiegel ist oder was er macht.

»Mhm, soso«, sagt er und dreht den Muffin begutachtend in der Hand herum, betrachtet ihn von allen Seiten, sogar von unten, als wäre er ein Mechaniker, der einen Wagen auf einer Hebebühne inspizieren würde. »Na dann: Auf die Gesundheit!«

»Schmeckt gut zum Kaffee, soll ich Ihnen eben einen rauslassen?«

»Gerne, sehr gerne.«

Ich drücke ihm die frisch gefüllte Tasse in die Hand, halte meine zum Anstoßen hin, es klirrt, wir trinken, verabschieden uns und ich freue mich.

25 Minuten später verlässt er das Gebäude. Ich gehe sieben Minuten nach ihm.

Gut gelaunt setze ich mich in Reichardts Lieblingslokal, in dem er immer seine Akquisegespräche führt. Ich habe mir ein schönes Plätzchen auf der Empore reserviert, von dem aus ich einen wunderbaren Blick habe und von unten nicht gesehen werden kann.

Ich sitze und warte.

Ich schlürfe Cappuccino und genieße – das Getränk und die Vorfreude.

Es stört mich nicht mal, dass neben mir ein prätentiöser Wichser mit Schmalzlocke ein Reclam-Büchlein mit Rilke-Gedichten liest und dabei eine so selbstgefällige Fresse zieht, als würde er die ganze Zeit für ein Foto posieren; als ich meinen Kopf noch etwas drehe, sehe ich, dass er gerade wirklich für ein Foto posiert. Vorsichtig drapiert er das Kaffeegedeck und gibt seiner Freundin Anweisungen, fragt sie zwischendurch, ob er auch sympathisch genug wirkt. Authentizität künstlich herzustellen ist eines der Geschwüre in der eitrigen Visage der digitalen Selbstinszenierung, aber offenbar gut für den Instagram-Feed. Wäre

Adorno hier, würde er ihm auf den Tisch oder direkt ins Gesicht kotzen. Autos, Kunst, wir selbst: alles nur Produkte für irgendeinen Markt.

Aber ich bin tiefenentspannt.

Reichardt, der schon seit zehn Minuten an seinem Lieblingstisch ein Stockwerk tiefer sitzt, begrüßt den ankommenden Finanzchef des Unternehmens, das er als Mandat gewinnen will. Sie nehmen Platz und plaudern.

Reichardt ist mit seiner gesamten Gestik und Mimik im Umgarnungsmodus: Er macht von allem ein bisschen zu viel. Doch es klappt, wie immer. Er kann das. Sein Gegenüber fühlt sich geschmeichelt und gebauchpinselt und wertgeschätzt. Während sie bestellen, redet und gestikuliert er, hört zu und wischt imaginäre Krümel vom Tisch. Er lächelt, nickt und sagt »Mhm« an den richtigen Stellen und wischt Krümel und lächelt und wischt. Er scheint mit dem Wischen gar nicht mehr aufzuhören und starrt irgendwann perplex auf den Tisch.

Es beginnt zu wirken.

Das Essen kommt.

Reichardt wird bleich. Er zupft an seinem Hemd, ihm scheint warm zu werden.

Sein Gegenüber fragt ihn etwas, er starrt in den Raum und reagiert erst vier Sekunden später einsilbig, die zweite und dritte Nachfrage gehen ebenfalls ins Leere, dann purzeln plötzlich unkontrolliert Wörter aus seinem fischig gespitzten Mund heraus.

Sein Gegenüber runzelt die Stirn.

Reichardts Lippen bewegen sich, ich bin mir aber nicht sicher, ob auch ein Ton herauskommt.

Sein Gegenüber scheint besorgt zu sein, Reichardt winkt jedoch jovial ab. Er vergisst allerdings, mit dem Winken aufzuhören, und als er das feststellt, lacht er kurz, aber sehr laut.

Sein Gegenüber schaut ihn an, schaut sich um, bis ein Kellner das Ganze bemerkt und sich dem Tisch nähert. Reichardt sagt etwas, wonach der Finanzchef betreten zur Seite schaut. Reichardt bemerkt das, macht eine entschuldigende Geste und steht auf, stolpert dabei fast und hält sich am Kellner fest. Der begleitet ihn Richtung Toilette.

Der Finanzchef schaut hilflos umher. Am liebsten würde ich ihm zuprosten. Skeptisch betrachtet er Reichardts Mineralwasser, riecht daran und stellt es zurück; er scheint nicht sonderlich überzeugt zu sein, nimmt es wieder und riecht noch mal daran. Er sieht verwirrt aus, das Essen kommt, aber er ist offenbar unschlüssig, ob er schon ohne Reichardt anfangen soll, piekt nach fünf Minuten dann aber doch das erste Salatblatt auf. Erst nach zehn Minuten kommt Reichardt zurück.

Der Finanzchef fragt ihn etwas, Reichardt reagiert nicht. Er kann kaum aufrecht sitzen und sinkt in sich zusammen, als würde eine Blume rückwärts wachsen. Er schreckt erst dann wieder hoch, als der potenzielle Geschäftspartner seine Frage lauter wiederholt. Seine Augen verengen sich, während er sich vorbeugt und Reichardt genau anschaut. Er sagt etwas und wirkt dabei sehr entschieden. Reichardts Gesicht verströmt Verzweiflung, Übelkeit und Müdigkeit, er hält sich den Kopf, starrt auf seinen Teller und gähnt.

Der Finanzchef schüttelt den Kopf, nimmt seine Serviette vom Schoß, steht auf und geht.

Eine kindliche Schadenfreude macht sich in mir breit.

Reichardt braucht eine Weile, um zu realisieren, was eben passiert ist; er stützt seinen Kopf in beide Hände. Dreieinhalb Minuten lang. Ich beobachte, wie ihn plötzlich noch der Hunger überfällt, er sein Essen gierig in sich hineinstopft und dann müde den Kopf auf die Tischplatte sinken lässt.

Der Kellner holt schließlich seine Vorgesetzte, sie betrachten gemeinsam das Reichardt-Häufchen und tuscheln. Schließlich geleiten sie ihn gemeinsam hinaus, einer links, einer rechts, in der Mitte der halbtote, 90 Kilogramm schwere Saftsack. Sie geben ihm eine Flasche Wasser mit. Reichardt steht verloren vor der Eingangstür des Restaurants, völlig desorientiert, als hätte er komplett vergessen, was gerade passiert ist.

Ich trinke meinen dritten Cappuccino aus und bestelle noch einen.

Heute ist ein schöner Tag.

HEIMWEHWEHCHEN

44 %

Ich klebe an der Fensterscheibe des Zuges wie eine von Teenagern weggeworfene Burger-Gurkenscheibe und starre hinaus. Kahl und trostlos starrt die Umgebung zurück, und könnte sie sprechen, würde sie sagen, ich solle mich verpissen und Land gewinnen, hier gebe es nichts zu sehen. Und sie hat recht. Die Felder sind genauso eingegangen und vertrocknet wie meine Seele, beide liegen sie brach, unwissend, ob diese Zeit wieder vorübergeht oder ob sie die letzte ist. Ich frage mich erneut, wann ein Mensch wirklich tot ist. Sobald er nicht mehr atmet oder sobald er nicht mehr weiß, wofür?

Der ICE von München nach Frankfurt am Main braucht 3 Stunden und 13 Minuten, 313, und ich muss unwillkürlich an das letzte Rap-Battle aus *8 Mile* denken, meinen Lieblingsfilm als Teenager.

Ich schmunzle, aber nur kurz, das nostalgische Schwelgen beeilt sich, dafür nehmen andere Erinnerungen Gestalt an und entpuppen ihre hässliche Fratze, reißen mir die rosa Brille ab und zeigen mir gegen meinen Willen eine Diashow, nach der ich nicht gefragt habe, meine persönliche *Teenage Mutant Horror Show*, da hilft auch kein Prinz-Pi-Song mehr, der klassische Unfall, wegschauen geht nicht, ich bin ihm ausgeliefert, zwangsfixiert wie Alex in *Clockwork Orange* und sehe wieder, wie sie meinen Schulranzen aus dem Fenster warfen. Wie sie mir matschiges Obst und Reißnägel auf meinen Stuhl legten, wenn ich kurz aufstand. Wie sie mir Spitznamen gaben, die ich hasste und sie umso öfter benutzten, je mehr ich sie hasste. Wie sie hinter meinem Rücken über mich lachten und kicherten. Wie sie vor meinem Gesicht über mich tuschelten und dabei lachten und kicherten. Wie ich mir sicher war, als Jungfrau zu sterben, da sie es mir oft genug unter die Nase rieben. Wie sie Lieder über mich schrieben und sangen. Wie sie trotzdem die Hausaufgaben abschreiben wollten und ich sie ließ, nachdem sich drei von ihnen hinter mir aufgebäumt hatten.

Wie ich es hasste. Hasste, hasste, hasste.

Und nach all dem Schund hat die Jugend ihr einziges Versprechen nicht gehalten: Es sollte doch danach besser werden.

Jetzt tragen die gleichen Arschgesichter schlechtsitzende Anzüge und Polohemden statt Reebok und Karl Kani, und das wirklich Schlimme an alldem: Ich kann mich nicht mal über diejenigen von ihnen freuen, die im späteren Leben Versager geworden sind. Denn die sind wenigstens glücklich. Wie auch immer sie das geschafft haben. Diese Wichser.

Ich frage mich, ob die Menschen netter sind, wenn sie nicht in einer abgrundtief hässlichen Betonwüste wie Frankfurt aufwachsen, denke an bayerische Hinterwäldler und verwerfe den Gedanken dann schnell. Das Böse kennt weder Herkunft noch Geschlecht; wie tolerant und weltoffen von ihm.

Meine Mutter wohnt in einem großen Einfamilienhaus mit niedrigem Zaun. Das Einzige, was das Haus, den Zaun und ihr Leben von denen der Nachbarn unterscheidet, ist die Färbung der Oberfläche, im Grunde sind sie alle gleich.

Ich verlasse die Haltestelle und schlurfe die Straße entlang. »Hallo Schatz! Geht's dir gut, die Fahrt lief problemlos, oder, du hattest keinen Stau, oder? Haha, nur ein Spaß. So schön, dass du wieder mal da bist!«, rate ich die ersten Sätze meiner Mutter, gefolgt von »In der Arbeit läuft's, oder?«, »Lässt du dir deine Haare jetzt endlich mal bisschen länger wachsen?«, »Oh, Bart ist jetzt modern, oder?«, »Kommst du nächsten Monat mal wieder vorbei?«, »Soll ich dir eine Butterbrezel vom Bäcker mitbringen? Ja, komm, ich bring dir eine mit!«

Meine Mutter war noch nie wirklich an Antworten meinerseits interessiert, sie wollte immer nur abgehakt haben, ob alles passt, damit sie weitermachen kann, damit sie sich bestätigt fühlt, abgelenkt ist, deshalb stellt sie hauptsächlich suggestive und geschlossene Fragen. Als ich sie darauf hinwies, dass mit ihr zu sprechen sich anfühlt wie ein Verhör, meinte sie nur: »Das ist jetzt deine Meinung.«

Sie leitet seit 20 Jahren eine eigene Praxis für Dermatologie, was dazu führte, dass sie schon immer sehr viel arbeitete und ich oft in Unterhose vor ihr stand und ihr meine Muttermale zeigen musste. Wenn sie so um mich herumtigerte und immer mal wieder »Oh, oh …« sagte und mit einem Stift Markierungen machte, fragte ich mich als Fünfjähriger oft, wieso sie als meine Mutter so viele Muttermale auf mir malte, wenn die so gefährlich seien, wieso machte sie das mit mir? Ein andermal malte ich Bilder mit Filzstiften und versaute meine Hände komplett und sie sagte, ich solle vorsichtig sein, die Stifte seien giftig. Ich schaute jeden Finger und die jeweilige Sauerei darauf einzeln an und war davon überzeugt, sterben zu müssen. Ich bekam völlige Panik, weinte, rotzte, sah dem Ende entgegen. Meine erste Nahtoderfahrung.

Sie wollte entweder keine (meistens) oder all ihre Zeit (selten) mit mir verbringen und bei Letzterem hat sie nie verstanden, dass es auf den jeweiligen Standpunkt ankommt, ob etwas eine Umarmung oder ein Würgegriff ist. Ob ich noch Luft bekam, war egal. Wenn ich irgendetwas, das sie tat, nicht gut fand, war »Ich hab's doch nur gut gemeint« die Universalrechtfertigung für alles, und wo Liebe und Zeit gefehlt haben, hat Geld kompensiert. Ich verdanke meiner Mutter wohl den ein oder anderen Knacks, aber auch einen großen Teil meines Portfolios. Und darauf kommt's doch an, oder nicht?

Mein Vater, der sich um diesen Titel weniger verdient gemacht hat als um seine Sucht, meinte zu mir, als er mal nüchtern war und ich von der Friseurin kam: »Wenn du mal 'ne Glatze kriegst, hab ich keinen Sohn mehr.« Abtreibung im 354. Monat, das wär doch mal was. Wie gerne hätte ich mich damals getraut, den verfickten Rasierer in die Hand zu nehmen.

Je näher ich dem Haus komme, desto stärker frage ich mich, wieso ich überhaupt hier bin. Vermutlich, weil sich das so gehört.

»Hallo Schatz!«, sagt sie und ich frage mich, wie eine so intelligente Frau einen so einfallslosen Kosenamen über die

Lippen bringt. Sie scheint auf seltsame Weise berührt zu sein, dass ich mich blicken lasse, aber das ist nichts Neues. Ihre Augen haben seit ein paar Jahren eine gewisse Grundfeuchte, ein Cocktail aus echter Freude und vermuteter Endzeitstimmung, als würde ihr Blick davon ausgehen, dass bald alles vorbei ist. Ich habe die leise Vermutung, dass sie erst, seitdem meine kleine Schwester auch noch ausgezogen ist und sie nie besucht, festgestellt hat, dass das mit der Erziehung und der Bindung zu ihren Kindern wohl doch nicht so einwandfrei gelaufen ist, wie sie immer dachte.

Wir sitzen am Esstisch, trinken Wasser und sie stellt viele Fragen, die ich wie erwartet allesamt mit »Ja« und »Nein« beantworten kann und auch beantworte; wenn sie doch mal eine mit »Wie« einleitet, antworte ich instinktiv mit »Gut« oder »Passt«, denn das reicht, und sie kann so direkt zum nächsten Thema kommen. Ich weiß nicht, ob ich diesmal etwas anderes erwartet oder mir gewünscht habe.

Eines der nie versiegenden Gesprächsthemen ist, dass ich ja schon so lange nicht mehr da gewesen sei und dass ich doch mal öfter vorbeikommen solle. Ansonsten: was alles so im Kühlschrank sei, was ich essen wolle, worauf ich Lust habe, ob wir einen Film schauen oder ins Theater gehen wollen, wie es in der Liebe laufe, ob denn »keine Gute« dabei sei, ich treffe doch ständig so viele Leute, ob ich in München bleiben wolle. Es sind die ewig selben Themen, die ewig selben Fragen und die ewig selben Antworten. Ich spiele brav mit, wie immer.

Ich frage mich, ob sie wirklich und ernsthaft meint, mein Seelenheil wäre mit Frau, Kind und Haus hergestellt.

Klappt nämlich bei sehr vielen nicht, auch wenn sie das vorher glauben. Bei ihr zum Beispiel.

Ich starre sie lange an. Je älter ich werde, desto mehr verunsichert sie alles, was ich tue. Jeder Blick, jede Geste, jede Antwort, die zu lange dauert, bringt sie ins Wanken, ich kann sie kraft meines Seufzens und Kopfschüttelns aus der Bahn werfen, umtreten, zermürben, ohne das jemals gewollt zu haben. Das Schlimme ist nur: Bei den wenigen Malen, als ich versucht habe, damit irgendetwas zu ändern, etwas anzusprechen, unser Verhältnis zu verbessern, hat sie einfach angefangen zu weinen, so lange, bis ich einfach gesagt habe, dass alles passen würde und ja gar nicht so schlimm sei. Denn wer weint, hat immer recht, wer jemanden zum Weinen bringt, ist immer der Böse. So sind die Regeln. Weinen beendet jede Diskussion. Seither diskutiere ich nicht mehr mit ihr.

Weil: Mensch, sie meint es doch nur gut.

»Ist alles gut bei dir, Schatz?«

Worüber redet man mit der eigenen Mutter, wenn man weiß, dass man bald stirbt? Es ist merkwürdig, Abschied zu nehmen, wenn die andere Person nichts davon weiß. Auch wenn sie in den letzten Jahren bei jedem »Tschüss« ein Gesicht gezogen hat, als würde ich für immer gehen.

»Was willst du vom Leben, Mama?«, platzt es aus mir heraus. Sie »Mama« zu nennen fühlt sich immer einen Hauch befremdlich an.

Sie runzelt die Stirn.

»Wie meinst du das denn?«

»Na, wozu lebst du? Was treibt dich an? Hast du noch irgendwelche Ziele? Wieso stehst du morgens auf? Wozu?«

Sie schaut mich an, als hätte ich sie gerade an den Schultern gepackt und gewaltvoll durchgeschüttelt.

»Ich meine, ich will dich nicht verletzen oder so«, beschwichtige ich sofort, »aber du wünschst dir doch bestimmt mehr von deinem Tag, von deinem ganzen Dasein, als Karzinome zu entfernen und Salben zu verschreiben.«

»Na ja …«

Sie schaut mich an und versucht, mein Gesicht zu lesen. Ich lächle, also lächelt sie auch.

»Hast du wieder so 'ne philosophische Phase? Was liest du denn gerade?«

»Nee, hab ich nicht. Und ich les gerade auch nichts.« Man kann für nichts mehr brennen, wenn man innerlich nur noch Asche ist.

Mein Gesichtsausdruck verändert sich nicht, ihrer schon; sie hat es wohl für einen Test gehalten, dachte, ich will sie irgendwie aufziehen, merkt aber, dass ich es wohl ernst meine. Sie wirkt sichtlich verunsichert, tippt mit den Fingern gegen ihr Wasserglas, das sie mit beiden Händen umklammert hält.

»Du, Schatz, da mach ich mir ehrlich gesagt wenig Gedanken drüber«, sagt sie langsam. Sie fischt nach Worten, als wären sie Fliegen, die sie mit der Hand fangen möchte. »Man muss doch nicht immer irgendwas wollen, oder? Was treibt einen schon an? Keine Ahnung. Manchmal nichts. Manchmal viel. Aber es ist doch okay, wenn etwas okay ist, oder nicht? Es muss doch nicht immer alles besser werden. Ich glaub nicht, dass die meisten Menschen große Visionen haben oder die Welt verändern wollen, und das ist doch okay. Hab ich ja auch nicht. Ich will Menschen helfen, ja. Ich hätte auch meine Praxis noch weiter vergrößern und noch toller einrichten und mit noch mehr Patienten vollstopfen können, an den Möglichkeiten hätt's nicht gemangelt. Aber wie gut muss denn alles immer werden?«

Ich merke, wie sie mit sich ringt, wie sie in ihrem Inneren kramt und alles nach außen wirft, wieder ordnet und sich nicht sicher ist, ob ihr die neue Ordnung gefällt. Ich komme mir albern vor. Ich hätte einfach einen schönen Tag mit ihr verbringen können. Kuchen essen, Kaffee trinken, ganz oft Ja sagen, ein paar Witze machen. Ich hätte ihr ein gutes Gefühl geben können. Sie hätte eine schöne letzte Erinnerung gehabt.

Ich starre an die Wand und denke über ihr Gesagtes nach.

»Betrübt dich irgendwas, Schatz?«

»Nö, alles gut«, sage ich und überzeuge sie damit wenig. Sie nimmt einen Schluck.

»Was macht dir denn gerade Freude?«, fragt sie.

Sie klappert ihre Checkliste ab. Nach der Beerdigung vor sechs Jahren hat sie sich über die Symptome von Suizidalität informiert, das habe ich damals in einem offenen Browser-Tab auf ihrem Laptop gesehen: »Wie erkennen Sie, ob Ihr Kind suizidal ist? Zehn Möglichkeiten, frühzeitig vorzubeugen!« Vermutlich, weil sie Angst hatte, dass ich ein Nachahmer werden könnte. Über einfühlsame oder wenigstens subtile Kommunikation hat sie sich aber nicht informiert, das war noch nie ihre Stärke.

Ich gebe die richtige Antwort.

»Puh, voll viel, die Arbeit macht grade echt Spaß. Ich hatte richtig coole Mandate und darf die für nächstes Jahr behalten. Außerdem hab ich grad Bouldern so bisschen für mich entdeckt.«

Fast hätte ich mir selbst geglaubt.

»Echt? Schön! Was ist denn Bouldern?«

»Ach, im Prinzip einfach nur Klettern für junge Menschen mit zu viel Geld. Die urbanste Art und Weise, Hornhaut und ein Gefühl von Wildnis zu bekommen. Und ein paar drahtige Schlackse können oberkörperfrei vor Frauen rumposen, ohne dass es nach Posen aussieht.«

Ablenkungsmanöver erfolgreich, sie kichert etwas zu viel und wir reden über zu lange Bärte und zu kurze Aufmerksamkeitsspannen junger Leute und wie bescheuert es ist, sich Hosen zu kaufen, die schon Löcher haben, früher habe man die noch selber reingemacht, da war das rebellisch, aber heute wurde sogar die Rebellion kommerzialisiert und niemand hat es gemerkt, da kaufen sich junge linke Scheißer T-Shirts mit Che Guevara drauf und demonstrieren gegen die Ungerechtigkeiten auf der Welt, während sie auf ihrer Brust einen durchgeknallten Gewalttäter spazieren tragen.

»Ich meine, schauen die das nicht *einmal* kurz im Internet nach, bevor sie damit rumlaufen?«

Ich liebe es, wenn meine Mutter sich über Leute aufregt. Das hatten wir immer gemeinsam, das war seit jeher unser wirklich einziger gemeinsamer Nenner: Dinge hassen. Eine unserer großen Lieben dabei war und ist es, Christian Kracht scheiße zu finden.

Wir lachen zusammen, gehen essen, schauen uns einen Film an, den sie übermäßig lustig findet und ich übermäßig mittelmäßig. Und das war doch eigentlich ganz schön.

Seit sie alleine lebt, ist unser Verhältnis zwar immer noch nicht gut, aber zumindest haben wir einen Umgang miteinander gefunden, der es uns ermöglicht, unsere Treffen nicht jedes Mal in einem Streit enden zu lassen. Und das ist doch schon fast gut.

Am nächsten Tag verabschiede ich mich, sie strahlt für zwei und drückt mich fest an sich. Heute und gestern scheint es kein Würgegriff gewesen zu sein.

Heute und gestern war es schön.

Das ist doch okay.

Und es ist okay, dass es okay ist.

HÄPPCHENWEISE
52 %

Ich sitze auf der Couch im Café Amsel, fünf Minuten nach Ladenöffnung, mit großer Mission: Heute werde ich den Tag damit verbringen, alles auf der Speisekarte zu essen und zu trinken. Alles. Ich habe Hunger, Durst und zwölf Stunden Zeit. Seit ich nichts mehr zu tun habe – besser gesagt: nichts zu erledigen habe –, fällt es mir fast schwer, meine Zeit mit irgendetwas zu füllen. So vieles scheint sinnlos, wenn es nicht von Dauer ist. Dabei ist nichts von Dauer, wenn man betrachtet, dass wir alle nur ein Fliegenschiss in der Unendlichkeit sind; selbst lebenslänglich ist ein Fingerschnipsen, ganz abgesehen davon, dass »lebenslänglich« ein dehnbarer Begriff ist.

Zur Beschäftigung habe ich heute Morgen einen Stapel Zeitungen und Illustrierte gekauft, um Überschriften und Gesichter auszuschnippeln und ein paar Collagen daraus zu basteln. Als die Kioskverkäuferin fragte, welche ich gerne hätte, antwortete ich: »Die, die sich am schlechtesten verkaufen.« Ich gab ihr einen Hunni und meinte: »Stimmt so.« Das werde ich vielleicht sogar vermissen, die verdutzten Gesichter der Leute, die in unerwarteten Situationen ein absurd hohes Trinkgeld bekommen. Am liebsten hätte ich ein kleines Best-of-Fotoalbum davon.

Nach Espresso, Latte macchiato, Pancakes (»Welche Soße dazu?« – »Alle!«) und der Hauslimo ist das erste Kunstwerk fertig. Das DIN-A4-Papier schreit:

hey, du
DIE ZUKUNFT und der Wert
des Lebens
sind unter Umständen
FAKE NEWS
FLUCH ODER SEGEN?
DAS INTERNET in Gefahr?
Das Liebesleben ist
THERAPIE FÜR *Die Kunst und*
hungrige Wildschweine
und und und
Linksextreme bekennen sich zu
NEOLIBERALISMUS

Ich klebe ein alarmgelbes Radioaktivitätszeichen daneben und würde mich beinahe geistreich fühlen, wenn ich es nicht so albern finden würde.

Ich versinke im Schnipseln und Kleben und Kaffee. Die Uhrzeiger drehen ihre Runden wie brave Jogger, ich stehe am Wegrand und winke ihnen zu, sollen sie nur, mir gefällt es hier gut.

»Ben?«, sagt eine Stimme, und als ich aufblicke, sehe ich, dass sie der Lässigkeit gehört.

»Hey, hi«, antworte ich, offensichtlich mit genug Verwirrung in der Stimme, dass sie mit ihrer Antwort meiner Frage zuvorkommt. »Emma«, sagt sie, »hab mich ja letztens nicht vorgestellt, sorry dafür. Ziemlich unhöflich von mir.«

Sie wirkt deutlich netter als bei unserem skurrilen Kennenlernen. Kann ich ihr nicht verübeln, wer ist schon tiefenentspannt, während man Angst haben muss, dass gleich ein Kampfkoloss auf einen zustürmt?

»Du, alles gut. Gab ja Wichtigeres in dem Moment. Halbvergammelten Brokkoli zum Beispiel.«

»Mit dem kann man halt nur schwer mithalten.«

»Verständlich.«

»Aber immerhin, wir haben geredet. Ein bisschen zumindest. Das ist schon mal was! Normalerweise hab ich da nur Augen für Essen.«

»Ich fühle mich geehrt.«

»Darfst du sein! Kommt ehrlich gesagt auch nicht alle Tage vor, beim Containern neue Menschen kennenzulernen.«

»War wohl für uns alle eine neue Erfahrung.«

Sie betrachtet die leeren Tassen und Teller. Ich habe die Kellnerinnen gebeten, sie erst mal nicht abzuräumen, solange ihnen das Geschirr in der Küche nicht ausgeht, da ich gerne sehen will, was ich den Tag über geschafft habe.

»Und du lässt es dir hier ja richtig gut gehen«, sagt sie, »nach unserem ersten Treffen sieht das nach ’nem geradezu kometenhaften Aufstieg aus.«

Ich versuche, möglichst cool zu bleiben. Aber wieso?

»Danke. Ich find zwar, es sieht eher nach Prädiabetes aus, aber hey.«

Sie kichert. Ich mag ihr Kichern. Ich lächle. Sie lacht und

spricht und bewegt sich schwerelos. Es sieht aus, als würde ihr das Leben unglaublich leichtfallen. Was für ein seltsamer Mensch, denke ich.

»Danke übrigens noch«, sagt sie.

»Hm?«

»Na, dass du dich quasi für uns geopfert hast.«

»Alles gut, halb so wild.«

»Nee, echt, ich hätte richtig Probleme gekriegt.«

»Ist das so ein großes Ding, oder wie? Ihr nehmt doch nur Müll mit.«

»Noch 'ne Anzeige kann ich mir grade nicht leisten. Außerdem geht der Staatsapparat mit mir, ich sag mal, weniger glimpflich um als jetzt mit dir.«

»Wieso das denn?«

»Wegen meines literarischen Geschmacks und meiner Abneigung gegenüber Pastinaken«, kichert sie. »Na weil ich Schwarz bin, was glaubst du denn. Ich bin die menschgewordene verdachtsunabhängige Kontrolle.«

»Oh. Ja. Sorry. Na, dann umso besser, dass ich all meine Kartoffelkräfte zusammengenommen habe.«

»Was ist dann eigentlich noch passiert?«

»Nix. Ich hab einfach mit ihm gequatscht. Der war ziemlich nett. Sandro heißt er. Wir haben noch ein bisschen geplaudert. Er macht grad 'ne Trennung durch, deshalb ist er bisschen unausgeglichen. War ein netter Abend.«

Sie lacht laut auf. »Ach komm, laber keinen Scheiß.«

»Klar. Ich hab sogar seine Nummer.«

»No way! Schwör es!«

»Meinetwegen.«

»Worauf?«

»Auf alles, was mir heilig ist.«

»Was ist dir denn heilig?«

»Na ja, nich' sonderlich viel.«

Sie will sein WhatsApp-Profilbild sehen. Sie glaubt es immer noch nicht. »Okay, du rufst ihn an, und wenn er's wirklich ist, geb ich dir den nächsten Kaffee aus!«, sie deutet auf den Tisch, »das scheint dir ja zumindest schon mal heilig zu sein.«

Sandro geht verschlafen ran, wir plaudern kurz und Emma lacht lautlos los, hält sich die Hände vors Gesicht und bestellt zwei Cappuccini.

»Was bastelst du da eigentlich?«

»Keine Ahnung. Irgendwas. Irgendwas Schräges. Was mir so in den Sinn springt.«

Sie schaut sich ein paar der Collagen an und lächelt. Nicht ihr überlegenes, abgeklärtes Lächeln, kein Lächeln, das vermuten lässt, sie stünde über den Dingen, einfach ein Lächeln.

»Ich mag das hier sehr gerne«, sagt sie und zeigt mir mein kleines Werk mit dem Bild eines hungernden Schwarzen Mädchens auf der einen und irgendeines Anzug tragenden Vorstandsvorsitzenden auf der anderen Seite, geziert von der Aufschrift:

Brigitte
IN BURKINA FASO UND
Unterwäschemodels
im Wissen
der totalen

LETZTEN WÜNSCHE:
Lebkuchen und
nichts
wie weg

Sie starrt darauf und scheint irgendetwas darin zu sehen, was ich nicht sehe. Aber es ist mir egal, es gefällt mir, dass es ihr gefällt. »Darf ich mitmachen?«, fragt sie. »Klar«, sage ich, zeige auf den Stapel und frage die Bedienung nach einer zweiten Schere. Emma setzt sich neben mich auf die Couch und wir fangen an, vor uns hin zu werkeln. Ob sie nichts zu tun habe, frage ich mich und dann sie.

Sie erzählt, sie habe heute keine Vorlesung und nichts zu arbeiten. Sie hat einen Bachelor in Psychologie, das Studium fand sie cool, aber die Berufe nicht, weshalb sie eine neue Richtung eingeschlagen hat. Jetzt studiert sie Kommunikationswissenschaft im Haupt- und Philosophie im Nebenfach.

Ich muss schmunzeln und sie fragt, wieso.

»Tut mir echt leid, aber mein erster Gedanke grade war: Du wirst mal die arbeitsloseste Person der Welt sein.«

»Charmant!«, lacht sie, »aber keine Angst, ich arbeite nebenbei auch als Journalistin. Für ’ne richtige Zeitung. Die hat sogar ein Feuilleton.«

»Ich nehm alles zurück.«

»Na ja, musst du nicht mal. Freier Journalismus ist so dermaßen beschissen bezahlt, das fühlt sich für mich manchmal an wie ein Hobby, bei dem ich halt ein bisschen Taschengeld bekomme.«

Ich bitte um Entschuldigung, sie nimmt sie an, fragt

mich zu mir aus, ich fasse mein Leben zusammen und merke, es gibt nur eine Kurzversion. Ich fühle mich für einen Moment wie in der Schule und bereite mich darauf vor, dass sie »Tja, dafür bist du halt die langweiligste Person der Welt« sagt, aber sie mustert mich wissend und sagt sehr beherrscht »Nice! Schön, dass du dein Ding gefunden hast.«

»Total.« Mein Herz klopft sich auf die Schenkel und lacht mich aus. »Und du? Hast du dein Ding nicht gefunden? Du wirkst zumindest so, als hättest du's«, sage ich.

»Puh. Mehr oder weniger. Ich glaub aber nicht ans Finden.«

»Aha. Und das heißt?«

»Ich mach einfach das, was ich für sinnvoll und gut halte, was mir Spaß macht, was mich interessiert. Und wenn sich das ändert, mach ich halt was anderes. Und es ändert sich immer wieder mal. Also zumindest bei mir. Bisher bin ich ganz gut damit gefahren.«

»Okay. Cool.«

Sie lächelt und wirkt unerschütterlich. Ich starre sie an wie ein Alien und hoffe, dass das nach außen hin nicht genau so aussieht.

Die Unterhaltung flutscht weiter und ich habe das Gefühl, hier mit einer guten Freundin aus Jugendzeiten zu sitzen. Gerade mit der Bastelei ist es ein komischer Mix aus Kindergarten und Klassentreffen. Ich bin mir noch nicht sicher, ob ich es befremdlich oder wundervoll finden soll.

Aber scheiß drauf.

Wir versinken im Schnipseln und Kleben. Sie singt ganz leise vor sich hin und scheint in ihrer eigenen Welt verschwunden zu sein. Auf einmal lässt sie alles stehen und liegen und dreht sich zu mir.

»Schon schräg, dass das Wort ›Magazin‹ zum einen für ein Heft mit Bildern und zum anderen für einen Patronenbehälter bei Waffen steht, oder?«, sagt sie.

»Äh, sehr spezifisch irgendwie, aber ja.«

Dann widmet sie sich wieder voll und ganz der Illustrierten, als wäre dieser Gedanke wie ein Windstoß durch ihr Hirn gestürmt, verflogen und hätte sie in voller Ruhe zurückgelassen.

Ich stelle eine neue Collage fertig und klebe munter Textfetzen aufs Blatt. In der Zwischenzeit habe ich fünf Stück fertig. Sie schaut zu mir rüber und grinst.

»Sag mal, hast du 'ne Freundin? Oder 'nen Freund?«

»Nee«, antworte ich so knapp wie zutreffend, »du?«

»Nee.«

»Alles klar.«

»Gut.«

Da rutscht sie näher zu mir her, sehr nah, ich drehe meinen Kopf zu ihr, und bevor ich irgendetwas davon kommen sehe, nimmt sie mein Gesicht in ihre Hände und küsst mich.

Mein Hirn explodiert. Zwei Mal. Mindestens.

Sie lässt von mir ab, ich schaue sie mehr als überrascht an, während sie mich angrinst.

»Sehr gut«, sagt sie, steht auf und geht.

Ich sitze da und schaue ihr ungläubig hinterher, meine verklebten Hände noch immer in die Luft gereckt. Da schwebt sie davon, die Lässigkeit.

Als sie im Türrahmen steht, dreht sie sich noch mal um

und sagt: »Meld dich!« Als ich gerade »Wie denn?« fragen will, ist sie schon draußen. Mein Blick senkt sich, zeigt meine Enttäuschung, doch landet dann auf dem Tisch. Auf einem Zettel klebt:

NULL 1 sieben *Zwei*
Neun 9 SIEBEN Drei eins *acht* 5

INSELBEGABUNGEN
60 %

Sommer und Sonne sind aufdringlich und wir verschwitzt. Ich treffe Emma am Gärtnerplatz und wir schlendern durch das Glockenbachviertel, bewaffnet mit Handtüchern, Spezi vom Kiosk und all dem anderen Sommerkram, den man so mitnimmt, wenn man mit seiner Zeit nichts Besseres anzustellen weiß, als am Wasser zu liegen und in die Luft zu schauen. Was ich hervorragend finde. Ein Junitag, wie er sein sollte. An das letzte Mal, als ich das getan habe, kann ich mich nicht mal mehr erinnern.

Man sagt, München sei nur ein großes Dorf, die anderthalb Millionen Menschen, die hier wohnen, merke man gar nicht. Es stimmt zwar irgendwie, aber irgendwie auch nicht, aber niemals zuvor habe ich diese Behauptung so zutreffen sehen wie mit Emma. Alle zehn Meter grüßt sie irgendjemanden, winkt, umarmt, plaudert, stellt mich vor, fragt nach dem Wohlbefinden, sagt, wie sehr sie sich freue, ihn oder sie gesehen zu haben, und klingt dabei sogar ehrlich. Fünf Menschen zähle ich in sehr kurzer Zeit, bis ich sage: »Du bist ja krass.«

»Hm?«

»Du kennst ja die halbe Stadt, sag mal.« Es klingt fast vorwurfsvoll aus meinem Mund.

»Ja, und? Ist doch super. So ist die ganze Stadt wie eine große WG-Küche.«

»Sorry, wollte nicht plump klingen.«

»Alles gut.« Sie strahlt und packt ihre Sachen aus. »Nun sag, wie hast du's mit der Religion?«, sagt sie und kichert.

»Oho, jetzt aber.«

»Ich dachte, die Gretchenfrage ist doch ein ganz netter Anfang, du kannst mir aber auch gerne erst ein paar fancy Steuerberatergeschichten erzählen, wenn du magst.«

»Wow, das ging jetzt aber schnell mit dem Demütigen.«

»Was? Nee, ich mein das ernst. Es interessiert mich echt, was man da den ganzen Tag so macht.«

Ich starre sie ungläubig an.

»Journalistische Neugier, hallo! Ich hätte sooo gerne den Panama-Papers-Skandal gescheit verstanden, aber ich check leider überhaupt nix in der Richtung.«

Ich starre weiter.

»Hey, jetzt komm aber, ich treff mich sicher nicht mit dir, um mich über dich lustig zu machen. Was denkst du denn?«

Gute Frage.

»Okay«, sage ich vorsichtig.

»Na also.« Sie kramt in ihrer Tasche, holt etwas hervor und streckt es mir entgegen. »Erst mal 'ne Butterbrezn? Da kann die Religion noch bisschen warten.« Sie beißt genussvoll in ihre hinein, schließt kurz die Augen dabei.

»Lustig, dass du *Brezn* sagst«, plaudere ich los, »hätte ich nicht gedacht.«

Sie packt die Butterbrezel wieder ein, starrt mich mit undurchdringlicher Miene an.

»Weil ich Schwarz bin, meinst du?«

»Was? Hä, nee …«

»Weil ›jemand wie ich‹ keine bayerischen Wörter kennt?«

»Nein, nein, ich …«

Ich habe das Gefühl, körperlich spüren zu können, wie ich blasser werde.

»Gott, nein, so war das nicht gemeint! Einfach, weil du so perfektes Hochdeutsch sprichst und null Bayerisch, deshalb eben … ich hab halt gedacht, keine Ahnung, ich wollte nicht … also nicht, dass es nicht völlig normal ist, dass du perfektes Hochdeutsch sprichst, also …«

Sie fängt an zu grinsen. Ein mitleidiges Grinsen.

»Es tut mir mega leid, das war echt dumm von mir. Sehr dumm.«

»Ist okay«, sagt sie.

»Ja?«, frage ich überfordert.

»Ja. Sag so was einfach nicht mehr.«

Ich entschuldige mich noch mal. Sie erklärt mir, wie lange sie gebraucht hat und wie viel Empowerment nötig war, bis sie es geschafft hat, in solchen vermeintlich unscheinbaren Situationen den Mund aufmachen und ansprechen zu können, wenn sie sich von Mikroaggressionen getroffen fühlt.

»Wenn man das isoliert betrachtet, sieht das natürlich nicht aus wie ’n großes Ding. Stell dir aber einfach vor, dein ganzes Leben lang – dein ganzes Scheißleben lang – sagen dir irgendwelche fremden Menschen, dass ›du ja sehr gut Deutsch sprechen kannst‹. Ja, natürlich spreche ich gut Deutsch, es ist meine fucking Muttersprache. Und das sind ja noch die, die's ›gut meinen‹. Nicht alle meinen's gut.«

»Ich glaub, das kann man sich nicht wirklich vorstellen, wenn man weiß ist«, sage ich.

»Exakt.«

Statt über Gott und Goethe reden wir also in den ersten 34 Minuten über strukturellen und individuellen Rassismus und irgendwie passt es in dieses Date wie die Faust auf ein Nazigesicht.

Sie erzählt von ihren Erfahrungen als Teenie, von subtilen und offenen Erniedrigungen und Kränkungen, von unterschwelligen Kommentaren von Lehrern, von überraschten Gesichtern, wenn sie vorher nur telefonischen Kontakt mit jemandem gehabt hatte, von abgesagten Wohnungen, von Flaschen, die ihr im Bus nachgeworfen wurden, davon, wie einmal jemand versuchte, ihre Haare anzuzünden, von den beiden Malen, die sie rennen musste, und was all das mit ihr gemacht hat. Davon, dass sie sich überlegt, ob sie überhaupt Kinder in diese Welt setzen will, wenn sie dasselbe durchmachen müssen wie sie.

»Schon crazy«, sagt sie, »ich glaub, ich hab noch nie jemandem *so schnell* so viel davon erzählt.«

»Ist okay, ich bin da«, sage ich ihr, während ich ihr in die Augen schaue, ohne mir viel dabei gedacht zu haben, doch ich merke Veränderungen in ihrem Gesicht, ihre Züge werden noch weicher und hellen auf und ich habe das Gefühl, der Geburt eines tief aus dem Inneren kommenden Lächelns beizuwohnen.

»Danke«, sagt sie.

Nachdem wir uns einen Falafel-Dürüm geholt haben, erzählt sie, dass es ihr Traum ist, irgendwann mal als Auslandskorrespondentin in Kolumbien zu arbeiten, aber da sei es superschwierig, reinzukommen. Sie spricht fließend Englisch und Spanisch, da ihr Vater bei der US Army und in Kolumbien stationiert und sie selbst mit vor Ort gewesen ist. »Bis ich neun war«, sagt sie. Seither haben die Sprache und Kultur sie nicht mehr losgelassen.

»Bist du mal bewusst mit Musik durch die Stadt geschlendert?«, fragt sie.

»Wie meinste?«

»Dass du dir so dachtest: Das hier ist jetzt gerade mein persönlicher Film und meine persönliche Filmmusik.«

»Nicht wirklich.«

»Das kann superlustig sein. Du musst dabei auf die Umgebung achten, die Gebäude, den Himmel, was um dich rum passiert, den Leuten in die Gesichter schauen. Hier, komm, zieh die mal an, ich hau dir ein paar Songs drauf«, sagt sie und kramt ein paar dicke Noise-Cancelling-Kopfhörer aus ihrem Rucksack, »und du sagst mir, was für ein Filmgenre das ist, woran du dabei denkst, wie du alles wahrnimmst, oder was auch immer dir dazu einfällt.«

Ich ziehe sie auf.

Jumpin' Jack Flash von den Rolling Stones.

»Roadmovie, wir steigen gleich ins Auto und fahren nach Portugal oder so. Alle hier sehen grade aus, als hätten sie die Zeit ihres Lebens und sich irgendwo ›Take it easy!‹ tätowiert.«

Lass die Affen aus'm Zoo von Haftbefehl. Ich höre ihr Lachen zwar nicht, aber sehe es klar und deutlich.

»Irgendein Drogenfilm, Scarface, aber die ARD-Version.

Alle Leute sehen grade so aus, als wollten sie mir auf die Fresse hauen.«

Radar Love von Golden Earring.

»Romantische Komödie, irgendein Typ ist zu spät zu …«

Sie wedelt mit dem Zeigefinger hin und her. Ich bin verwirrt und ziehe die Kopfhörer ab.

»Nicht ›irgendein Typ‹! Du! Es ist *dein* Film!«

»Okay, wie auch immer.«

»Das ist wichtig.«

»Wenn du meinst«, sage ich und ziehe die Kopfhörer wieder auf. »*Ich* bin zu spät zu irgendeinem amerikanischen Highschool-Ball und hetze übertrieben riskant da hin, während die Frau, wegen der ich da hinhetze, denkt, dass ich nicht mehr komme, ich schaff's aber grade so rechtzeitig, dann Liebe, Freude, Eierkuchen. Kuss, Ende, Aus.«

Ride Wit Me von Nelly.

»Alles ist gut, alle Menschen sehen freundlich aus und als hätten sie mega gute Laune, ich bin grade auf dem Weg zu 'ner Poolparty, wo alle aus diesen bescheuerten roten Partybechern trinken.«

Stuck In The Middle With You von Stealers Wheel.

Ich muss lachen, ziehe die Kopfhörer ab und sage: »*Reservoir Dogs*, du schneidest mir gleich ein Ohr ab, aber du hast währenddessen einen schicken Anzug an.«

»Hat ja voll gut funktioniert!« Sie grinst und küsst mich. Das erste Mal heute erwärmt sich nicht nur meine Haut. Ich schaue sie an und verstehe nicht, was sie an mir findet.

»Mal 'ne blöde Frage: Was willst du eigentlich von mir?«

»Deine Organe.«

»Äh …«

»Sorry. Ich meine natürlich: dein Geld.«

Ich muss lachen.

»Vielleicht entpuppe ich mich in drei Monaten als Günter Wallraff, weil ich die ganze Zeit verdeckt über deine Steuerberater-Schweinereien ermittelt habe.«

»Schnauzbart und Glatze stehen dir bestimmt auch.«

»Aber nee, ernsthaft, warum fragst du?«

»Einfach so, ich wunder mich halt ... du bist cool, intelligent, lustig ...«

»Und ich seh gut aus!«

Ich lache und nicke bestätigend. »... selbstbewusst, bescheiden ...«, ergänze ich.

»Ich unterbreche Leute nie beim Reden ...«

»Und da hab ich mich halt gefragt: Wieso triffst du dich mit jemandem wie mir?«

»Wieso, wer ist denn ›jemand wie du‹? Wer bist du denn? Sollte ich Abstand von dir halten, hast du irgendwas Ansteckendes oder kippst du in deiner Freizeit Atommüll in Flüsse oder so was?«

»Eigentlich nur Schweröl ... Nee, also, keine Ahnung. Jemand wie du hat da doch ...«

»Was soll denn dieses ›jemand wie‹ heißen? Ich find, das ist 'ne ganz schön bescheuerte Formulierung. Alle Menschen sind halt anders. Ich mein, wenn ich dich jetzt zum Beispiel nur wegen deines Jobs in 'ne Schublade geschoben hätte, wie verbohrt wäre *ich* denn dann? Ein Hippie-Girl, das andere Leute aufgrund ihres Äußeren verurteilt, na Halleluja, dann hätte ich mal so gar nix verstanden.«

Mein Hirn verarbeitet die Informationen, ich schweige. Sie ergreift das Wort: »Du containerst, wenn auch so halbfreiwillig, hast uns gerettet, dich mit dem Security angefreundet, du machst Schnipselcollagen, bist witzig, und wenn du es dir hier und da erlaubst, hast du deinen Kopf in ’nem gesunden Maß in den Wolken.«

Ich begaffe den Boden, als wäre er ein tragischer Unfall, während wir im Schatten einer Baumallee die Isar entlanglaufen.

»Außerdem küsst du gut. Das ist doch auch schon mal was.«

Ich schmunzle und schaue zur Seite. Sie bemerkt das.

»Okay, zwei Fragen, Nummer eins: Kannst du gut Komplimente annehmen?«

»Ich glaube schon.«

»Määähp, falsch! Noch mal: Kannst du gut Komplimente annehmen?«

»Ja, schon.«

Sie kommt sehr nah an mich heran und schreit fast.

»OB DU GUT KOMPLIMENTE ANNEHMEN KANNST, HAB ICH GEFRAGT!«

»JA!«

»DU KÜSST GUT!«

»DANKE!«

»BITTE!«

Wir lachen beide.

»Okay, Frage zwei: Kannst du genießen? So richtig, ohne Zusatzgedanken?«

»Zusatzgedanken?«

»Ohne Gedanken, die dich aus dem Genuss reißen. Ob du allem immer irgendeine zusätzliche Ebene geben musst oder nicht. ’ne Ebene, die dich nie ganz entspannen lässt, so was wie ›oh jeee, was denkt dann der oder die von mir‹ oder

›oh jeee, was, wenn's schiefgeht oder nicht total perfekt wird‹ oder ›oh jeee, aber wo soll das denn *langfristig* hinführen‹. So was meine ich.«

»Hm. Puh. Keine Ahnung, ich würd sagen, mal besser, mal schlechter. Ich hab's Gefühl, ich lern das grade erst. Ist vielleicht bisschen spät jetzt.«

»Ach, Quatsch! Besser spät als nie. Ich sag da immer: Der Zahn der Zeit hat Karies, also iss, solange du kannst und es noch nicht wehtut.«

Ich muss lachen. *»Meiner ift fon faft aufgefallen«*, sage ich gebisslos.

»Dann wird'f aber Tfeit!«, antwortet sie.

Was für ein Blödsinn. Ich fühle mich, als wäre ich elf Jahre alt. Aber ich fühle mich gut.

Der Spaziergang mündet langsam, aber sicher am Wasser, wir legen unsere Sachen am Ufer ab, und zum ersten Mal habe ich, als ich einen Fuß in die eiskalte Isar setze, nicht das Bedürfnis, nach meinen Wertsachen zu schauen. Dann klaut man mir halt das Handy oder den Geldbeutel, wen interessiert's. Während ich mich langsam und Schritt für Schritt an die Kälte des Flusses gewöhne, springt Emma einfach rein, einen Meter von mir entfernt.

Sie taucht auf, lacht mich einmal kurz an und versucht dann, mit aller Kraft gegen die Strömung anzuschwimmen, schafft es nicht, auf der Stelle zu bleiben, treibt unter kämpferischem Grummeln langsam zurück, bis sie sich zurücktreiben lässt und zur Seite aus dem Wasser steigt.

»Ich bin fix und alle«, sagt sie, während sie mir am Ufer entgegenkommt, »aber es ist so schön kühl! Wie schaut's bei dir aus?«

»Ich taste mich langsam ran.«

Ich erwarte, dass sie gleich mit irgendeinem YOLO-mäßigen Spruch dagegenhält, mich anspritzt oder ganz umreißt, irgendwas Lebemenschen-Mäßiges. Falls die so was tun. Ich kenne jedoch nicht sonderlich viele Lebemenschen. Im Gegenteil, ich bezeichne die meisten Kolleginnen und Kollegen eher als Sterbemenschen.

Doch sie kommt zurück ins Wasser, stellt sich neben mich und antwortet ruhig: »Klar. Take your time.« Ich stehe bestimmt schon dreieinhalb Minuten wie angewurzelt hier herum und bewege mich nur wahnsinnig langsam vorwärts, aber es fehlt nicht mehr viel zum Bauchnabel. Ich atme auf einmal lauter ein und aus als davor, als ob das die Temperatur beeinflussen könnte, ich komme mir bescheuert vor.

»Soll ich dir helfen?«, fragt sie.

»Ja, äh … gern. Ich überleg grade nur, wie …«

Platsch. Sie schubst schneller als ihr Schatten.

»ALTER! FUCK! AH! Kaaaaltkaltkaltkaltkaaalt!«

»Richtig geil!«, schreit sie und springt hinterher.

Wir kommen aus dem Wasser, trocknen uns kurz in der Sonne und suchen einen Platz im Schatten, das sei ihr wichtig. Ich meine, das sei kein Problem, ich halte es sowieso keine halbe Stunde in der Sonne aus, ohne komplett rotverbrannt zu sein. Ich sehe danach immer so aus, als würde sich mein ganzer Körper für meine Dummheit schämen. Sie hat einen Stapel UNO-Karten dabei, wir spielen fünf Partien, sie gewinnt zweimal, ich dreimal.

Der Tag wird langsam müde, wir nicht. Es ist immer noch warm, als sich die Sonne peu à peu in den Feierabend verabschiedet und uns orange leuchtend winkt.

Emma betrachtet die kleine Insel, die zirka 15 Meter von uns entfernt im Fluss liegt.

»Ich find's echt megaschön, dass es solche Naturflecken hier noch gibt, einfach so. Mitten in der Großstadt«, sagt sie. »Wollen wir mal rübergehen?«

Noch bevor ich klugscheißen kann, dass die Insel geplant und künstlich angelegt wurde, schließt sie ihren Rucksack und watet ins Wasser. Als es zu tief wird und sie schwimmen muss, stemmt sie den Rucksack in die Höhe wie die olympische Fackel. Mit dem Rücken zu mir brüllt sie: »Auf geht's!«

Hätte ich früher mein Handy in der Isar zerstört oder gar verloren, wäre das ein mittelgroßer Weltuntergang gewesen. Aber was schon am Boden ist, kann nicht mehr untergehen.

»AAAAH DRECKS FICKSCHEISSWASSER OH MEIN GOTT FUCK IST DAS ARSCHKALT!«, stürzt es wieder aus mir heraus, als ich hüfthoch darin stehe. Emma kichert und antwortet: »Lass alles raus! Gib's ihm so richtig! Blödes Wasser!«

»SCHEISSWASSER!«

Sie empfängt mich am Ufer und nimmt mir meine Tasche ab.

»Wenn du das nächste Mal beim Containern so rumschreist, hilft uns ein anderer Security vielleicht sogar, weil er denkt, die Tonnen würden uns angreifen.«

Wir machen einen zweiminütigen Insel-Rundgang und

entscheiden uns für ein Fleckchen zwischen zwei Bäumen. Sie packt eine große flauschige Fleece-Decke aus und wir lassen uns auf den vier Quadratmetern nieder, umgeben von Büschen und Bäumen, niemand ist hier, niemand kann uns sehen, als würde die Insel uns gehören.

»Hier ist normalerweise immer was los im Sommer, aber heute haben wir die ganze Insel für uns«, stellt sie fest. »Mega!«

»Das passt den meisten an 'nem Mittwochabend vermutlich nicht so gut in den Terminkalender.«

»Find ich ja ganz gut«, sagt sie und küsst mich.

»Rauchst du eigentlich?«, frage ich.

»Keine Zigaretten. Ich hab früher mal, aber ich darf nicht mehr.«

»Wieso nicht?«

»Erzähl ich dir vielleicht mal wann anders.«

»Okay.«

Sie beginnt, leicht ihre Beine zu massieren. »Kiffen fänd' ich grade ganz gut. Lust?«, fragt sie.

»Sehr gerne.«

Sie holt einen perfekt gedrehten Joint heraus, zündet ihn an, zieht dreimal und gibt ihn mir. Ich orientiere mich an ihr und ziehe ebenfalls dreimal. Dann wandert er hin und her, bis er weg ist.

Das Orange des Himmels wurde mittlerweile vom Rot verdrängt. Wir liegen da und starren geradeaus auf das Blätterdach. Sie zeigt mit dem Finger nach oben.

»Schau mal, wenn man nur da hochguckt und das ganze Trara um uns rum ausblendet, könnte man überall sein«, sagt sie und schließt die Augen. »Also keine Autos im Hintergrund, keine Menschen, keine Straßenbeleuchtung.«

»Dann kannste dir das Backpacking sparen. Gut für die Welt.«

»Ich war grade auf Kuba. Zack! Jetzt in Patagonien. Schnips! Jetzt in Schweden.«

»Wär es da nicht arschkalt grade?«

»Arschkaaaaalt, Mister Ben ist es immer arschkalt, haha! Nee, so kalt ist es da im Sommer nicht. Und außerdem wär's sowieso ein superwarmes Schweden, wo man auch unter Bäumen liegen kann, ohne zu frieren, mein ganz persönliches warmes Schweden.« Gib der Klimakrise noch ein paar Jahre, denke ich.

»Wo wärst du denn gerne?«, fragt sie.

Ich lege meinen Kopf in meine Hände und grüble.

»Boah, keine Ahnung. Muss ich denn woanders hin?«

»Nö, musst du nicht.«

»Dann bleib ich hier. Ich find's hier schön.«

»Ich auch«, sagt sie.

Wir liegen eine Weile da, bis es dunkel geworden ist. Meine Augen gewöhnen sich schnell daran. Ich drehe meinen Kopf und schaue sie von der Seite an, ihre Hände sind zum Kissen gebettet, das Gesicht umrahmt von ihren schwarzen Locken, sie hat die Augen geschlossen und lächelt. Zum ersten Mal küsse ich sie, nicht sie mich. Vom Gras intensiviert fühlen sich ihre Lippen an wie der Himmel, so, wie Lippen sich immer anfühlen sollten, wie der Prototyp für Lippen, warm und zart. Sie greift meinen Kopf und lässt ihre Hände dann an meinem Körper heruntermäandern, erkundet ihn, ihre Berührungen elegant und einfühlsam. Ich nehme mir ein Beispiel an ihr und tue es ihr gleich; ihre Haut ist wunderweich, wir schmiegen uns aneinander, lassen letzte Barrieren und dann unsere Kleidung fallen.

Der Sex mit ihr ist irgendwie anders, irgendwie schöner, emotionaler als alles, was ich vorher erlebt habe; ich fühle mich, als würde ich mich auflösen, fühle mich leicht, eins mit ihr und allem, alles existiert wegen und für uns, wir sind der Augenblick, wir sind Raum und wir sind Zeit, wir sterben und werden wiedergeboren.

Danach zieht es mich zu ihr, es kommt mir irgendwie ungewöhnlich vor: Ich will sie in den Arm nehmen, ihr nah sein. Sie will das auch.

»Na, Mister Arschkalt«, haucht sie und ich kann die Umrisse eines verträumten Lächelns erkennen. Sie gibt mir einen Kuss und klammert sich an mir fest. Sie schließt die Augen, hat den Kopf in meiner Halsbeuge, ist völlig eingeigelt und atmet gleichmäßig vor sich hin.

Ich lächle zufrieden, glaube ich. Irgendwie zufrieden. Ich greife nach zwei großen, trockenen Handtüchern und lege sie als Deckenersatz über uns.

Wir schlafen ein.

Ich träume, dass ich alt bin.

DER PROZESS
62 %

Ein bisschen Nervenkitzel erfrischt das Leben, heißt es. Kann sein. Weshalb das Anstehen im Supermarkt die Nerven mancher Leute kitzelt, hat sich mir bislang leider noch nicht erschlossen. Als ich mich an der linken Kasse anstellen will, schnauzt mich eine schlecht gelaunte Frau neben mir an und weist mich sehr ausdrücklich auf das Reißverschlussverfahren hin. Es sieht für mich so aus, als habe sie sich längst rechts angestellt, aber offensichtlich will sie sich alle Optionen offenhalten und es scheint ihr sehr wichtig, so früh wie möglich zu bezahlen und sich ein paar Minuten Lebenszeit zu sparen. Ich quittiere es mit einem Schulterzucken und dem Satz: »Wie Sie wollen. Es ist mir wirklich *sehr* egal.«

Nach dieser Begegnung habe ich einen Einfall, marschiere zur Post und kaufe zehn Briefmarken samt Postkarten. Ein erster Entwurf sieht folgendermaßen aus:

Lieber Mensch (hier Name einfügen!),

es gibt da etwas, das ich dir schon längst einmal sagen wollte, mich aber bisher nie getraut habe. Doch ich habe das Gefühl, dass der Zeitpunkt dafür endlich gekommen ist und ich mich überwinden kann, meine Gefühle, meine wahren und unverfälschten Empfindungen, endlich mit dir teilen zu können. Ich wollte nur, dass du weißt: Ich hasse dich, fick dich ins Knie. Ich sage das nicht leichtfertig; ich wünschte mir einfach, wir wären uns nie begegnet – das aber aus tiefstem Herzen. Hoffentlich bis nie, du blöde Wichsratte (hier individuelle Beleidigung einfügen!).

Dein Ben

Ich beginne, eine Namensliste zu schreiben. Vier Postkarten schicke ich zeitnah nach dem Mittagessen ab (Reichardt, zwei andere Ex-Kollegen, ein Ex-Vermieter), bis ich nachmittags Blut spenden gehe. Ich bin stolz auf mich, ich komme auf meiner Liste gut voran, kurz darauf hasse ich mich genau dafür.

Den Resttag pulverisiere ich, indem ich irgendeine bescheuerte, gehypte Netflix-Serie schaue. Je mehr es von den Dingern gibt, desto weniger will ich auch nur irgendeine davon sehen. Eigentlich. Er widert mich an, dieser unendliche Strom der Zeitverschwendung. Ein Armutszeugnis für mein Restleben, ich bin durchgefallen, das steht fest. Sogar mein Sofa teilt mir mit, dass *Riverdale* langweilig ist. Sitzgelegenheiten wissen das immer am besten. Beziehungsweise der eigene Arsch, um genau zu sein. Sobald der merkt, dass er sich auf einem Untergrund unwohl fühlt, ist die Geschichte kacke.

Ich überlege, mich bei Emma zu melden.

Ich überlege, es bleiben zu lassen.

Ich stehe auf und schlurfe durch die deprimierende, Dunkelheit durchflutete Wohnung. Es ist mittlerweile 22:30 Uhr und ich habe Hunger, öffne Kühl- und Küchenschrank; das Ergebnis der kurzen Jagd, ein Brot mit Aufstrich, kommt mir noch langweiliger vor als mein Leben. Ich stopfe es in mich hinein, während ich mich aufs Sofa setze.

Das kann's ja auch nicht sein, denke ich.

Dieses Sofa, diese Wohnung, diese Stadt – alles widert mich in diesem Moment an, kotzt mich an und mein Fluchtinstinkt schreit mich an, tritt mir in den Bauch und verklickert mir, ich solle mich gefälligst bewegen: Raus hier, irgendwo anders hin, Hauptsache weg hier.

Ich gehorche.

Ich klappe meinen Laptop auf und überlege mir, von welcher anderen Stadt ich mich am besten enttäuschen lassen könnte.

Rom: Ständig auf Platz 1 bei irgendwelchen bekackten Schönste-Städte-Toplisten. Geil für alle, die gleichzeitig an Gelato und Auspuffen lecken wollen, für alle, die Lärm, zusammenhangslos aufeinanderliegende alte Steine und Religion richtig geil finden, und allgemein irgendwie für alle alle. Nein, danke.

Paris: Die Stadt gewordene Enttäuschung schlechthin, eine Stadt, die so hässlich und gleichzeitig von einem so enormen Nimbus umgeben ist, dass sie es zu einem eigenen Krankheitsbild geschafft hat. Touché und non, merci.

Berlin: Fick dich und euch und euch alle gegenseitig und vonallenseitig und immer und jederzeit und vor allem ohne mich, danke.

Zürich: noch geleckter als München, alles ist mit stadteigenem Sperma poliert und mit Weltfremdheit und elitärer Selbstzufriedenheit imprägniert. Nein.

Moskau: Ich fliege nicht.

Sydney: Ich fliege nicht.

Kapstadt: Ich fliege nicht.

Singapur: Ich fliege nicht.

Barcelona: Zu weit weg für ein bisschen Strand und LSD-Architektur.

Prag: Kafka und ein Fluss. Nope.

Dann jedoch das Undenkbare, denn am Ende des Prozesses stand fest: Jemand musste Ben S. erleuchtet haben, denn ohne, dass er etwas Kluges getan hätte, wurde er an diesem Abend fündig.

KAPITALFLUSS
64 %

Die seit Jahren offiziell lebenswerteste Stadt der Welt, eine Stadt, die von ihrem gesamten eigenen Land gehasst wird und der das gesamte eigene Land scheißegal ist, eine Stadt mit Kaffee und Kunst und Palästen und bescheuertem Riesenrad, eine Stadt mit einem Dialekt, der klingt, als hätten alle dort Lebenden mit dem Leben längst abgeschlossen.

Willkommen in Wien.

Ich höre Bilderbuch, nur ruft mich niemand an und fragt mich, wie's mir geht, aber das ist okay.

Die Mittagssonne strahlt mir entgegen, als ich aus dem Hauptbahnhof trete. Die Straßen sind sauber und die Leute geschäftig. Ich schlendere ziellos umher, streife den Belvederegarten und das dazugehörige Schloss. Ich nehme es zum Anlass, einen architektonischen Schwanzvergleich zu Nymphenburg zu ziehen und stelle fest, dass es mir ziemlich egal ist. Als ich am Naschmarkt ankomme, kaufe ich Zimtmandeln und schlendere weiter bis zum Museumsquartier. Ich beschließe, dass es Zeit für die erste Melange ist. Die Wiener Melange, ein Getränk, das vermutlich ausschließlich dazu erfunden wurde, damit Menschen aus Wien genervt die Augen über all die Touris rollen können, die einen Cappuccino wollen, ein Getränk mit dem einzigen Existenzgrund, diese Leute scheiße finden, die Nase rümpfen, »Ah ge, das ham' wir niiicht« und »Da gehen'S bitte woanders hi« sagen zu können. Ich liebe es.

Im erstbesten Café, das mir entgegenspringt, gibt es eine Siebträgermaschine und Croissants unter einer Glasglocke, womit meine Grundbedürfnisse erfüllt wären. Die Fenster und Türen sind offen, um den Sommer reinzulassen, der Tresen ist lang und zieht einen Halbkreis in den Raum hinein; die vielen Tische lassen vermuten, dass hier normalerweise die Hölle los sein muss. Aktuell sitzen jedoch nur eine Lehrbuch bewaffnete Studentin und ein schrumpeliger alter Mann mit freundlichem Zeitungslesegesicht einzeln herum. Damit kann ich mich anfreunden; mein ganzes Leben war eine einzige Stoßzeit, eine einzige Warteschleife, ein einziges Schlangestehen, ein einziges Ichhableidernureinehalbestundemittagspause, ein einziges Gehtdasauchspäterichmussnocharbeiten, ein einziges Vielleichtmalaneinemwochenende.

Es sind keine Angestellten zu sehen, dafür klappert es geschäftig hinten in der Küche. Ich tippe auf die Nachwehen des Mittagsgeschäfts und setze mich an den Tresen. Über mir verläuft eine silberne Schiene exakt entlang der Theke, von der Weingläser herabhängen wie Trauben, abwärtsgerichtet, auf mich zeigend. Ich starre in die Kuchenvitrine, als ein Kellner aus der Küche geschossen kommt. »Entschuldigen'S bitte«, sagt er, »was hätten'S gern?«

»Eine Melange.«

»Leider ist uns vorhin die Maschin' verreckt, die mog nimmer seit heut Mittag. Wollen'S vielleicht was anderes oder sich erst mal ein bisserl auf der Kart'n umschaun?«

Ich nicke enttäuscht und er reicht mir die Karte, als eine Kollegin aus der Küche hinterhergeschossen kommt. Sie beginnt ihren Satz mit »Boah, Flori, du deppertes Watschngsicht!«, den Rest verstehe ich nicht mehr, da beide ihren Dialekt auf 120 % gedreht und die Sprechgeschwindigkeit verdoppelt haben. Grob geschätzt geht es darum, wer von den beiden das Ableben der Kaffeemaschine zu verantworten hat; sie schieben sich die Schuld so schnell gegenseitig in die Schuhe, dass es mir meine fast auszieht. Sie gestikulieren ein paar Minuten genervt herum, bis sie auf einmal verstummen und Richtung Eingangstür schauen. Ich drehe mich um und eine rüstige Frau mit grauen Haaren und festem Gang betritt das Café. Gelassen geleitet sie hinter den Tresen und sagt: »Wo brennt's?« Als die Diskussion wieder zu entfachen droht, erstickt die Frau das Geplänkel der beiden im Keim.

»Leut', i brauch keine Schuldigen, i brauch a Lösung.« Sie begutachtet die Kaffeemaschine fachfrauisch, zückt ihr Handy und telefoniert zirka 30 Sekunden. »Eine Stunde, dann sollt's wieder passen«, sagt sie ruhig und wendet sich an mich.

»Entschuldigen'S bitte die Umstände. Was darf's bei Ihnen sein, bittschön?«

»Kein Ding, äh … also, ich schau grade noch.«

»Hätten'S an Kaffee gwollt?«

»Ja, schon, aber …«

»Was denn für oan?«

»Eine Melange. Aber das muss auch ni…«

»Warten'S schnell, des kriegen'S«, sie wendet sich an die beiden »macht's ihr mal da hinten klar Schiff.«

Sie verlässt das Café und kommt keine fünf Minuten später mit einer Tasse Kaffee zurück.

»Bittschön«, sagt sie. »Geht aufs Haus.«

»Ah krass, vielen Dank, das muss aber nicht …«

»Bassd scho. A bisserl was geht allerweil. Essen'S halt einfach drei Stück Kuchen«, sagt sie und zwinkert. Zum ersten Mal finde ich ein Zwinkern nicht befremdlich, im Gegenteil, es bringt mich zum Lächeln. Ich nehme einen Schluck, er schmeckt fantastisch. »Der ist super, danke!«

»Is' hoid der Kaffee von nebenan, aber i will ja, dass'S später wiederkommen.« Sie wendet sich an ihre beiden Angestellten: »Des mach i jetzt nämlich aa. Bis später. Denkt's dran: Nit jammern, sondern was tun. Wer long sudert, wird net pudert.«

»Was heißt das denn?«, frage ich.

»Des finden'S scho no raus. Baba!«, sagt sie und geht. Die beiden hinterm Tresen kichern. Kurz frage ich mich, ob ich von ihr verarscht wurde. Aber auch nur kurz. Ich vergleiche die Unterhaltung der Chefin mit ihren beiden Angestellten innerlich mit den leeren und halbtoten Gesprächen in der alten Büroküche und muss fast lachen.

Nach immerhin zwei Stück Kuchen ziehe ich weiter und lande auf der Mariahilferstraße. Hier spüre ich die Touri-Vibes doch noch aus allen Gebäude- und Körperöffnungen wabern, unabhängig von Wochentag und Uhrzeit. Leider sieht auch Wiens Flaniermeile aus wie die jeder anderen Großstadt. Das Einzige, was meine Aufmerksamkeit erregt, ist ein Hütchenspieler.

Eine kleine Traube Menschen hat sich um ihn herum versammelt, er faselt und werkelt in einer Tour. Ich trete näher und betrachte das Spektakel. Der Einsatz kostet 50 Euro, wer gewinnt, bekommt 100. Er spielt und schiebt die Hütchen kreuz und quer, als wäre er ein DJ, der seine Träume aufgegeben hat. Ich beobachte die Beobachtenden, die energisch auf Hütchen zeigen und diskutieren, bis jemand tatsächlich einen Tipp abgibt, 50 Euro überreicht und verliert. Klar, denke ich, man kann nur verlieren. Ich bleibe trotz allem eine Weile stehen und bin fasziniert vom fingerfertigen Spiel. Verrückterweise passiert es nach ein paar Minuten, dass einige der Umherstehenden tatsächlich gewinnen. Frust- und kommentarlos reicht der Hütchenspieler dann seinerseits 50 Euro und spielt weiter. Ich merke, wie es mich in den Fingern juckt, nachdem ich fünfmal in Folge innerlich auf das richtige Hütchen getippt habe. Was soll's, denke ich, und zücke mein Portemonnaie.

Ich verfolge den Ball konzentriert und komme mit, wende meinen Blick nicht vom Hütchen ab. Als er die drei Hütchen zum Stehen bringt, fragt er: »Wo ist der Ball?« Die Umstehenden fangen sofort an, ihren eigenen Tipp abzugeben, zeigen auf die anderen Becher, doch ich bleibe bei meiner Wahl – und liege daneben. Die Traube sagt: »Haben wir's doch gesagt!«, als der Hütchenspieler zeigt, dass der Ball unter einem der anderen Hütchen lag. Ich will noch mal. Diesmal höre ich entgegen meines Instinktes auf den Rat der Umstehenden. Auch daneben. Ein drittes Mal, wieder eigener Tipp. Daneben.

Mir wird heiß. Ich merke, wie ich beginne, zu schwitzen, es fühlt sich an, als würden meine Organe leicht köcheln. Ich weiß mein Gefühl nicht einzuordnen; ist es Wut auf den Spieler, das Spiel, die Traube oder mich? Ich kratze jegliche Selbstbeherrschung zusammen, aber sofort fällt mir ein, dass ich für diese Summe irgendwann mal fünf Stunden gearbeitet habe. Brutto! Netto sogar einen ganzen Arbeitstag, und auch nur, wenn man die Überstunden außer Acht lässt. Mein Kopf raucht. Um weitere Dummheiten zu vermeiden, wünsche ich allen einen schönen Tag und setze mich auf eine Bank in der Nähe, von wo aus ich die Szenerie beobachten kann.

Nach zehn Minuten beruhige ich mich und schaffe es, die Summe einfach verloren sein zu lassen. Sie ist weg. Was weg ist, ist weg und ich bin ja noch hier. Alle Extremitäten sind noch dran, es hat nicht wehgetan, alles ist in Ordnung, es braucht mich nicht zu stören. Ich atme ein.

Beim weiteren Beobachten des Hütchenspiels stelle ich fest: Die Traube ist nach wie vor wirklich *sehr* interessiert an dem Ganzen, niemand entfernt sich vom Tisch.

Nach einer halben Stunde stelle ich fest: Die Traube und der Spieler sind ein Team, eine Art genossenschaftliche Betrugsgemeinschaft. Irgendwie putzig, denke ich, es unterscheidet sie nicht viel von der Finanzwirtschaft. Immer wieder kommen vereinzelte Touris, lassen ihr mehr oder weniger hart verdientes Geld liegen und ziehen dann beschämt oder schulterzuckend weiter. Ich stelle mich erneut dazu und schaue auf die Finger des Hütchenspielers, komme aber nicht auf den Trick. Ein YouTube-Video verrät mir schließlich: Der kleine Ball ist unter keinem der Hütchen, sondern in seinen Fingern, bis eine Entscheidung getroffen ist. Ab diesem Zeitpunkt erkenne ich die List und sehe ein: Nein, man kann nicht gewinnen.

Ich ergattere einen Platz im Café nebenan, sogar draußen, von wo aus ich das Hütchenspiel noch sehen kann. Nach der zweiten Melange läuft ein zirka zehnjähriges Mädchen auf den Hütchenspieler zu, fällt ihm in die Arme und gibt ihm einen Kuss auf die Backe. Auch die Traube begrüßt sie. Sie bleibt ein paar Minuten, plaudert mit allen und verschwindet wieder. Vielleicht ja seine Tochter, denke ich, vielleicht seine Nichte, vielleicht irgendjemand, dem die 150 Euro zugutekommen.

In den nächsten fünf Tagen liege ich an der Donau, in Parks, esse und trinke fürstlich und weiß nicht, wann ich zum letzten Mal ein gutes Gefühl dabei hatte, mehrere Tage in einem Hotel untergebracht zu sein. Hier jedenfalls habe ich es. Es hat eine Viertelstunde gedauert, bis ich festgestellt habe, dass ich keine Preise mehr zu vergleichen brauche, und habe mir im nächstschönsten ein Zimmer gebucht.

Wien ist schön, das muss ich der Welt lassen; einmal hat sie nicht verkackt. Ich bekomme sogar spontan Karten für die Oper und finde das Stück nicht komplett beschissen. Und das will was heißen, denn es ist *Hänsel und Gretel.*

Ich erfahre im Freud Museum, dass ich auf meine Mutter stehe, alles irgendwie ein Phallussymbol ist, aber vor allem, dass er eine arschgroße und schnieke Wohnung hatte; auf dem Prater, dass ich garantiert kein beschissenes Kettenkarussell fahren werde, das über 100 Meter hoch ist, und im Hundertwasser Museum, dass gerade Linien unmenschlich sind.

Gerade = unmenschlich; ich bleibe völlig drogenlos darauf hängen, die Idee, die Bilder, das Gesamterlebnis ziehen mich völlig in ihren Bann. Die bunten Farben und wirren

Formen üben auf eine merkwürdige Art und Weise eine Faszination auf mich aus. Mit Urlaub auf dem Land hätte man mich früher jagen können, wozu Natur, sieht ganz nett aus, aber erfüllt für mich keinen unmittelbaren Zweck, was soll das also; aber das hier, das hier kriegt mich. Als ich all das sacken lasse, komme ich danach im dazugehörigen Hundertwasser-Café sogar ins Plaudern darüber, sogar mit fremden Leuten. Ich hinterlasse ihnen sogar einen Eintrag im Gästebuch: »Mich hat es mal gegeben. Ben.«

Immerhin, denke ich.

Der alte Mann, der das Café betreibt, korrigiert mich: »Es gibt dich immer noch.«

Ich lächle und ignoriere ihn.

Dummer Klugscheißer.

ALTERNATIV, LOS!

78 %

Zurück in München. Es ist 23:18 Uhr, Mittwoch und dunkel. Ich schwanke zwischen Heroin, LSD und Ecstasy. Alles steht auf meiner Liste, alles will ich noch probieren und aus praktischen Gründen denke ich, es wäre das Einfachste, Tobi zu fragen, was er davon gerade vorrätig hat. Vielleicht könnte ich es sogar noch heute Abend holen. Ich rufe ihn an. Mailbox. Ich tippe eine Nachricht, und kurz bevor ich sie fertig habe, klingelt mein Telefon. Es ist Emma.

»Hey, was machst du so bis Sonntag?«, fragt sie.

»Essen, schlafen, Zeit totschlagen.«

»Also, falls das bedeutet, dass du freihast: Bock auf ein Festival?«

»Äh … vielleicht. Was für eins denn?«

»Ein Hippie-Festival.«

Ich muss kurz auflachen. »Und da hast du direkt an mich gedacht, oder wie?«

»Nö, nicht direkt. Aber eine Freundin, die mitkommen wollte, ist krank geworden, und über dich kann man ja sagen, was man will, aber spontan bist du.« Dass das mal *die* Eigenschaft sein würde, mit der mich jemand beschreibt, hätte ich wirklich nie gedacht. »Also, was sagst du?«

Ich kratze mich planlos am Kopf, finde nichts, was dagegenspricht. »Klar, bin dabei«, sage ich. »Wann geht's denn los?«

»Wir holen dich morgen um 8:30 Uhr ab.«

»Ich hab kein Zelt.«

»Ich hab eins.«

»Ich hab auch keinen Schlafsack und keine Matte oder so.«

»Ich hab 'ne große Matte und den Schlafsack kann ich zur Decke machen, dann müssen wir uns halt wärmen. Hat doch letztens auch ganz gut geklappt.«

»Das stimmt.«

»Super, dann bis morgen früh!«

Ich schicke ihr meine Adresse, frage mich, ob ich die nächsten Tage dazugehören werde in einer völlig fremden Umgebung, in einer völlig fremden Gruppe Menschen, und freue mich, dass es mir scheißegal ist. Apokalyptische Heiterkeit, ich rauche zwei Zigaretten in 19 Zügen und die dritte mit noch weniger, glaube ich. Ich habe vergessen, zu zählen.

Am nächsten Morgen stehe ich um 8:25 Uhr mit einer großen Bäckertüte vor meiner Tür und warte. WhatsApp-Nachricht: Sie verspäten sich. Yilmaz steht zehn Meter weiter, neben sich hat er einen Hocker, auf dem er nicht sitzt, und einen kleinen Beistelltisch. Eine Kanne Cay steht darauf und dampft. Er hält seine Gebetskette in der Hand, bewegt Perle für Perle durch seine Finger und ich frage mich, an welcher Stelle er gerade ist; 33-mal Gott preisen, ihm 33-mal danken, ihm 33-mal seine Großartigkeit bezeugen, hat mir das Internet dazu mal ausgespuckt, irgendwann zu einer Zeit, als ich noch neugierig war.

Er schaut zu mir herüber, ich nicke ihm grüßend zu. Er hebt die Kanne Cay in die Luft und nickt zurück. Ich interpretiere das als Einladung und bewege mich langsam zu ihm hinüber, er winkt mir zu. Ich frage mich, ob wir gleich miteinander reden, über ihn, wieso er so alleine ist, vielleicht hat er in diesem eigengelobten Land nie wirklich Anschluss gefunden und wurde immer scheiße behandelt, vielleicht hatte er eine Frau, Liebe seines Lebens, aber sie ist vor Jahren gestorben, vielleicht hätte er auch gerne einen Tobi und einen 50-Tage-Deal. Vielleicht reden wir über mich, wieso ich keinen Anzug mehr trage, wieso ich überhaupt mal zu Hause bin und nicht unterwegs mit meinem Scheißköfferchen, dem Trolley der Traurigkeit.

Er nimmt ein kleines, geschwungenes Glas, schenkt erst mir ein, dann sich. Wir stoßen an und er sagt: »Auf dich.«

»Auf *dich*«, erwidere ich. Er nickt.

Der Tee ist lecker.

Wir stehen nur da. Reden nicht. Ich halte es anfangs kaum aus, es ist mir wahnsinnig unangenehm, einfach zu schweigen. Ihm offenbar nicht. Es fühlt sich an, als würde im gemeinsamen Raum etwas fehlen, wenn die Leere nicht mit Sprache gefüllt würde, ich fühle mich verantwortlich, schuldig, das ist doch unschön hier, jetzt, gerade, wenn nichts passiert.

Ich frage mich, wieso. Mir fällt nichts ein und er macht keine Anstalten, den Mund zu öffnen, außer für Teeschlucke. Worthülsen sind sowieso hohl, und etwas Leeres macht nichts voller, denke ich.

Er starrt auf die Straße. Ich tue es ihm gleich. Wir tun das Gleiche wie vorher, stehen und warten und schauen, nur jetzt eben zu zweit. Ich halte ihm die Bäckertüte hin, er schüttelt den Kopf.

Nach ein paar Minuten des ruhigen Starrens habe ich eine leise Ahnung davon, was in ihm vorgehen könnte. Autos, Fahrräder, Menschen, alles strömt an uns vorbei, jede einzelne Sekunde ergibt ein anderes Bild, die Straße aber bleibt gleich. Alles kommt, geht, entsteht, schwindet, fließt, verändert sich und bleibt trotzdem gleich. Vielleicht ist Yilmaz der *Siddhartha* der Neuzeit.

Ich habe immer gedacht, sein Leben drehe sich im Kreis. Und wer sich ewig im Kreis dreht, kommt nie vorwärts. Aber muss man das? Vielleicht ist der Kreis auch einfach sehr schön.

Er gießt mir noch mal nach.

»Danke«, sage ich. Er winkt ab und nickt.

Langsam biegt ein dunkelgrüner Kombi in die Straße. Ich suche das Auto auf Peace-Zeichen-Sticker ab, finde keine und bin irgendwie ein bisschen beruhigt, dass es kein bunter Klischee-VW-Bus ist, frage mich dann aber, wieso das schlimm gewesen wäre. Emma, Feli und der Dude steigen aus.

»Hey Mann! Schön, dich wiederzusehen!«, sagt der Dude. »Voll nice, dass du uns da letztens den Arsch gerettet hast. Danke!« Nacheinander umarmen mich alle.

Ich wende mich Yilmaz zu und bedanke mich noch mal bei ihm, er nickt. »Bis bald«, sagt er. Die anderen fragen sich kurz, ob sie auch ihn überschwänglich umarmen sollen, bleiben aber nur verunsichert stehen, winken und sagen »Hi!«

Yilmaz nickt.

Als wir alle im Auto sitzen, Feli am Steuer, der Dude als Beifahrer, ich und Emma hinten, verlautbare ich: »Ich hab euch was vom Bäcker mitgebracht. ButterbrezeLN.«

Alle jubeln. Ich muss lächeln und verteile Brezeln.

»Da hab ich ja jetzt vier Tage Zeit, dir das Wort ›Brezel‹ auszutreiben«, sagt Emma.

»Viel Glück.«

Erst, als wir schon eine Weile fahren, frage ich mich, wieso wir mit dem Auto zum Hippie-Festival unterwegs sind. Sollten wir nicht den Zug nehmen oder trampen?

Ich spreche sie darauf an und erwarte, mich damit sofort unbeliebt gemacht zu haben, aber im Gegenteil. Mit dem Themenanstoß habe ich etwas ins Rollen gebracht, sie hören schier gar nicht mehr auf, über Autofahren, Flugreisen, Plastik, Stromversorgung, Lebensmittelrettung, Unverpackt-Läden, Repair-Cafés und ausgerechnete CO2-Bilanzen zu reden. Sie sind informiert, sie sind reflektiert, spielen sich die Öko-Bälle sehr gekonnt zu, doch die Schlussfolgerung, als die Unterhaltung langsam abebbt, ist: Alles, was sie tun, reicht nicht, wir sind sowieso gefickt.

Irgendwie betrübt es mich.

Nachdem der Klima-Talk mit insgesamt 93 Minuten etwas ausgeartet ist, wechseln wir das Thema und ich denke mir, das Ganze kann mir eigentlich auch egal sein. Ich brauche diese Welt ja nicht mehr. Und sie mich auch nicht. Hat sie noch nie.

VERBRENNEN
80 %

Fünf Stunden später sind wir da. Bands, die keine Sau kennt, weiße Menschen in Goa-Hosen, eine Menge Grasgeruch und wir, die vier Freunde, beziehungsweise die zwei Freundinnen, der Freund und der eine suizidale Typ.

Wir suchen uns einen Platz möglichst nah an den Toiletten, aber nicht zu nah, weil es wohl bestialisch nach Scheiße stinkt, wenn die geleert werden. Ich habe keine Ahnung, ich war noch nie auf einem Festival.

»Wie jetzt, du warst noch nie auf einem Festival?«, fragt Emma erstaunt. »Noch gar nie, nie?«

»Nö.«

»Wieso?«

»Hat sich nie ergeben, ich musste meistens arbeiten und irgendwann wurde ich nicht mehr gefragt. Und alleine wollte ich nicht.«

»Ein Glück, dass du jetzt freihast und nicht allein bist.«

Ich habe nicht frei, ich bin es.

Wir haben uns ein schönes Plätzchen gesucht und es gefunden, »nicht am Rand«, damit uns niemand aufs Zelt kotzt, »auch wenn das hier kaum vorkommt«, weil das hier kein normales Festival sei, hier seien alle friedlich, hier brauche es kaum Security, hier werde nichts geklaut und hier »hören nicht irgendwelche Vögel bis morgens um fünf irgendwelche SpongeBob-Techno-Remixe, um anderen Leuten auf die Nerven zu gehen«, und ich finde, das hört sich gut an.

Als die Zelte stehen, verschwindet Emma Richtung Toilette. Feli verteilt unterdessen nasse, dünne, bunte Baumwolltücher an uns. Ich schaue sie fragend an. »Zum Abkühlen.«

»Mir ist nicht wirklich heiß.«

»Glaub mir, das passiert schon noch schnell genug und es tut einfach gut«, sagt sie. Ich tupfe mir mit dem kalten und nassen Tuch die Stirn ab und muss Feli recht geben, es ist wirklich heiß, es tut wirklich gut, also lege ich es mir um den Hals und genieße die Kühle. Feli verschwindet derweil im Zelt und ich stelle fest: Sie und der Dude sind offensichtlich ein Paar, wovon ich im Auto überhaupt nichts mitbekommen habe.

Emma kommt zurück. »Schickes Tuch. Jetzt ziehste noch dein T-Shirt aus und legst dir das Tuch über die Schultern, dann hat die Hippiesierung auch schon angefangen!«

Sie zieht seelenruhig ihr Top aus, sodass sie nur noch mit BH dasteht, schnappt sich ein Tuch und begießt es mit Wasser. Sie legt es sich in ganzer Breite über die Schultern und lässt unter einem wohltuenden Seufzen den Kopf in den Nacken fallen, als wäre sie geradewegs aus einer Cola-Werbung geschlüpft.

»Keine Angst vor Gaffern?«, frage ich.

»Hier gibt's keine Creeps. Also fast nicht. Hier sind alle sehr entspannt drauf. Irgendwo weiter hinten gibt's sogar 'nen FKK-Bereich. Falls du Interesse hast.«

»Ich lass es mal auf mich zukommen.«

Sie schaut mich erwartungsvoll an. »Auf geht's! Ausziehen!«

»Mir ist nicht heiß.«

»Das passiert schneller, als du denkst.«

»Das hat Feli auch schon gesagt.«

»Erfahrung.«

»Na gut.« Ich ziehe mein Shirt aus, lege mir das Tuch um und atme einmal lautstark aus.

»Wunderbar. Hast du Durst? Wir haben Wasser und auch noch Tee und Kaffee von heute morgen in der Thermoskanne.«

»Kaffee.«

»Bisschen aufpassen, ist sehr heiß.«

»Keine Angst, ich hab aus beiden Welten das Schlechte: Ich bleib immer zu lange in der Sonne, bis ich halb verbrannt bin, und Tee und Kaffee lass ich ständig zu lange rumstehen, weil ich mich nicht verbrennen will.«

Emma kichert. »Das ist aber schade. Wenn du immer alles abkühlen lässt, weil du Angst hast, dich zu verbrennen, trinkst du halt dein ganzes Leben kalten Kaffee.«

»Mhm.«

»Jap. Nicht geil.«

»Cheers.«

Auf sie, auf mich, auf uns, auf bald, auf Nimmerwiedersehen.

Aus dem Zelt der anderen sind angesexte Geräusche zu vernehmen.

»Sag mal, sind Feli und … wie heißt er eigentlich?«

»Finn.«

»Ah, okay. Sind Feli und Finn eigentlich zusammen?«

»Jein.«

»Das heißt?«

»Zusammen sind sie nicht, sie hängen zwar die ganze Zeit miteinander rum, haben aber trotzdem was mit anderen und erzählen sich davon, also es ist keine offene Beziehung, aber jetzt auch nicht nur 'ne Freundschaft Plus, sie haben sich sehr gerne, aber wollen dem ganzen halt keinen Stempel aufdrücken. Verstehst du?«

»Denke schon.«

»In Bayern würde man dazu einfach ›Gspusi‹ sagen.«

»Was genau bedeutet das eigentlich? Hab ich mich schon länger gefragt.«

»Die Freundin, die eigentlich mitkommen wollte, hat das mal so beschrieben: ›Na ja, nicht dein Freund oder deine Freundin, aber auf jeden Fall mehr als ein Fickschnitzel.‹«

Ich muss lachen.

Emma und ich brechen auf und schlendern über das Gelände. Hier gibt es abgefahrene Kleidung, abgefahrenes Essen und vor allem viel, viel Buntes. Bunte Stände, bunte Kleidung, bunte Menschen. Ich trage ein buntes Tuch als Oberteil. Hier ist alles möglich.

Wir bleiben an einem Stand mit Klamotten stehen. Mit einem begeisterten »Oh, schau mal!« zieht es sie beinahe magnetisch zwischen die Kleiderreihen. Sie nimmt eine schlabbrige Goa-Hose von der Stange, betrachtet sie eingehend und streckt sie mir entgegen. »Zieh mal an!«

»Ich find die furchtbar.«

»Komm schon, die steht dir bestimmt.«

»Hey, du willst eine Hose tragen, aber gleichzeitig ein

menschlicher Heißluftballon sein? Dann kauf jetzt eine Goa-Hose und mach dem hässlichen Teppich deiner Oma alle Ehre!«, sage ich im Werbesprecher-Ton.

»Arsch!«

Sie kramt weiter, nimmt ein T-Shirt mit einem psychedelischen Muster in die Hand.

»Wie wär's?«

»Boah, nee. Auf dem T-Shirt passiert ja mehr als in meinem Leben. Ich muss jetzt nicht unbedingt aussehen wie ein laufender LSD-Trip.«

»Hattest du schon mal einen LSD-Trip?«

»Nee.«

»Dann hast du ja keine Ahnung, wovon du sprichst. Los, zieh an!«

»Nee. Komm, lass doch einfach gut sein.«

Ich höre mich fast pampig an. Sie mustert mich einen Moment. Ich kann ihren Blick nicht einschätzen: enttäuscht, verletzt, akzeptierend? Ich hasse mich.

»Alles klar«, sagt sie, ruhig, in sich gekehrt, sich alleine den Kleiderstangen widmend, den Blick von mir abgewandt.

Ich schlendere durch die Kleiderreihen und frage mich, wieso ich mich nicht gegen meinen Abwehrmechanismus verteidigen kann. Ich frage mich, wovor ich mich schützen will, wie mein Selbstbild aussieht und wieso es offenbar mit einer bestimmten Aneinanderreihung, Verarbeitung und Farbe von Baumwolle auf meiner Haut zu tun hat und wie skurril das ist. Vor allem hier, vor allem jetzt, vor allem im Hinblick auf den Rest.

Ich versuche, mich darauf einzulassen, nicht mehr ich

selbst zu sein; zumindest nicht so sehr, zumindest nicht das gewöhnliche Ich, das alte, und beginne, ernsthaft durch die Teile zu stöbern.

Der Kleidungsstand kommt mir vor wie die Birkenstock-Variante eines Mallorca-Schund-Shops; unter den T-Shirt-Motiven finden sich bunte Strudel und Peace-Zeichen, Bäume und die Aufforderung, sie zu retten, One-Love-Bob-Marley-Scheiße und natürlich auch flotte Sprüche wie *Stay Trippy, little Hippie* oder *Don't worry, be Hippie.* Ich versuche zwar, offen zu sein, aber nicht grenzdebil; trotzdem muss ich kichern. Flickenteppich-Kurzarmhemden, die aussehen, als hätte man alte Spültücher zusammengenäht, die gefallen mir zwar besser, aber nicht gut, zumal das Kurzarmhemd für mich schon immer ein ausschließliches Busfahrer-Kleidungsstück ist.

Dann erblicke ich etwas, bei dem ich meine Hände und mein Kichern nicht zurückhalten kann. Breit grinsend greife ich es, schnappe mir noch eine Fransenjacke und gehe in die Umkleidekabine, begleitet von Emmas skeptischem Blick.

Als ich wieder heraustrete, verdecke ich mit der Jacke das Motiv des T-Shirts, das ich mir geschnappt habe.

»Emma … hey …«

»Ja?«

»Ich weiß auch nicht … ich hätte 'ne Frage an dich, die brennt mir echt schon länger unter den Nägeln …«

»Die wäre?«

Ich reiße meine Fransenjacke zur Seite und entblöße das T-Shirt-Motiv: ein gigantisches, fotorealistisches Huhn mit Joint im Mund. Es trägt eine jamaikanische Rasta-Mütze und Kopfhörer, der Blick sagt in etwa: »Na, wat willste, Kollege?« Es ist an Bescheuertheit nicht zu übertreffen und die Endstufe des schlechten Geschmacks. Ich bin Fan.

»Sag mal ... was soll ich nur Huhn?«

Emma lacht laut los. »Wunderschön!«

»Das kauf ich.«

»Wow. Halb Hendrix, halb Huhn«, lacht sie, »und ich schlaf mit dir. Wie ist es bitte um mich bestellt?«

Ich ziehe sie zu mir her und küsse sie, spüre ihr Lächeln in meinem Gesicht, sie klammert sich an mich und kauft sich schließlich einen Strohhut gegen die knallende Sonne.

Bis 19:20 Uhr haben mich elf Leute auf mein Huhn-Shirt angesprochen. Einer fand es so »geil«, dass er unbedingt mit mir kiffen wollte, »wie das Huhn auf'm Shirt, Alter!«, ich lehnte dankend ab, er drückte mir einen recht kurzen, fertig gedrehten Joint in die Hand und sagte: »Hier, schenk ich dir! Richtig geiles Huhn, richtig geiler Typ!«

»Was ist das?«

»Richtig geiles Zeug. Enjoy, Alter! Hau rein!«

Ich zucke mit den Schultern, nehme ihn und stecke ihn in meinen Geldbeutel. »Danke dir.«

»Ja Mann, gerne, hau rein!«

Er tanzt davon. Emma grinst: »Nette Menschen, oder?«

Wir gehen an einem großen orangenen Zelt mit integrierter Bar vorbei, als uns Feli überfallartig aus dem Nichts entgegengeschossen kommt und begeistert ruft: »EMMA! BEN! Ihr MÜSST das hier probieren! Das ist der geilste Eistee der Welt!«

»Ja, voll! Richtig nicer Eistee! Quasi ein Nicetee!«, sagt

Finn. Feli verdreht die Augen und sagt: »Lasst euch davon nicht abschrecken, ernsthaft, probiert mal!«

Sie hält uns den aus Kokosschalen gezimmerten Becher entgegen, wir probieren und bestellen uns sofort zwei eigene. Zu viert setzen wir uns ins Zelt, es ist wunderschön schattig, und da das Zelt nicht abgeschlossen, sondern ziemlich offen ist, weht zusätzlich ein lauer Luftzug hindurch. Ich schlürfe meinen Eistee und habe das Gefühl, dass gerade nichts fehlt.

»Bock, den Geschmack noch 'n bisschen aufzupeppen?«, fragt dann Finn kichernd, als hätte er meine Gedanken gehört. Wir stimmen zu und applaudieren ihm, als er einen Joint hervorholt und in die Höhe streckt, als sei dieser eine weltverändernde Entdeckung, die Heilung für Krebs oder Dummheit. Klick, zack und *The Wind Cries Mary*, wie Jimi Hendrix sagen würde. Er macht die Runde und geht zugrunde.

»Hey, Feli«, sage ich zu ihr.

»Ja?«

»DAS IST DER GEILSTE EISTEE DER WELT!«

Feli lacht. »Ich mag ihn«, sagt sie zu Emma. Ich fühle mich geschmeichelt und glaube es.

Emma nickt. »Cheers«, sagt sie. »Cheers«, sagen alle.

»Wie viel Uhr ist es eigentlich?«, fragt Feli.

»Keine Ahnung«, antwortet Emma.

»Geil, oder?«

Wir alle stimmen Feli zu. Sehr geil.

»Bock auf Musik gleich?«, fragt Finn.

»Voll!«, sagen Feli und Emma fast synchron, richten sich auf und gehen direkt los.

»Boah, mit ›gleich‹ hab ich nich' *so gleich* gemeint«, sagt Finn.

»Ich auch nicht. Lass noch kurz austrinken«, schlage ich vor. Er nickt und zieht dabei sein T-Shirt aus, legt es einfach neben sich. Wir stehen langsam auf, sehen und gehen den beiden Frauen hinterher, und bis ich raffe, dass er grade sein T-Shirt einfach so hat liegen lassen, jubelt Finn in einer merkwürdigen Melodie: »Auf zu den Stages – auf, auf auf, auf auf – auf zu den Stages!« Ich zucke mit den Schultern.

Wir kommen zirka 300 Meter weiter bei der etwas größeren Nebenbühne an, aber es spielt keine Band. Stattdessen setzen wir uns und schauen einen Poetry Slam an, zirka 600 Leute sitzen in der prallen Sonne, während vorne irgendein Typ über die Klimakrise und irgendeine Frau über ihr erstes Mal mit einer Frau redet; ein paar Witze, viel Pathos, viel Moral, der langhaarige Moderator scherzt unangenehm viel rum, manchmal lache ich, manchmal kann ich einen Gedanken länger als eine Minute halten, dann ganz viel Klatschen, ganz viel Jubeln, beide gewinnen, niemand verliert, sie umarmen sich, das Publikum fängt auch an, sich zu umarmen, alle finden alles toll, hier hat man sich lieb.

Befremdlich.

Ich gebe mir Mühe, dazuzugehören, alles voll auf mich wirken zu lassen, werde aber das Gefühl nicht los, hier ein absoluter Fremdkörper zu sein.

»Was ist los?«, fragt Emma, als sie mich und meine gerunzelte Stirn sieht.

»Ich pass hier überhaupt nicht her«, sage ich und löffle den heißen Brei, statt um ihn herumzureden.

»Wieso?«

Ich schaue mich um, sehe einen schlaksigen und bis zur Unkenntlichkeit gebräunten Mitte-60-Jährigen mit einer mannigfaltigen Sammlung an Armbändern, die ihm auf eine seltsame Art und Weise richtig gut steht, eine junge Frau mit Dreadlocks bis zum Arsch sonnt sich und ihre volltätowierten und ganz casual entblößten Brüste, während ein Typ neben ihr mit geschlossenen Augen schwitzend vor sich hin tanzt, langsam, als wäre er in Trance, obwohl gerade nirgendwo Musik läuft.

»Keine Ahnung. Ich bin hier wie so 'n Alien.«

»Na, du Armer. Dann rate mal, wie die sich hier alle den ganzen Tag in der ›normalen Welt‹ fühlen.«

Sie wirkt angepisst.

»Bist du angepisst?«

Sie atmet einmal kurz ein. Sammelt sich.

»Nee. Pass auf, ich weiß, das wirkt alles sehr schräg, wenn man das erste Mal hier ist. Aber das hier sind gute Menschen.«

»Du kennst die doch gar nicht.«

»Doch.«

»Nicht persönlich.«

»Ja, mei. Muss ich aber auch nicht.«

»Wieso?«

»Alle, die hierherkommen, glauben irgendwie an das Gute. Und wenn das alle tun, gibt's keinen Grund für Misstrauen.«

»Klingt naiv.«

»Vielleicht. Aber wie geht man denn angenehmer durchs Leben? Indem man ans Schlechte glaubt oder ans Gute?«

Ich schweige. Schaue mich um. Ich schätze die Barfuß-Quote auf 80 %, die Goa-Hosen-Quote auf 40 % und die Gute-Menschen-Quote auf unbestimmbar; zwei knutschen rum, zwei andere laufen vorbei und schreien »Liiiieeebe!« und lachen sich danach kaputt, aber lieb, nicht zynisch, weiter hinten legt sich eine Person hin und wird peu à peu von anderen »erknuddelt«. Meine unsoziale Ader kotzt diverse Male und fragt sich, was hier gerade los ist.

Emma schaut mich eindringlich an. Ihr Blick ist wie ein Traktorstrahl, unerschütterlich steht sie da, unbeeindruckt vom Treiben um sie herum, erwartet eine Antwort.

»Tut mir leid«, sage ich.

Ich strecke ihr die Hand hin. Sie zögert, schaut skeptisch, nimmt sie dann aber. Ich versuche, sie möglichst elegant zu einer Drehung zu verleiten, komme mir dabei aber wahnsinnig ungelenk vor. Emma erkennt jedoch, was ich vorhabe, dreht sich gekonnt und ich frage: »Mylady, darf ich bitten? Ich möchte gerne Euer Wochenend-Hippie sein.«

»Überzeugen Sie mich, Charles!«, steigt sie ein.

»Peace!«, versuche ich, zu überzeugen.

»Nein. Viel zu einfach!«

»Baby, lass mich dir 'ne Chia-Bowl mit Hafergrütze machen.«

»Nein. Das schmeckt wirklich geil.«

»Make love, not Umweltverschmutzung.«

»Jooaaa, vielleicht.«

Ich schüttle den Kopf, es wird mir zu dumm und mir fällt nichts mehr ein. Ich atme. »Ich glaub, ich schaff das. Also, mich wohlzufühlen. Wieso nicht?«

Sie legt die Hände um meine Schultern, zieht mich an sich ran und küsst mich. Ich merke, es wird.

Während Finn uns Gras-Nachschub verpasst, lasse ich die mir ungewohnte Musik durch meinen Körper fließen und stelle fest, Musik ist Musik, Musik sind Akkorde und Noten und Takte, egal, welche Richtung, alles ist völlig verschieden, aber trotzdem komplett gleich, egal, was da vorne auf der Bühne passiert, alle sind dadurch vereint, dass sie checken, dass da gerade Musik passiert, manche gefällt einem besser, manche schlechter, aber alles ist Musik, alles ist unterschiedlich und gleich und schön und wunderbar.

Fuck, bin ich high.

Das Gute: Ich glaube das. Wir sind gerade alle vereint.

Ich küsse Emma.

Das sehr Gute: Emma.

Das Schlechte: Irgendwann muss ich aufhören, Emma zu küssen.

Das sehr, sehr Schlechte: Ich habe Hunger. Dringend. Dringenden Hunger.

Das wiederum irgendwie Gute: Die anderen auch.

Ein paar Schritte später stehen wir in der Schlange einer Imbissbude mit marokkanischem Essen, studieren sehr langsam die sehr kurze Karte, als eine junge Frau mit einer Portion Tajine an uns vorbeiläuft.

»BOAH, LEUDE! WIE GEIL!«, schreit sie. Die ganze Schlange dreht sich zu ihr um. Sie hält ihren Eintopf in die Höhe wie einen Pokal und ruft: »IHR MÜSST DAS MIT BACKPFLAUMEN UND MANDELN NEHMEN! MIT BACKPFLAUMEN UND MANDELN!«, skandiert sie weiter, bis sie sich ihrer Singstimme bedient und alle um sie Herumstehenden lautstark zum Mitjubeln anregt: »MIT BACKPFLAUMEN UND MANDELN – MIT BACKPFLAUMEN UND MANDELN – AHAAAA – MIT BACKPFLAUMEN UND MANDELN – YEAH – MIT BACKPFLAUMEN UND MANDELN – WOOOH!«

Grölend tanzt sie mit ihrem Abendessen in eine Menschenmasse davon und hinterlässt uns zum Takt wippend und ihren Songtext weitermurmelnd.

»Mit Backpflaumen und Mandeln ... mit Backpflaumen und Mandeln ...«

Ich nehme die vegetarische Variante, Emma die vegane.

»Okay, fuck, das ist echt geil mit Backpflaumen und Mandeln! Mit Backpflaumen und Mandeln! *Mit Backpflaumen und Mandeln!* Whoo! Mit Backpflaumen und Mandeln!«

»Mit was?«, frage ich im Takt.

»Mit Backpflaumen und Mandeln!«

»MIT WAS?«

»MIT BACKPFLAUMEN UND MANDELN!«

Das Leckere: Alles. Wir schlingen.

Das Befremdliche: Feli will Gruppenkuscheln. Wir gruppenkuscheln. Wir kuscheln Gruppe. Wir gruscheln Kuppe. Ich lache, obwohl es dumm ist, weil ich mich freue, und freuen ist gut. Ich finde kuscheln gerade gut. Feli hat gute Ideen.

Das Entspannte: Sitzsäcke.

Das Weiche: Mein Kopf.

Das Verrückte: Es ist mittlerweile stockdunkel geworden. Wann? Wie? Sonne und Mond sind ziemlich krass, denke ich.

Alles leuchtet. Es ist schön, wenn Dinge leuchten. Ich mag das. Wusste ich bisher noch gar nicht, dass ich das so mag.

Geil.

Dinge mögen ist gut. Es fühlt sich gut an.

Wir stehen auf und gehen über das Gelände.

Wir kommen am orangenen Zelt vorbei.

Das Unvorstellbare: Finns T-Shirt liegt noch da.

Gute Menschen – ich weiß nicht, ob ich dahinter einen Punkt, ein Ausrufe- oder Fragezeichen setzen soll.

HAUTNAH

82 %

Ich wache langsam auf und merke, dass ich Emma eng umschlungen im Arm habe, ich bin der große Löffel; das merke ich, noch bevor ich merke, dass meine Kehle staubtrocken und meine Blase berstend voll ist. Ich gehe raus, trinke und lasse Wasser und lege mich zurück zu ihr, neben sie, an sie.

»Hmmm?«, murmelt sie schlaftrunken.

»Mhmmm«, murmle ich zustimmend zurück.

Es ist erstaunlich, wie schnell es morgens in einem Zelt heißer und heißer wird. Mit jeder Minute steigt die Temperatur in unserer lächerlichen Stoffkonstruktion, doch wir sind müde und wollen noch nicht raus. Die Temperatur hat andere Pläne mit uns. Wir trotzen ihr und halb in Trance ziehen wir Kleidungsstück für Kleidungsstück aus, bis wir nur noch in Unterwäsche daliegen.

Ich habe das Gefühl, in einem Gewächshaus zu dösen, und Angst, dass sich unser Schweiß an der Decke sammelt und uns bald ins Gesicht zurücktropft. Mühsam öffne ich die Reißverschlusstür des Zweimenschzeltes, kalte Luft strömt segenreich herein, ich heiße sie willkommen und frage mich, wie es gleichzeitig so heiß und so kalt sein kann.

Die Luft streichelt uns, es ist wieder angenehm.

Nach einigen dösigen Minuten, Viertelstunden, Halbstunden – ich weiß es nicht – werden wir wacher.

Während wir nebeneinanderliegen, wandern unsere Hände langsam über unsere Körper, erst zufällig und leicht, dann gezielt und intensiv. Ihre Haut fühlt sich an wie Wolken, wie ein Lied, wie Haut sich anzufühlen hat und immer anfühlen sollte. Mein Körper und meine Bewegungen scheinen wie gelenkt, wie automatisiert oder im Rausch oder beides; ein bisschen, als wäre ich gleichzeitig innerhalb und außerhalb von mir, je nachdem, auf welche Perspektive ich mich konzentriere. Ich taste nach ihrem Hals, beuge mich über sie und gebe ihr einen Kuss. Ihre Lippen sind ein Wachtraum. Sie fasst mir in die Haare und drückt mich näher an sich, bis ich das Gefühl habe, komplett in ihr zu versinken.

Sie schwingt ein Bein über mich und setzt sich so auf mich, dass es aussieht, als würde sie auf mir thronen. Sie fasst mein Gesicht mit beiden Händen, als sei es etwas, das man bestaunen könnte, etwas, das man vor sich hält und denkt »Wow, ich kann's nicht fassen, das ist echt«; noch nie habe ich mich so gefühlt. Ich fühle mich gewollt. Sie beugt sich zu mir herunter und küsst mich, wobei ihr Haar ihr ins Gesicht fällt. Als sie sich wieder aufrichtet, wirft sie es nach hinten und ich bezweifle, dass sie auch nur den leisesten Hauch einer Ahnung hat, wie atemberaubend das aussieht. Sie streckt ihren Rücken durch, sitzt kerzengerade da und zieht mit einem verführerischen Lächeln ihr Top aus.

Während wir Sex haben, fühle ich mich wie im Delirium. Alles verschwimmt und ich schmelze, innen und außen und dazwischen. Die Welt ist hell und trüb, ein einziges dumpfes Leuchten, ich bin trunken vor Gefühl und Empfindung und denke an nichts.

Wir liegen verschwitzt aufeinander. Atmen durch. Bleiben nackt und umschlungen und nah. Sex ist Rausch ohne Kater. Ohne körperlichen zumindest. Der emotionale Kater ist real und nach dem Sex sind alle traurig, heißt es, und ich verstehe es, es gibt keine Triebe mehr, man lebt, hat sich fortgepflanzt, easy, Spezies erhalten, dich selbst auch, aber wofür, die Spezies braucht dich nicht, braucht mich nicht. Aber das ist egal, das ist das Gute daran. Unsichtbar, unnötig, unbrauchbar, unnütz, unverwundbar.

Als ein weiterer kühler Luftstoß hereinweht, merke ich erst, dass das Zelt die ganze Zeit leicht geöffnet war – und auch, dass mich das überhaupt nicht gejuckt hat. Ich lege mich neben sie, wickle sie mit meinen Armen ein, so sehr ich kann, sie schmiegt zurück, so lange, so innig, bis wir wieder eindösen.

Wir wachen wieder auf, als unweit unseres Zeltes ein lautes »Whoo!« zu vernehmen ist und irgendwelche Hippies wieder irgendwas mit Liebe herumbrüllen.

»Guten Morgen«, sagt sie.

»Guten Morgen«, sage ich.

Wir verlassen das Zelt und machen uns auf, übers Gelände zu streifen. In einem Repair-Café bringen technikaffine Hippies kaputte Handys technikferner Hippies wieder in Schuss. Ich schaue mich um und sehe in den Händen der Festivalmenschen entweder Eiscreme, frische und nach Puderzucker duftende Waffeln oder die Hände anderer Festivalmenschen, sie tanzen vor sich hin und sind froh und ich verwirrt. Ein altes schwules Pärchen läuft über die sandige Festivalstraße mit einem Transparent, auf dem *Liebe statt Angst!* steht.

»Liebe scheint hier sehr präsent zu sein«, sage ich.

»Du sagst das, als wär's was Schlechtes.«

»Nö. Ist nur 'ne Beobachtung.«

»Und, wie findest du das, was du so beobachtest?«

»Ganz nett«, sage ich, »ich glaube, ich könnte mich damit schon irgendwie anfreunden.«

Sie hält ihre Hand wie ein imaginäres Mikrofon und sagt: »Herr – wie ist eigentlich dein Nachname?«

»Schneider.«

»Herr Schneider, wir stehen hier inmitten von guter Laune und Herzlichkeit, was fehlt Ihnen, damit Sie sich endgültig damit anfreunden können?«

Sie hält mir das imaginäre Mikrofon an den Mund.

»Äääh …«

»Ist die Laune nicht gut genug? Sind die Menschen nicht herzlich genug? Oder sind sie es *zu sehr*?«

Obwohl die Frage halb ironisch gestellt ist, denke ich darüber nach. »Nee, also, es ist … eigentlich ziemlich schön.«

»Eigentlich?«

»Es *ist* ziemlich schön. Sehr schön.«

Sie lächelt mich an. Es ist ansteckend. Meine Mundwinkel huschen wie von alleine nach oben. »Für den Korrespondentinnenjob in Kolumbien biste ja schon bestens vorbereitet«, sage ich.

»Sí, claro.«

Ich mache eine kurze Pause, schaue sie an. »Ich mag das.«

»Was denn?«, fragt sie.

»Dass du so albern sein kannst.«

»Irgendwie muss man ja mit der Welt klarkommen.«

»Scheint bei dir gut zu funktionieren.«

»Ich find's schön, dass du dich drauf einlassen kannst.«

»Na ja.«

Sie mustert kurz meine Gesichtszüge und nimmt meine Hand. »Mach mal die Augen zu.«

»Wieso?«

»Mach einfach.«

Ich schließe meine Augen, sie führt mich an der Hand über die menschenvolle Festivalstraße.

»So. Ich lass jetzt gleich los. Und du lässt die Augen zu.«

»Sicher nicht!«

»Warum nicht?«

»Weil ich dann irgendwo dagegen…«

»Ich pass auf dich auf.«

Ich zögere.

»Glaubst du mir nicht?«

»Doch, klar, aber … ja, gut. Meinetwegen.« Sie führt mich eine Weile an der Hand und lässt schließlich los.

Dunkelheit ist Kontrollverlust. Eben hat man noch alles vor sich, sieht genau: Da ist nichts. Man weiß, dass da nichts ist, dass nichts wirklich schiefgehen kann, und trotzdem macht mir jeder Schritt ins Ungewisse Angst. Meine Beine sind zittrig; jedes Mal, wenn ich einen Fuß vor den anderen setze, erwarte ich einen Zusammenstoß. Aber es passiert nie. Die Menschen sind rücksichtsvoll, denke ich, weichen mir aus, akzeptieren meine schräge Aktion. Nach jedem Schritt steigt die Erleichterung. »Sehr gut machst du das!«, ermutigt mich Emma, bis dahin habe ich 32 Schritte geschafft, nach ihrem Satz aber vergessen, weiterzuzählen. Ich fühle mich leicht.

»Schwups!«, sagt Emma, tackelt und umklammert mich aus dem Nichts wie eine Footballspielerin. Ich reiße hochpulsig die Augen auf und erschrecke zu Tode. Sie lacht. »Du Sau!«, sage ich, lache mit und beruhige mich langsam wieder. Wir umarmen uns richtig, sie riecht nach Lavendel und Sonne.

Sie löst sich, nimmt erneut meine Hand. »Komm«, sagt sie, setzt sich auf den Boden und zieht mich nach unten.

»Wohin?«

»Runter!«

Ich frage einfach nicht mehr, wieso. Wir legen uns auf den Boden. Es ist noch unangenehmer als die geschlossenen Augen. Hunderte spazierende Leute um uns herum, ein nicht versiegender menschlicher Strom umhüllt uns, wir sind eine Insel in einem namenlosen Meer.

»Ist dir das unangenehm?«, fragt Emma.

»Jap.«

»Wieso?«

Ich rechne damit, jeden Moment angeschnauzt zu werden, doch die Leute gehen an uns vorbei und sagen Sachen wie »Cool!« und »Nice!«, lachen und lächeln und recken Daumen in die Luft.

»Weil wir mitten im Weg liegen.«

»Wem denn?«

»Blöde Frage, na den anderen eben.«

»Sicher? Wer sagt denn, dass das deren Weg ist? Was, wenn die anderen *uns* gerade mitten durchs Wohnzimmer laufen?«

»Hm.«

»Und wer sagt überhaupt, dass es ›die‹ und ›uns‹ gibt und nicht nur ›uns‹?«

Ihr Satz legt sich sanft dazu und umarmt mich, während ich den vielen Fremden hinterherblicke, fröhlich, freundlich, friedlich, alle lachen viel. Selbst ich, stelle ich fest.

Wir scheinen es uns hier ziemlich schön eingerichtet zu haben.

KOSMISCHER FURZ
82 %

Wir alle haben die Schuhe ausgezogen. Der warme Erdboden streichelt meine Füße, ich schiebe sie vor und zurück, suhle meine Sohle im freundlichen, trockenen Dreck. Finn reicht einen Joint herum und ich stelle fest, dass es auf diesem ganzen Festival keine volle Stunde gab, in der ich kein Gras gerochen und keine vier Stunden, in denen ich keins angeboten bekommen habe. Und bisher habe ich erst ein halbes Mal Nein gesagt. Wieso auch. Es gibt keine Langzeitfolgen mehr.

Der Abend nähert sich mit festem Schritt, noch ist es hell und der goldene Rest Sonne schimmert auf uns, während wir ohne Matte oder Handtuch im Gras liegen und gemeinsam high in den Himmel schauen. Emma und ich liegen nah beieinander, ich weiß nicht, wer sich an wen kuschelt, aber es fühlt sich im Moment sehr gut an. Und das reicht.

Die vereinzelten weißen Wolken formen sich zu Gesichtern, Tieren und Fabelwesen, der laue Wind schiebt sie nach Norden, Süden oder etwas Ähnlichem und ich frage mich, wieso man Richtungen für so wichtig hält.

Emma zeigt nach oben. »Da ist 'ne Ente!«, sagt sie.

Menschen erkennen überall Muster, auch, wenn gar keine da sind. Nennt man Clustering-Illusion. Mein Hirn spielt mir einen Streich und will mir weismachen, dass da eine Ente ist, aber da ist keine, einfach nur eine zufällige Wolkenkonstellation. Reflektieren ist wichtig, hinterfragen auch, so hab ich das gelernt und das kann ich und das mach ich. Aber dann frage ich mich, ob es hier und jetzt vielleicht nicht schöner wäre, einfach eine Ente zu sehen.

»Ja, voll!«, sage ich.

Ich muss kichern.

»Was ist?«, fragt sie. Ich grüble, ob ich meiner Albernheit Raum geben oder sie unterdrücken soll.

»Weißt du, was Fitness-Enten essen?«

»Nee?«

»Mager-Quak!«

Sie prustet los.

»Autsch!«, sagt sie und meint es nicht so, strahlt vor sich hin. Hat gar nicht wehgetan, stelle ich fest.

»Schau mal da«, sagt sie und zeigt nach oben, »ein Hase!«

»Oder ein Atompilz.«

»Näääh! Ich will keinen Atompilz! Ha-se! Ha-se!«

»Mit was?«

»MIT BACKPFLAUMEN UND MANDELN!«, schreit sie, als hätte sie die ganze Zeit nur darauf gewartet. Wir fangen beide an zu lachen und das Lachen geht über in Küssen und Kuscheln und Schweigen, bis wir ineinander verschlungen eindösen.

Als ich wieder aufwache, schüttle ich mich, als wäre mir kalt; ist es aber nicht, es ist eher, als sei mir ein Schauer von Melancholie ins Gesicht gesprungen.

»Glaubst du, man kann sein Leben verschwenden?«, frage ich.

Sie zögert einen Moment. »Keine Ahnung. Was wäre denn ein ›genutztes Leben‹?«

»Eins, das man gelebt hat.«

»Wann hat man es denn genug gelebt?«

Ich zucke mit den Schultern.

»Kommt halt drauf an, woran du dein Leben misst«, fährt sie fort. »An deinem Kontostand? An den Wörtern auf deiner Visitenkarte? An 'nem Wikipedia-Eintrag? Ist ein Tag an der Isar für dich verplemperte Zeit oder genau das, wofür du lebst?«

Die Fragen erschlagen mich.

»Keine Ahnung.«

»Wann ist man reich? Wenn's einem gut geht oder wenn man mehr hat als andere? Das ist halt individuell. Ich glaub, da wirst du nie 'ne eindeutige Antwort finden.«

»Schade.«

»Tut mir leid, dich enttäuschen zu müssen. Musst halt einfach akzeptieren, dass du nicht alles haben kannst.«

»Wie meinste das, ›alles‹?«

»Na ja, wenn du jetzt zum Beispiel zu Hause bleibst und irgendwas Wichtiges erledigst, ärgerst du dich, dass du nicht entspannen kannst, und wenn du dich entspannst, ärgerst du dich, dass du die Zeit nicht genutzt hast, wichtige Dinge zu erledigen.«

»Hm.«

Die Opportunitätskosten des Lebens

»Ich mein, Zeit wird erst dadurch wertvoll, dass sie begrenzt ist, oder?«

»Ja, schon.«

»Und es wär doch megascheiße, die eigene Zeit für wertlos zu erklären, nur weil's immer noch irgendwelche anderen Möglichkeiten gibt, sie zu verbringen.«

Ich frage mich, weshalb sie so viel über diese Themen nachgedacht hat.

»Woran misst du denn dein Leben?«, frage ich.

»Ich messe alles daran, was ich mal meinen Enkelkindern erzählen will.«

Gute Antwort, wenn man Enkelkinder will, denke ich.
»Und wenn's am Ende nur imaginäre sind«, fügt sie hinzu.
Immer noch keine schlechte Antwort.

»Ich mein, alles könnte immer besser sein. Irgendwas wirst du immer bereuen, wenn du dir genug Mühe gibst.«

»Ha, ja. An der Börse trifft man nur falsche Entscheidungen.«

»Hä, was?«

»Da kannst du auch nie ›richtige‹ Entscheidungen treffen. Es gibt immer 'nen Zeitpunkt, an dem's besser gewesen wäre, zu kaufen oder zu verkaufen. Aber das weiß man halt immer erst danach.«

»Ah, ja. Voll! Und wenn du nix kaufst und verkaufst, kannst du zwar nix verlieren. Aber halt auch nix gewinnen.«

»Mhm«, murmle ich und bin genervt, dass *das* der Vergleich war, der mir dazu eingefallen ist.

Eine Weile schweigen wir einfach vor uns hin und starren in den Himmel. Ich schließe die Augen, lasse mich treiben, bis Emma wieder das Wort ergreift. »Nichts hält ewig. Alles kann dir weggenommen werden. Von jetzt auf gleich. Zack!«, sagt sie und macht eine Geste, als hätte sie gerade etwas gestohlen. »Schwups, alles weg!«

»Hurra.«

»Das ist befreiend. Und die einzige Möglichkeit.«

»Möglichkeit wofür?«

»Mit allem klarzukommen.«

»Soso.«

»Ich sprech aus Erfahrung.«

»Inwiefern?«

»Sag ich dir vielleicht mal wann anders. Aber nicht jetzt.«

»Okay.«

»Das, wie gesagt, und natürlich Albernheit. Albernheit ist immer gut.«

Ich muss schmunzeln.

»Willst du lange leben?«, frage ich.

»Klar.« Sie spielt mit einem Gänseblümchen herum, hält es in die Restsonne, macht abwechselnd ein Auge auf und zu.

»Wieso?«, frage ich.

»Wieso nicht? Warum sollte ich früher sterben wollen?«

»Wenn dein Leben scheiße wäre, beispielsweise.«

»Dann würd ich's lieber ändern statt beenden. Ich mag mein Leben. Ich find leben richtig geil. Ich will das so lange machen, wie's geht.«

»Hm.«

»Und was wäre denn die Alternative? Wir kennen nur das hier. Vielleicht ist es nach dem Tod unfassbar beschissen.«

»Vielleicht aber auch besser.«

»Vielleicht aber auch nicht. Also haben wir ein Patt. Na ja, nicht ganz. Du hast keine Kontrolle über das danach. Über dein Leben aber schon.«

Ich kratze mich am Kopf. Der Boden ist weich. Hier kann man fallen.

»Es darf einem schlecht gehen. Aber man ist trotzdem immer selbst für sein Leben verantwortlich.«

Ich schweige.

»Das ist nicht einfach. Ich weiß. Ich weiß das sehr gut«, sagt sie.

Ich schweige.

»Wie geht's dir denn, Ben?«

»Hm?«

»Wie's dir geht?«

»Gut. Ich grüble nur bisschen.«

Sie rollt sich zu mir herüber, stützt sich auf die Ellbogen, lehnt sich über mich. »Glaub ich dir nicht.« Sie legt sich wieder auf den Rücken, lässt es einfach so stehen. Tippt mir an die Schulter.

»Hey.«

»Hm?«

»Schön, dass du mitgekommen bist.«

»Danke.«

Sie sucht meine Hand mit ihrer, greift danach, wir verhaken unsere Finger.

»Bereust du denn irgendwas in deinem Leben?«, frage ich.

»Hm. Früher ja, heute nicht mehr.«

»Top. Wie haste das geschafft?«

»Ich hab irgendwann festgestellt, dass bereuen nur im Kopf stattfindet. Das ist ja nix Reales, nix Greifbares. Nur Kopfkram.«

»Okay ...«

»Und dann hab ich mir gesagt: Jedes Mal, wenn ich ab

jetzt was bereue, seh ich das einfach als Lektion, die ich lernen sollte. Mehr nicht.«

»Zum Beispiel?«

»Ach, so Zeug wie: beim nächsten Mal jemandem die Meinung sagen, mehr ausprobieren, nicht mehr an der falschen Stelle sparen. Das kann alles Mögliche sein. Oder zum Beispiel: Beim nächsten Mal hol ich mir mein Essen mit … mit was?«

»MIT BACKPFLAUMEN UND MANDELN!«, brülle ich. Sie lacht und trommelt sich auf den Bauch.

»Ich lieb's!«, kichert sie. »Also, das klingt alles erst mal nach Kleinigkeiten, aber glaub mir, das summiert sich. Und wenn man das so sieht und angeht, ist bereuen gar nicht schlimm, sondern quasi immer nur ein Hinweisschild, um's beim nächsten Mal besser zu machen. Oder zumindest anders.«

»Hm.«

»Vergangenes kann ich nicht mehr ändern, aber das, was noch kommt, schon. Deshalb schau ich selten zurück, sondern nur auf die Schilder«, sagt sie und wippt im Takt der Musik, die von der etwas weiter entfernen Hauptbühne zu uns dringt. »Wie oft schaust du dir deine Handybilder an?«, fragt sie.

»Nich oft.«

»Wieso nicht?«

»Ich mach so viele von denen, dass es einfach zu viele sind, die noch mal bewusst durchzuschauen.«

»Weil immer was nachkommt. Das Problem, wenn man zu viel zurückschaut, ist vielleicht, dass man nichts hat, wofür man nach vorne schauen kann. Und das kann man ja ändern.«

»Meistens, ja.«

»Das Leben speichert nix. Du, ja du, der du ein Ben bist, bist nur ein kosmischer Furz! Ha!« Sie stupst mir in den Bauch.

»Wohl wahr, du, die du eine Emma bist«, versuche ich, auf ihre Albernheit einzusteigen, »doch vergiss nicht, du bist es auch!«

»Wir haben so viel gemeinsam!«, sagt sie und schmunzelt. »Du, Ben, darf ich dich was fragen?«

»Ich bezweifle, dass du es nicht tun würdest, selbst wenn ich Nein sage.«

»Vermutlich.«

»Dann hast du hiermit mein ganz offizielles Schulterzucken für deine Frage.«

»Rennst du vor irgendwas davon? Also mal ganz ehrlich.«

»Grade liege ich ganz gemütlich.«

»Ich lach dann später, du Witzbold.«

»Wieso sollte ich vor was davonlaufen?«

»Na ja, nimm's mir nicht übel, aber dein Lebenswandel kommt mir schon nicht gaaanz so normal vor, ich mein, ich mag das mega, dass du so spontan bist und alles, aber ich hab mich schon gefragt, ob da irgendwas anderes dahintersteckt. Ob du halt vor irgendwas davonläufst.«

»Keine Ahnung. Ja, vielleicht. Vielleicht auch nicht«, sage ich und überlege, während die Wolken aussehen, als würden sie aus meinem Sichtfeld flüchten wollen. »Was, wenn man schnell genug rennt? Dann wird man vielleicht nie eingeholt und es ist egal.«

»Ja, vielleicht, aber dann ist *man* auch sein ganzes Leben lang auf der Flucht.«

Sie richtet sich auf, klopft sich einmal sporadisch den Staub vom Körper und hält mir die Hand hin, um mir aufzuhelfen.

»Sag doch nächstes Mal einfach ›ich‹ statt ›man‹, wir sind doch erwachsene Menschen. Auf, lass uns mal zur Hauptbühne gehen. Ich glaub, das könnte ganz geil werden.«

Irgendwann explodiert auch die Sonne.

Aber vielleicht hat sie recht.

Bis dahin könnte es ganz geil werden.

Alleine wäre es mir vermutlich nie in den Sinn gekommen, barfuß übers Gelände zu laufen. Warum auch? Da liegen überall Steinchen, die zwicken, manchmal auch Kronkorken oder Scherben, es hat schon einen Grund, warum wir diese Fußsärge erfunden haben. Trotz allem trage ich sie in der Hand und schlendere hinter dem Grund her, wieso ich sie ausgezogen habe.

Ich laufe etwas langsamer, weil ich es im Gegensatz zu ihr nicht gewöhnt bin. Immer wieder schaue ich auf den Boden, um sicherzugehen, keine unangenehme Überraschung zu erleben, sie hingegen schaut nur geradeaus, dreht sich manchmal um und lächelt mich an. Wenn sie das tut und ich zurücklächle, achte ich für einen kurzen Moment nicht auf den Boden, und wenn ich dann auf einen Kieselstein trete, stelle ich fest, dass das eigentlich gar nicht so sehr wehtut wie befürchtet.

Das Konzert läuft, die Menge springt und kreischt und lacht, wir sind eins mit der Menschenmasse und den Schallwellen und der Nacht.

Es ist schon absurd. Da stehe ich. Ein Ort, an den ich nie

gegangen wäre, Musik, die ich nie gehört hätte, blaues Scheinwerferlicht, eine leichte Sommerbrise und das Gefühl, dass vielleicht wirklich alles nicht ganz so beschissen ist wie gedacht. Sie fragt sich, wo Finn und Feli sind, ich nicht, alle springen im Takt, als die Sängerin auf der Bühne alle dazu auffordert, wir nicht.

Wir blicken uns an, unsere Körper suchen und finden sich, tasten sich langsam und zielsicher vorwärts, Haut klebt an Haut, die Augen sind geschlossen. Lippenpaare, die sich aufeinander zu Hause fühlen, und Hände, die sich nicht entscheiden können, was sie anfassen sollen.

Ich weiß nicht genau, was sie gerade anhat, ich werde ganz vom Augenblick und ihren Lippen, dem Gefühl ihres Körpers in meinen Händen und einem Sturm aus Luft und Gefühlen so vollkommen absorbiert, dass ich alles andere ausblende, nichts existiert mehr, das einzig Reale sind wir, wir, alles andere ist nur erfunden und dazu da, uns ein Szenenbild, einen Spielplatz, irgendeine Form von Raum und Zeit zu geben.

Wir baden im Wind, schaukeln vor uns hin, treiben in einem unsichtbaren Meer, das Wasser ist hüfthoch.

Die besten Dinge im Leben sind gratis, aber nie umsonst, plumper Satz, simple Wortspielerei, viel Wahrheit; solche Momente stecken nicht in einem Anlagenspiegel, einer Gehaltsabrechnung oder Kapitalflussrechnung oder irgendeiner anderen Rechnung, das könnt ihr mir glauben. Ich habe nachgeschaut.

Warum nicht früher, frage ich mich.

Das Leben ist nichts für Feiglinge, denke ich.

Ich bin aber einer, weiß ich.

Aber vielleicht jetzt – endlich, zumindest für eine kurze Zeitspanne – nicht.

Ich glaube, ich weine.

Und mit glauben meine ich wissen und mit wissen meine ich verleugnen, frage mich aber, wieso ich mich noch selbst belügen muss und warum und für wen und überhaupt. Wenn Selbstmitleid süchtig macht, bin ich ein Junkie; für den Bruchteil eines Bruchteils einer Nanosekunde hege ich den Verdacht, ich hatte meine Überdosis schon. Puff, vorbei, wie alles irgendwann.

Dennoch: Ich weine.

STERNENSTAUB

84 %

Als wir am nächsten Morgen aufwachen, kuscheln wir wieder, als wäre es das Selbstverständlichste, was wir tun könnten.

Ich hätte einiges an Geld dagegen gewettet, aber es ist offiziell: Ich fühle mich hier wohl und bewege mich über das Festivalgelände, als sei ich doch kein totaler Fremdkörper, als sei es das Normalste der Welt, dass ich hier bin.

Der Tag verläuft angenehm, plaudernd, essend, chillend, herumliegend, wir lernen neue Leute kennen, denen wir und die uns versprechen, dass man sich auch mal außerhalb des Festivals trifft, so weit wohne man ja gar nicht auseinander, und bei diesen Menschen glaube ich mittlerweile wirklich, dass sie sich tatsächlich außerhalb des Festivals treffen werden, was für mich ein größerer Brainfuck ist als der Fakt, dass Feli ihr iPhone den halben Tag gut sichtbar und unbeaufsichtigt auf unserem Campingtisch hat liegen lassen und es nicht geklaut wurde.

Der letzte Abend bricht an. Der gestrige war so schön, dass ich ihn heute gerne wiederholen würde, zumindest irgendwie.

Ich habe Bock, zu kiffen. Ich bin in den letzten Tagen noch mehr auf den Geschmack gekommen als sowieso schon, aber Finn holt gerade zusammen mit Feli etwas aus unseren Zelten und so sitze ich auf dem Trockenen. Ich bin ungeduldig. So viel Zeit hab ich ja nicht mehr, denke ich.

Dann fällt mir der Joint des Huhn-Typs ein. Ich krame ihn aus meinem Geldbeutel und stelle fest, dass er lediglich ein wenig deformiert, aber noch voll funktionsfähig ist.

Ich frage Emma, ob sie auch möchte. Sie verneint, sie habe die letzten zwei Tage genug gehabt. »Alles klar«, sage ich, zünde das gute Stück an und danke in Gedanken dem netten Fremden.

Gute Menschen.

Ich ziehe.
Ich ziehe noch mal.
Ich ziehe.
Ich ziehe und ziehe und ziehe.
Sechs Mal gezogen.
Ich zähle, zähle Züge, zähle auf mich, auf sie, auf alles, auf die Welt, wo sind die Wolken?
Ich ziehe

noch mal.

Sieben,
sieben ist irgendwas,
sieben ist immer wichtig,
sieben hat immer eine Bedeutung,
oder?
Was bedeutet es,
etwas zu bedeuten,

mein Kopf tut weh

.

Wirkt es schon?

Alles –

FUMP.

Hallo?

Emma?

HALLO?

Hört ihr mich?

Ist da jem… oh ja

Hey, du. Hi. Du bist schön.
Voll.

Hey, du.
Hey!

Ben?
Geht's dir gut?
Alles klar?
Was hast du da ge…

Ben?

Ben?

Be e e e n ?

»Hey, Emma.«
»Ja?«
»Mir geht's gut.«
»Sicher? Du machst 'nen anderen Eindruck.«
»Eindruck. Was für ein Druck? Emma? Emma?!«
»Ja?«
Ich drücke mich an sie
und
gebe
ihr
einen KusSSSSSSSS

Wenn Liebe die Antwort ist, was ist die Frage und wer stellt sie und warum will man das überhaupt wissen, wenn man die Antwort schon kennt?

SSSSSSSSSShhhhhhh

Thema verfehlt, setzen, sechs!

Die Natur ist viel schöner, als alle sagen.
Denke ich.

Ich denke, das ist gut.
Ich denke wirklich, dass das gut ist.
Wie schön sie ist, schaut doch alle mal!
Schaut hin!
Hinschauen sollt ihr! Seid ihr bescheuert?
Bescheuert, bescheuert, bescheuert, bescheuert, behindert, das sagt man nicht mehr, und das ist gut so, denke ich, wenn ich eine Behinderung hätte, würde ich das auch nicht wollen, das tut weh, und wenn etwas wehtut, ist das nicht gut.

Vor mir krabbelt ein Marienkäfer.
»Wie gehts dir?«, frage ich ihn.
»Nein«, sagt er und krabbelt auf meiner Hand entlang.
»Entschuldige«, entschuldige ich mich bei ihm (auf eine entschuldigende Art und Weise, das müsst ihr wissen, das ist wichtig für die Entschuldigung Klammer zu.

Jemand riecht an mir.

Rieche ich gut?

EMMA

Ja

WIE RIECHE ICH

Gut

WIRKLICH

Ja

EMMA

Ja

DANKE

Wie wäre die Welt,
wenn Kennedy nicht umgebracht worden wäre?

Was, wenn es keine Zinsen gäbe?

Was ist Zeit?

Bin ich ein Waschbecken?

…

Nein.

Aber WIE (?!)
kann ich mir da
sicher sein?

Dumme Frage.

Ich atme.
Und ich habe kein Abflusssieb.
Ergo: Negatives Waschbeckendaseinneinneinnein.

Das ist ja albern.
Puh.
Ruhig.
Atmen.
Noch mal. Noch mal.
Gut.

Ich fange mich langsam, glaube ich. Komme etwas runter. Ich erkenne Emmas Gesicht. Sie lächelt. Das ist das Schönste, was ich jemals gesehen habe.

Ich habe Mühe, ihr Gesicht fokussiert zu halten.

Wasser!
Ich trinke.
Ben?
Ich sinke.

Es geht mir gut, versichere ich Emma und Finn und Feli. Zwei Mal. Ich bedanke mich für das Wasser und freue mich, dass die anderen wieder da sind. Sie seien wirklich gute Freunde. Und Freundinnen. Alle drei. Und haben gutes Wasser, das sei auch voll toll an ihnen, sage ich. Sie lachen. Sie sind nett zu mir. Gute Menschen. Ich werde klarer, sehe ihre Gesichter, sie schauen sich an, murmeln irgendwas, klopfen mir auf die Schulter. Ich trinke einen Schluck, freiwillig.

»Alles klar«, sagt irgendjemand von ihnen.

Sie nicken.

Ich fühle mich irgendwie. Irgendwie ein bisschen keine Ahnung. Sie entfernen sich von mir. Ich rede mir gut zu, sage mir, dass sie bestimmt nur was zu essen holen, dass sie mich bestimmt von überall im Blick haben, es ist ein kleines Areal, es ist alles nicht weit weg und wegrennen kann ich sowieso nicht. Ich glaube, Emma sitzt irgendwo in meiner Nähe, ich kann sie aber nicht sehen, aber sie sitzt da schon, bestimmt, ich weiß es, irgendwo hier, dort, irgendwo in meiner Nähe. Wacht über mich.

Ruhig. Ich bin nicht allein. Ganz bestimmt.

Mir wird etwas Weiches unter den Kopf gelegt und ich schwebe. Möchte den Marienkäfer und Emma umarmen. Aber was ist das Weiche? Man muss immer hinterfragen, habe ich gelernt. Immer hinterfragen. Aber was steckt hinter Fragen? Nichts, ein Mund, ein Gedanke oder zwei oder ein Satzzeichen.

Der Käfer krabbelt auf meine Hand. Ich führe die Hand vor mein Gesicht und betrachte ihn, eingehend, genau, seine Fühler bewegen sich kreisförmig, unförmig. Er macht ein paar winzige Schritte auf mich zu. Schön, denke ich, irgendwie schön.

Dann reißt er blitzartig sein Maul auf, spreizt seine Beißwerkzeuge und schlägt voller Aggressionen mit seinen vorderen Beinen nach mir und stößt einen markerschütternden Schrei aus. Ich schrecke, er schreckt, ich schreie –

Ben?

Ich werfe ihn von meiner Hand, er fliegt in Richtung Himmel davon und ich kann ihn lachen hören und keifen und das Lachen hört nicht auf, ich höre nicht auf, es zu hören, ich halte mir die Ohren zu, doch es bringt nichts. Schnappschüsse schießen durch mein Kleinhirn, Erinnerungen flimmern über eine innere Leinwand und ich kann nicht atmen, beim Abheben hat er mir den Solarplexus zertrümmert, die Lunge zerstört, er brauchte meine Luft, er nahm sie mir einfach.

Ben? Ben?!

Ich schwitze. Der Käfer fliegt höher und der Himmel zieht zu, dunkle Gewitterwolken überall. Bin ich tot?

War der Hippie der Killer? War's das? Sieht so das Ende aus?

Angst marschiert aus meiner Lunge heraus in jeden Winkel meines Körpers, infiltriert ihn, ergreift mich, ich bestehe aus Panik, aus Horror, aus Wasser und Dreck, ich –

Ich lasse los.

Zeit

Raum

Beides verschwindet in Frieden.

Ich bewege meinen Kopf langsam hin und her.

Konzert. Musik. Menschen. Sinne. Ich existiere noch. Fasse ins Gras, packe zu, es ist grasartig. Überlege mir, es rauszurupfen. Es ist zu schön dafür.

Ich zwicke mir in den Bauch.

Er ist noch da.

Ich schaue zur Seite. Es ist Emma.

Mein Herzschlag beruhigt sich. Emma träufelt mir ein bisschen Wasser in den Mund.

Wach sein.

Da sein.

Fühlt sich gut an.

»Hey, Ben, wie geht's dir? Alles gut? Hörst du mich?«

»Ja«, sage ich und merke, wie meine eigene Stimme klingt. Sie klingt normal. Ich glaube, es ist okay. »Ja, jetzt geht's wieder. Vorhin nicht ganz so. Danke dir.«

»Okay. Okay, das ist gut. Willkommen zurück. Ich bin da. Ich pass auf dich auf. Egal, was passiert, lass es einfach zu.«

Ich nehme ihren Ratschlag an. Lasse zu, gebe Widerstand auf. Und auf einmal fließt flüssiges Licht durch mich hindurch, wärmt, strahlt, erfüllt mich, ich liege auf dem Boden, dem Boden des Himmels auf Erden und bin verhüllt von seidener Luft, alles streichelt mich. Ich tauche kopf- und seelenüber ein, tief, ich verstehe alles und nichts, aber vor allem alles.

Sie legt sich neben mich, nimmt mich in den Arm, bleibt da und es ist keine Lüge, ich blicke in den Schlund der Wahrhaftigkeit. Ich schmiege mich an sie, schaue in der

Gegend herum, betrachte Wolken und Grashalme und finde sie wahnsinnig beruhigend und wahnsinnig wunderschön.

Sind Farben schon immer so farbig gewesen? Mein Hirn hat den Sättigungsregler hochgedreht, ich will in die Einstellungen kommen und alles verändern, wo ist das Zahnrädchen – da: Kontrast, Helligkeit, Wärme, ich füge eine kleine Vignette hinzu und die Ränder werden schwarz, entferne sie wieder und alles leuchtet, ich bin der Rahmen und die Welt ist mein Bild.

Mein Gesicht ist weich, Emma ist weich, alles ist weich, ich bleibe exakt so liegen und weiß nicht, wie lange es dauert, aber ich wäre jetzt und ewig nirgendwo lieber als hier. Ich schlafe ein.

Als ich wieder aufwache, ist Emma immer noch da. Feli und Finn auch. Sie geben mir Wasser und Fladenbrot und stützen mich beim Gehen so lange, bis ich im Zelt auf der Luftmatratze liege.

Wir gehen schlafen.

Emma gibt mir einen Kuss.

Ich sage ihr, dass ich sie mag.

Sie schaut mich verwundert an.

Sie sagt, sie mich auch.

Ich schlafe sehr gut.

Gute Menschen.

FEUERWASSER
86 %

Nichts ist reproduzierbar. Alles kommt einmal und geht für immer.

Auf der Rückfahrt des Festivals hänge ich im Auto an der Fensterscheibe, starre nach draußen und fühle mich wie ein Stück Scheiße – körperlich, seelisch, innerlich, äußerlich. Als hätte ich mein ganzes Serotonin in einer Reihe aufgestellt und jedes einzelne Teilchen per Kopfschuss exekutiert, Stück für Stück, zurück bleibt nichts, nur ein Leichenhaufen, und die größte Leiche bin ich selbst, eine lebendige, leere Hülle, die sich fragt, wann sie sich zu den anderen legen kann, darf, sollte.

Während die anderen sich unterhalten, klinke ich mich entweder aus, antworte einsilbig oder stelle mich schlafend. Ich frage mich, ob ich hängen geblieben bin, und falls ja, was das noch für einen Unterschied macht.

Mein Schädel fühlt sich rissig an, als würde er jederzeit auseinanderbrechen. Zermartert drücke ich auf meinem Handy herum. Eine Internetsuche spuckt aus, dass es vielleicht irgendwelche übertrieben potenten synthetischen Cannabinoide gewesen sein könnten, kein normales Gras. Gefährlich, gefährlich, heißt es da. Und wenn schon.

Gute Menschen also, mhm. Na ja.

Vielleicht zumindest keine schlechten.

Ich werde zu Hause abgeliefert, bedanke und verabschiede mich. Ich hole mein Zeug aus dem Auto, drücke Emma einmal flüchtig und schiebe meinen Körper in Richtung Hauseingang. Ich weiß nicht, ob sie mir hinterherschaut, ob sie fragend guckt, überfordert oder fassungslos ist – ich drehe mich nicht noch mal um.

Ich hänge alleine auf meiner Couch, alleine wie immer, nichts hat sich geändert. Sehe die kläglichen Reste meines Bücherregals und muss kurz lachen. Bücher, Filme, Kunst, Status; alles nur jämmerliche Versuche, nie ganz zu sterben. Funktioniert aber nicht. Man wehrt sich mit aller Gewalt gegen die Vergänglichkeit, man strampelt und fuchtelt und werkelt, aber maximal drei Generationen und man ist final ausgelöscht, ausradiert aus den Köpfen und Herzen und allen relevanten Aufzeichnungen. Als hätte man nie existiert.

Ich sitze reglos da. Die Abwesenheit von Geräuschen erzeugt noch lange keine Ruhe.

Die Gedanken an die letzten Tage fühlen sich seltsam an. Die Vernunft sagt mir, ich solle mich erinnern, wie schön ich es fand, ich hingegen spüre nur das Hier und Jetzt und das ist ein einziges, großes, eiterndes Nichts, triefend und widerlich, ich will nur wegschauen. Die Eindrücke, die Perspektiven, froh und traurig, sind Öl und Wasser, vermischen sich nicht, ich schaffe es nur, mich auf eine von beiden zu konzentrieren, sie kämpfen um meine Aufmerksamkeit, unerbittlich.

Unser Handeln wird angetrieben von Sehnsüchten, Trieben, Begierden, Wünschen. Man will, will, will. Ich wollte,

wollte, wollte. Bis ich mich fragte, wieso. Und darauf keine Antwort fand.

Der Mensch hält sich für einen Selbstzweck. Leben und leiden, nur um irgendwann noch so ein kleines Stück Biomasse in diese erbärmliche Welt zu setzen, das dann wiederum lebt und leidet, ein end- und sinnloser Prozess. Die Ewigkeit ist zynisch.

Der Sinn des Lebens ist, deinem Leben einen Sinn zu geben, heißt es in so manchem Kalender. Ich hab den Spruch schon immer gehasst. Er ist nicht mal logisch. Wenn der Sinn des Lebens ist, seinem Leben einen Sinn zu geben, ist er in dem Moment erfüllt, in dem man ihn findet, diesen ominösen Sinn. Sprich: ab da ist es wieder sinnlos, die Suche ist ja vorbei. Also ist der Sinn des Lebens die Sinnsuche? Fick dich. Das Leben und jegliche Existenz sind von Grund auf sinnlos, der Mensch ist kein Selbstzweck, sieht sich aber so, das narzisstische Stück Scheiße. 29 Jahre gelebt, und die einzige Frage, die ich mir immer noch nicht beantworten kann, ist: Wozu?

Mittlerweile ist es dunkel, ich habe den ganzen Tag in meinem Kopf verbracht.

Ich krame meine Liste hervor. Frage mich, was das überhaupt soll. Warum Dinge erledigen? Wieso das Existieren im Angesicht seines Endes mit Taten oder Erlebnissen vollstopfen?

»Weil sie das Ganze schöner machen«, klinkt sich die Vernunft ein. »Weil das Existieren sehr wohl ein Selbstzweck ist«, sagt sie.

Ich mache den Kühlschrank auf und ziehe ihr eine Whiskeyflasche über den Schädel. Sie liegt benommen da und macht keinen Mucks mehr, die voreingenommene Drecksau.

Ich gönne mir einen Schluck, oder vielmehr: Ich zwinge mich dazu, mir einen viel zu großen Schluck in den Rachen zu prügeln. Es schmeckt nicht. Muss es auch nicht, es soll nur brennen; ich will irgendwas spüren, mir versichern, dass ich nicht träume. Die hieraus gewonnene Erkenntnis, tatsächlich nicht zu träumen, ist wenig erheiternd.

Ich beschließe, die Wohnung zu verlassen, und lasse alles stehen und liegen. Lediglich das Kuss-Feuerzeug, die Zigaretten und mein Schlüssel begleiten mich.

Ich schließe die Tür nicht ab. Ich hole einmal aus und pfeffere sie mit Schwung zu, das muss reichen; wenn sie nicht einrastet, wen juckt's. Nehmt mir ruhig alles, da gibt's nicht viel zu holen, ich bin ein schwarzes Loch.

Schönheit wird durch Regelmäßigkeit banal. Ich gehe an der Isar entlang, betrachte das Wasser, die Baumalleen und aus einem rationalen Standpunkt heraus ist mir bewusst, dass das schön ist, aber ich sehe es an und fühle nichts. Kein »Wow«, kein »Boah«, kein »Da könnte man bestimmt voll gut grillen«, nur: blau, grün, Erde, beziehungsweise, da innen und außen die Nacht regiert: schwarz.

Ich sitze auf den Steintreppen gegenüber der Isarinsel. Ich rauche anderthalb Zigaretten, an der zweiten ziehe ich nur ein paarmal und verliere schnell die Lust, meine Fresse stinkt nach Tod, ich frage mich, wieso gerade diese Scheiße süchtig macht. Ich weiß nichts mit mir anzufangen, will die nächste herausholen, aber die Schachtel ist leer.

Ich halte das Kuss-Feuerzeug in der Hand.

Betrachte es, drehe es in meinen Fingern umher.

Zünde es an.

Die *Haut AG* scheint mich seit dem letzten Mal verwanzt zu haben, eine versteckte Kamera in oder einen direkten Draht zu meinem Hirn zu haben, die Zellen-Stasi, sie kribbelt und wuselt und schlägt Alarm, als ich die Flamme in Richtung meines Unterarms führe.

Die Vernunft hat sich wieder aufgerappelt und schlägt mir nun mit Anlauf aufs Maul. Meine Schläfen tun weh. In der Sekunde, in der ich taumle, übernimmt sie die Kontrolle und wirft dem Wasser das Feuerzeug zu.

Ich atme. Immer kürzer. Alles schnürt sich zu, als hätte jemand um meinen ganzen Körper ein dickes, raues Seil gelegt und würde es langsam, aber stetig immer weiter zuziehen, es drückt und schneidet, bis mir die Luft fast wegbleibt.

Einen Moment lang setzt alles aus.

Ich habe noch nie verstanden, wieso man »gehüpft wie gesprungen« sagt. Diese beiden Bezeichnungen umschreiben aus meiner Sicht zwei im Kern zwar schon irgendwie gleiche, bei genauerem Betrachten jedoch völlig verschiedene Vorgänge. Hüpfen hat etwas Sorgenfreies, Unschuldiges, Schönes. Es heißt Hüpfburg und Hüpfball, während auf einer Beerdigung niemand sagt: »Sie stand am Rande der Klippe, vor ihr der Abgrund … und dann ist sie gehüpft.«

Ich springe ins Wasser.

Die Kälte der Isar ummantelt meinen Körper und mein Hirn, der Strom reißt mich in eine unsichtbare Bahn, schiebt mich unaufhaltsam voran, noch könnte ich raus, wenn ich das wollen würde.

Ich will nicht.

Will nicht.

Will nicht?

Was will ich nicht?

Die unmenschliche Temperatur des Wassers, in dem ich immer wieder kurz mit dem Gesicht versinke, wirkt wie Steroide für Vernunft und Instinkte, sie übernehmen die Kontrolle, packen mich am Kragen und schleifen mich zur Seite, immer zur Seite, wenn man in einem Strom gefangen ist, dann immer zur Seite, da geht es raus, gegen den Strom selbst kommt man nie an, aber zur Seite geht es immer irgendwie, immer zur Seite, immer zur Seite.

Ich werfe mich ans Ufer und liege da.

Ich kotze.

Ein paar Meter weiter sitzt ein Pärchen, das sich angewidert räuspert, aufsteht und geht.

Ich drehe mich auf den Rücken und lache laut los. Vermutlich sehe ich aus und klinge wie ein Wahnsinniger.

Meine nassen Klamotten kleben an mir, ebenso wie die Erkenntnis, dass das okay ist.

Ich liege unter den fernen Sternen, komme mir groß vor und weiß nicht, wieso. Als mein Körper sich beruhigt hat, ich gleichmäßig atme und friere, stehe ich auf und gehe tropfend die Straße entlang zu meiner Wohnung. Ein paar Leute schauen mich grinsend an und ich bemerke, wie schnell ihr Interesse an irgendeinem nassen und fremden Typen wieder schwindet, nachdem sie einmal kurz kichernd ihre Freundinnen oder Freunde drauf aufmerksam gemacht haben. Sie fahren damit fort, zu leben, ich damit, eine Randnotiz zu sein – und freue mich, denn es ist mir egal.

Am Reichenbachkiosk ist wenig los, ich kaufe Limonade und ein Croissant, und als ich vor meiner Haustür stehe, schaut mich Yilmaz an.

»Cay?«, fragt er. Ich mustere ihn, er mich nicht wirklich. Als wäre es für ihn völlig normal, einem komplett durchnässten Nachbarn um Mitternacht ein Heißgetränk anzubieten. Klar. Klassischer Sonntag. Er denkt sich wahrscheinlich noch am ehesten: Tee braucht der Junge, frieren tut er. Es ist nicht wichtig, wieso ich nass bin, nicht, was passiert ist. Einfach nur, was jetzt im Moment wichtig und zu tun ist.

»Gerne.«

Er gibt mir ein Glas, wir trinken schweigend. Er nickt von Weitem ein paar Leuten auf der Straße zu.

»Danke«, sage ich, gebe ihm das Glas und gehe nach oben. Es wurde nicht eingebrochen.

Ich dusche heiß und schnappe mir anschließend mein Handy vom Couchtisch, tippe »Danke für alles«, schicke die Nachricht an Emma und lasse mich in die Couch sinken. Ich öffne gedankenlos den Browser, bekomme eine Urnen-Werbung angezeigt und muss lachen.

Dann fällt es mir siedend heiß ein. Ich gehe in die Kalender-App und stelle fest, gar nicht mehr so lange Zeit zu haben. Ich schnappe mir die Liste, betrachte sie. Vieles ist nicht abgehakt, aber das stört mich nicht. Nur eine wichtige Sache steht noch darauf.

Es ist 23:45 Uhr. Geht noch. Keine Zeit verlieren.

Ich rufe sie an.

Es tutet.

TEIL III

VERÄSTELT

86 %

»Oh, hi. Was willst du?«, sagt sie gleichermaßen überrascht wie gleichgültig.

»Mit dir reden. Dich mal wieder sehen.«

»So? Ich vielleicht nicht. Außerdem kannst du beruhigt sein. Es gibt grade wirklich nichts, wofür du mir einen tollen klugen Ratschlag geben könntest.«

Ich schließe die Augen und versuche, meinen Stolz runterzuschlucken, nichts zu entgegnen, da es nichts zu entgegnen gibt, da sie recht hat, da ich der Idiot von uns beiden bin, da ich der bin, der ihr endlos in ihr Leben reingequatscht hat, da ich alles für richtig hielt, was ich tat. Mein Gott, was lag ich daneben. »Ich bin der morsche Ast unseres Stammbaums«, sagte meine Schwester mal über sich selbst. Und es stimmte. Zumindest in der Wahrnehmung des Baumes. Was erstaunlich ist, wenn man betrachtet, dass unser Vater durch die Entzugskliniken zog wie seine Nase durch das Weiß und er unter anderthalb Promille nicht einschlafen konnte. Aber was aus spießbürgerlichen Trieben gewachsen und darin verwurzelt ist, wird nie einen anderen Blickwinkel einnehmen können; und aus ebenjenem Blick sieht ein sechsstelliges Jahresgehalt eindrucksvoller aus als das dritte abgebrochene Studium einer jungen Frau, die sich sucht, ihre Haarfarbe öfter wechselt als ihre Unterwäsche und eine Therapie nach der anderen anfängt. Was totgeschwiegen wird, kann nicht leben, existiert nicht.

»Ich will mich entschuldigen.«

Das andere Ende schweigt.

»Wirklich. Ich find es furchtbar, wie wir letztes Mal auseinandergegangen sind. Ich will das nicht so stehen lassen.«

Das andere Ende ist nicht überzeugt. »Willst du einfach dein Gewissen beruhigen, oder wie?«, sagt sie.

»Nein. Also ja, klar, stimmt schon, ich hab ein schlechtes Gewissen, aber darum geht's mir nicht. Mir geht's darum, dass wir uns wieder verstehen. Es tut mir wahnsinnig leid. Ich würd dich einfach gern mal wieder sehen. Wissen, was du so treibst, einen ganz normalen Schwester-Bruder-Tag. Oder Abend. Oder Nachmittag, oder von mir aus auch nur einen schnellen Kaffee, wie du magst.«

»Hab ich richtig gehört, ein Nachmittag? Musst du nicht arbeiten?«

»Ich hab gekündigt.«

»Du? Gekündigt? Hast du die Stelle gewechselt?«

»Nee. Ich bin grad einfach arbeitslos. Ich such auch nix.«

Sie lacht laut auf. »*Waaas?* Das ist ja völlig abgefahren, das sind ja ganz neue Töne!«

»Wirklich, Nadine, es tut mir leid. Hättest du denn Zeit und Lust, dich mal zu treffen die Tage?«

»Wart kurz …«

Es klappert am anderen Ende, sie scheint auf ihrem Handy zu tippen, sagt viermal »Mhm …« und schließlich: »Wie wär's Dienstag? Also übermorgen, huch. Bin grad bisschen durch den Wind vor lauter Lernen. So um 16 Uhr bei mir?«

»Klar! Immer noch da am Kolumbusplatz?«

»Ah, stimmt, bin umgezogen. Das hast du noch nicht mitbekommen. Ich schick dir die Adresse über WhatsApp.«

Wir verabschieden uns. Ihr Ende tutet, mein Ende schöpft Hoffnung für ein anderes Ende.

Es ist 16 Uhr, ich stapfe durch das frisch sanierte Treppenhaus des Gebäudes am Hohenzollernplatz, stehe an der Schwelle zu ihren vier Wänden und staune etwas zu sehr, als sie die Tür öffnet und ich sehe, wie normal Nadine und wie sauber und groß ihre Wohnung aussieht.

»Hey«, sagen wir beide und umarmen uns, lange, sogar länger als für sie üblich. Sie lächelt und bittet mich herein.

»Deine Haare sind anders«, stelle ich fest.

»Du bist echt wie alle anderen Typen, dass das das Erste ist. Und jetzt kennen wir uns wirklich schon 'ne Weile, überrascht dich das noch?«

»Ja, nee. Also schon. Nicht, weil du sie färbst, nee. Einfach, *wie*, na ja, ich mein, sie sind so … normal. Braun. Einfach deine Naturhaarfarbe.«

»Jep.«

»Wie kommt's? Was ist aus wasserstoffblond und blau und pink und grün und Regenbogen geworden?«

Sie zuckt mit den Schultern. »Auch ich werd älter, weißt«, sagt sie und lächelt bemüht. Ja, denke ich, aber doch noch nicht jetzt. Dass sie sich schminkt, ist auch neu. Früher hielt sie mir flammende Reden gegen Kosmetik und die Industrie und die unrealistischen Ansprüche von Frauen gegenüber sich selbst und anderen.

»Hm, okay. Steht dir jedenfalls auch«, sage ich.

Sie führt mich einmal durch die Wohnung. Sie wohnt seit einem halben Jahr mit ihrem Freund zusammen. Ging komplett an mir vorbei. Sowohl ihr Freund als auch der Umzug. Die Wohnung ist neu, ebenso frisch saniert wie das Treppenhaus, sie haben einen großen Balkon, eine Fußbodenheizung und offenbar Zukunftspläne, die Wände im ganzen Gebäude schreien vorwurfsvoll »ICH BIN CREMEFARBEN, NICHT BEIGE, DU UNGEBILDETER SAFTARSCH!«, der Boden mahnt »BENUTZ DEN FUSSABTRETER UND ZIEH DIE SCHUHE AUS!«, hier nickt man sich im Treppenhaus zu, redet aber nicht miteinander, hier macht man Cocktailpartys und hängt einen entschuldigenden Zettel ans schwarze Brett, aber ohne die Nachbarinnen und Nachbarn einzuladen, redet dort dann über Rezepte und *job experience* und Müllentsorgungspläne, über Kinder und Keine-Kinder und Investmentstrategien, hier gibt es eine Tiefgarage und Bewegungssensoren für das Flurlicht, hier gibt es überall Induktionsherde und Smart-Home-Systeme, hier gibt es ein paar Menschen und viele Erwerbstätige, alles hier ist ein einziger Katalog, hier ist es sauber, hier ist es nett, hier ist es wie überall, weshalb hier eigentlich absolut kein Ort für meine Schwester ist.

»Wie kommt ihr denn zu so 'ner Wohnung?«, sage ich und hasse mich selbst dafür, das münchenste aller Themen angesprochen zu haben. »Ich mein, beim letzten Mal wolltest du noch in eine Kommune ziehen.«

»Haha, ja, stimmt. Jetzt nicht mehr.«

Das Thema ist damit offenbar beendet. Wir setzen uns an den Tisch in der offenen Küche, die direkt an das großzügige Wohnzimmer angeschlossen ist. Sie fragt, wie ich meinen Kaffee möchte, und bietet mir drei verschiedene Zubereitungsarten an. Ich nehme das Gleiche wie sie. Wir trinken Tee.

»Ich bin echt supergespannt, du hast gekündigt?! Wieso das denn? Erzähl!« Sie strahlt wie früher, verschmitzt und einnehmend.

»Ist relativ simpel: Ich wollte einfach nicht mehr. Das wurde einfach zu viel irgendwann.«

»Krass. Und jetzt? Machst du ein Sabbatjahr oder hast du irgendwelche Pläne?«

»Keine Ahnung.«

»Dann mach doch noch mal was Neues! Ist doch 'ne super Gelegenheit jetzt! Kritiker werden oder so, da kannste deinen Hang zum Dinge-scheiße-Finden professionell ausleben!«

»Boah, nee. Dafür ist's zu spät.«

»Wieso?«

»Ich bin zu alt. Ich hab keinen Bock, noch mal bei null anzufangen, keinen Bock, mit lauter 18-Jährigen in irgend 'nem Hörsaal oder in irgend 'ner Berufsschule rumzusitzen.«

»Und wenn du einfach die Branche wechselst? Deine Skills irgendwo anders einsetzt?«

»Ach«, sage ich und winke ab.

»Wie, ›ach‹? Was ist denn die Alternative? 50 Jahre lang was machen, das dir auf die Nerven geht?«

»Wäre eine Möglichkeit.«

»Aber eine ganz schön beschissene, offensichtlich, sonst hättest du ja nicht gekündigt.«

»Es kommt bestimmt was auf mich zu in nächster Zeit.

Bis dahin lass ich mich da jetzt einfach treiben. Lass die Dinge auf mich zukommen.«

»Mach das! Das ist bei dir eh längst überfällig.« Sie trinkt einen Schluck.

»Mhm«, murmle ich. »Und bei dir? Da hat sich ja auch 'ne Menge verändert! Wie ist denn dein Freund so?«

Sie schmunzelt leicht. Normalerweise wären jetzt die Worte aus ihr herausgestürzt.

»Elias ist super«, sagt sie ruhig. »Wir haben uns ungefähr vor einem Jahr kennengelernt, paar Wochen, nachdem wir beide uns das letzte Mal gesehen haben.«

»Dann schon mal im Voraus Glückwunsch zum Jahrestag! Müsste dann ja bald so weit sein.«

Sie nickt geistesabwesend, ich schaue der Leere in ihren Augen hinterher, mein Blick schweift über den Küchenschrank, auf dem ein paar Polaroidbilder der beiden kleben, beim Feiern, happy, grinsend, die Bierflaschen in die Höhe gereckt wie Trophäen. Er ist unfassbar gutaussehend, sie auch; die beiden schauen so perfekt aus, als seien sie nicht weit davon entfernt, Werbung für irgendwelche Beauty-Produkte zu machen, die sie erst einen halben Tag lang haben und von denen sie dann behaupten müssen, sie mehr zu mögen als die eigene Oma. Weiter rechts steht ein großes Regal mit all ihren Büchern, daneben eine Menge komplett verschiedener Pflanzen in ebenso verschieden großen Töpfen.

»Die sehen schön aus«, sage ich und zeige auf sie.

Ihr Blick erhellt sich. »Ja, das sind meine kleinen Babys.« Sie steht auf, zieht mich energiegeladen an der Hand mit zum Fensterbrett, auf denen sie stehen, wie früher, wie immer, wie Nadine. Sie beginnt, mir die lateinischen Namen jeder einzelnen zu erzählen, völlig ungeachtet dessen, dass ich keine Ahnung davon habe und mir nicht ein einziges Wort merken kann, aber sie geht darin auf und ich finde es schön. Sie hat jeder einzelnen Pflanze auch einen Spitznamen gegeben, der deutlich einprägsamer ist.

»Das ist ein Schwertfarn, Nephrolepis, aber ich nenn ihn Tingeltangeltopf.«

»Das hier kenn ich sogar, ah … Dings, äh … na komm … Efeu, oder?«, sage ich und zeige auf eine Pflanze in der Nähe der Balkontür.

»Richtig! Ja, Mensch, nicht schlecht, wenn du jetzt noch Gänseblümchen und Kaktus richtig unterscheidest, kannste direkt im Baumarkt anfangen!«

»Haha.«

Sie lächelt. »Weißte auch, wofür Efeu gut ist?«

»Seinen Bruder zu verarschen.«

»Hilft gegen Schimmel.«

»Ah. Okay. Aber in so 'ner Wohnung wie hier gibt's doch niemals Schimmel, oder?«

»Sagen wir mal so, ich hätte gern, dass das so bleibt«, sagt sie. Vorsorge ist ungewöhnlich für sie. Sie kennt dieses Wort normalerweise nur in getrennter Form, wenn unsere Eltern wegen ihr krank vor Sorge waren.

Wir setzen uns wieder, der Tee ist schon deutlich kühler geworden.

»Was machst du zurzeit so?«, frage ich. »Studierst du? Arbeitest du? Habt ihr im Lotto gewonnen oder die richtigen Aktien gekauft?«

»Ich studier jetzt Pharmazie.«

Bei dieser Antwort runzelt selbst meine Stirn die Stirn. Irgendwas mit Kunst, Sprache, Musik, Literatur, Kultur, Theater, Pädagogik, Philosophie, Skandinavistik, meinetwegen Soziologie oder Politikwissenschaft, irgendwas, aber doch keine Pharmazie.

»Wo ist die Kamera?«, frage ich, halb scherzend.

»Ja«, lacht sie, »da war ich selber erstaunt. Aber auf Anglistik hatte ich auch eigentlich gar nie so wirklich Bock gehabt, deshalb hab ich dann eben damit aufgehört.«

»Das klang aber noch anders, als du vor mir aus dem Stegreif ellenlange Gedichte auswendig runterbeten konntest.« Sie hatte dabei gestikuliert, als würde sie ein Orchester dirigieren.

Sie lächelt verträumt. »Ja, das war glaub nur so 'ne Phase.«

»Hm, okay. Wenn du das sagst«, murmle ich. »Und warum gerade Pharmazie?«

»Hast du nicht sonst immer gepredigt, ich soll schauen, dass ich mit meinem Abschluss noch was anderes machen kann, außer ihn abzuheften? Dass ich mit meinem super Abi doch auch was Gescheites anstellen soll?«

»Jaaa ... schon. Das war aber echt dumm von mir. Und ich will jetzt auch gar nix sagen. Wundert mich nur, das ist alles. Wenn's dir Freude macht, ist das doch super.«

»Tut's. Ich find's wirklich nicht schlecht.« Ich kann mich gerade noch abhalten, etwas zu sagen wie »*Nicht schlecht* ist aber auch nicht *gut*«, und bin kurz stolz auf mich. Sie zuckt mit den Schultern. »Und selbst wenn, von 'nem Arbeitslosen lass ich mir gar nix sagen!« Sie kichert. »Das muss ich unbedingt auskosten, solange ich kann!«

»Und Elias, was macht der so?«

Ihr Lachen verklingt.

»Der studiert auch Pharmazie, ist aber fast fertig. Er schreibt dieses Jahr das zweite Staatsexamen.«

»Ah, das Bild vervollständigt sich«, sage ich und bereue es im selben Atemzug, versuche, dabei möglichst ironisch und möglichst unarschig zu wirken, und hoffe, nicht direkt wieder alles kaputtgemacht zu haben. Sie schaut mich forschend an.

»Ja«, sagt sie, »schon ein bisschen, muss ich gestehen. Als ich ihn kennengelernt hab, hat er mir da megaviel drüber erzählt und ich fand das superspannend. Und da du dich schon gefragt hast wegen der Wohnung: die gehört seinen Eltern, die haben hier ein paar Apotheken in München.«

»Ein paar gleich?«

»Jap.«

»Krass. Ja, äh … freut mich für dich!« Ich schaue sie an und lasse ihn los, diesen merkwürdigen Drang, den großen Bruder spielen zu wollen. Die Rolle stand mir noch nie und hat mehr Schaden angerichtet als geholfen. »Na dann, auf gute Entscheidungen!«, sage ich und halte ihr meine Tasse zum Anstoßen hin. Das Klirren des anstoßenden Porzellans bringt ihr Lächeln zurück.

»Wenn du magst, können wir heute Abend auch richtig anstoßen, wir wollten bisschen was trinken gehen«, sagt sie. »Magst du mitkommen?«

»Klar. Wer ist wir?«

»Elias, zwei Kumpels von ihm, ich, eine Freundin von mir. Die ist auch single!«

Ich lache und winke ab. »Ich komm sehr gerne mit, aber nicht deswegen.«

»Okay, cool!«

»Wie ist er eigentlich so, Elias? Was macht der so außer Pharmazie studieren?«

Sie streicht sich über ihren Hals und schaut nach rechts oben, als würde sie etwas an der Decke suchen. »Er ist ein superaktiver Mensch, wenn er nicht lernt oder arbeitet, macht er Sport oder trifft sich mit irgendjemandem, liest Zeitung, holt sich immer und überall Input ...«

»Ist er so jemand, der sogar beim Zähneputzen Podcasts hört?«

»Ja.«

»Fandest du so was nicht immer irgendwie schräg, wenn Menschen nicht chillen können?«

»Ja, schon, aber ich find's bei ihm jetzt gar nich' schlimm, ich weiß auch nicht ... was soll ich sagen ... ich liebe ihn. Ich mein, er weiß, was er will, ist charismatisch, zielstrebig, diszipliniert ...«

Ich lache kurz auf. »Das klingt, als würdest du ein Stellenprofil vorlesen. Fehlt nur noch ›teamfähig‹, ›flexibel‹ und dass er Excel kann.«

Sie reagiert nicht. Fuck. Zu viel. »Sorry«, rudere ich zurück. »Das war dumm, tut mir leid.«

»Mhm. Willst du nachher dann noch mal kurz heim, um dich fertig zu machen, oder bleibst direkt hier und gehst mit uns?«

Puh.

»Ich würd einfach hierbleiben. So eitel bin ich nicht und ich will ja Zeit mit dir verbringen.«

Sie schlägt vor, zu kochen. Wir gehen los, kaufen Zutaten für ein Thai-Curry und machen uns an die Arbeit, was so viel bedeutet wie: Sie delegiert mir Aufgaben, bei denen ich möglichst wenig versauen kann.

»Freut mich übrigens, dass du dich wieder gemeldet hast. Ich hab mich schon gefragt, ob ich mich damit abfinden muss, einfach keinen Kontakt mehr zu meinem Bruder zu haben. Ich mein, du hast mir nicht mal zum Geburtstag gratuliert.«

»Ja, ich weiß … ich dachte, ich darf nicht, und dass du sowieso nichts von mir hören willst. Keine Ahnung. Es tut mir echt wahnsinnig leid, ich …«

»Ist ja gut, du hast dich jetzt oft genug entschuldigt. Schön, dass du da bist.«

»Es ist mir einfach wichtig. Je mehr ich drüber nachdenk, desto mehr ärger ich mich. Ich wusste nie irgendwas besser als du.«

Damit sie nicht ständig von einem Ding zu nächsten driftet und damit ihre Zeit verschwendet, so mein damaliger Gedanke, wollte ich sie vor einem Jahr mehr oder weniger dazu zwingen, ein duales Studium zu beginnen. Dazu hatte ich ihr ein Bewerbungsgespräch organisiert. Sie war davon wenig begeistert. Ich war von ihrer wenigen Begeisterung wenig begeistert. Scheußliche Worte sind gefallen, vielmehr: wurden geschossen – und haben getroffen.

»Das war … sehr unschön«, sagt sie, während sie einige der Zutaten in eine große Pfanne zusammenkippt.

»Ich weiß. Es tut mir leid. Ich hätte gleich blicken müssen, dass das nicht dein Ding ist und null zu dir gepasst hat.«

»Hättest du daran merken können, dass ich es dir genau so *gesagt* habe.«

Ich wollte ihr meinen Weg aufdrücken, den einzigen, den ich kenne und von dem ich mittlerweile weiß: Er ist *definitiv* nicht der beste. So was von. Und schon 3000-mal nicht für sie.

»Ja, hätte ich. Ich war furchtbar engstirnig. Zum Glück haste nicht auf mich gehört.«

»Darin war ich meistens ganz gut. Schreib ich mir auch immer so in den Lebenslauf, unter ›Soft Skills‹: Bens Ratschläge ignorieren.«

Sie grinst kurz und fällt mir dann um den Hals, ich bin überrascht, sie drückt mich, schmiegt sich an mich, Kopf an Hals, Hals an Brust, während ich sie ebenfalls umarme. Als wir es in der Pfanne brutzeln hören, löst sie sich und widmet sich den Lebensmitteln. Auf meinem T-Shirt bleibt ein bisschen Make-up zurück. In ihrem Gesicht scheint jedoch nichts zu fehlen.

Sie schüttet Kokosmilch in die Pfanne, gibt Currypaste dazu und rührt den Reis um.

Als das Essen fertig ist, setzen wir uns und schlemmen und plaudern munter vor uns hin. Ich erzähle von Dingen, die meiner Meinung nach auf der Welt falsch laufen, und sie ergänzt die Liste gekonnt. Auch wir beide waren schon immer sehr gut darin, uns gemeinsam über Dinge aufzuregen, scheint in der Familie zu liegen. Während sie gerade dabei ist, moderne Literatur abwechselnd in den Himmel zu loben und in der Luft zu zerreißen, klimpert ein Schlüssel, die Wohnungstür öffnet sich und Elias tritt in die Wohnküche. Sie verstummt schlagartig.

»Hey«, sagt er und taxiert uns.

»Hey«, antwortet sie. Er tritt auf sie zu, gibt ihr einen

Kuss, wendet sich dann mir zu und streckt mir die Hand entgegen. »Hi, du bist?«

»Ben.« Er drückt fest zu und schüttelt zweimal.

»Mein Bruder«, ergänzt Nadine. »Ich hatte dir gestern davon erzählt.«

»Aaah, jetzt. Stimmt. Freut mich, dich kennenzulernen.« Er schaut sich um. »Und ihr habt schon angefangen. Guten Appetit. Ist noch ein Teller für mich übrig?«

Nadine starrt stumm Richtung Herd.

»Klar, wir haben ziemlich viel gemacht«, sage ich. »Soll ich dir was drauf machen?«

»Danke, aber nein, ich wohn hier. Das krieg ich hin.«

Er füllt einen Teller, setzt sich neben Nadine, streichelt sie am Nacken und lächelt sie an. Sie erwidert es. Als sich seine Hand von Nadine löst, zieht sich ihr ganzer Körper wieder ein paar Zentimeter nach oben.

Elias trägt ein maßgeschneidertes Hemd, dessen Ärmel er zum Essen gekonnt hochschlägt. Seine Unterarme sehen sehr kräftig und sehnig aus, den vielen Sport erkennt man. Ich frage mich, ob er ein Haarband benutzen muss, um seine mittellange schwarze Mähne zu bändigen, oder ob er eher der eitle Typ ist, der sie sich alle zehn Sekunden lasziv aus dem Gesicht streicht. Zehn Sekunden später zeigt sich: Er ist ein lasziver Streicher.

»Und, konntet ihr ein bisschen was aufholen? Ihr habt euch ja schon ’ne Weile nicht mehr gesehen.«

Nach ein paar Minuten scheint das Eis gebrochen zu sein und Nadine hat recht: Er ist wirklich sehr charismatisch. Wir scherzen, lachen, er erzählt von seinem Tag in der Apotheke und von einem Kunden, der alle paar Monate für seine Haarausfallmittel kommt, flüsternd bestellt und ganz panisch wird, wenn man die Namen der Produkte in normaler Lautstärke ausspricht.

»Und, Ben, was machst du heut Abend noch?«

»Mit euch was trinken gehen, so wie's ausschaut.«

»Ach, echt?«, sagt er erstaunt und dreht sich zu Nadine. »Wir gehen ja bald schon los, gehst du vorher noch mal heim?«

»Nee, ich bleib hier und geh direkt mit.«

»Ah. Cool«, sagt er und mir scheint, er meint es nicht so.

»Ist das ein Problem?«, frage ich.

Er sieht noch mal zu Nadine. »Nö. Alles gut.«

»Sicher?«

Er zögert einen Augenblick, sammelt sich.

Nadine sieht verunsichert aus. »Er ist mein Bruder und wir haben uns ein Jahr lang nicht gesehen«, erklärt sie. Elias zerknüllt eine Serviette in seiner rechten Hand.

»Ja, klar doch, alles easy«, sagt er schließlich und lacht. »Darf ich dir denn schon mal was zu trinken anbieten? Bier, Whiskey, Wein? Oder erst mal 'ne Limo?«

»Limo wäre super, danke.«

Er steht auf, streicht Nadine über Schultern und Nacken, die daraufhin ihren Blick auf den Tisch sinken lässt, sich selbst dabei erwischt und sofort wieder lächelnd zu mir hochschaut.

Ich betrachte sie fragend, sie winkt ab und lächelt weiter. »Freut mich wirklich, dass du da bist«, sagt sie.

»Ich freu mich auch«, antworte ich.

Erst jetzt erkenne ich den blauen Fleck an ihrem Hals und verstehe, wo das Make-up auf meinem T-Shirt herkommt.

ZAPFENSTREICH
90 %

Champagner ist auch nur die eitrige Siegessuppe des Spätkapitalismus, die wir aus den wunden Titten des Wohlstands zuzeln und schlürfen, bevor alles ranzig wird und vollends verschrumpelt, denn die Frage ist nur noch, wer zuerst untergeht: wir oder das System. Bis dahin sage ich Ja zum Glas und Nein zum Leben. Ich fand *Trainspotting* nie so gut wie alle immer tun.

Elias schien über mein Bleiben nicht sonderlich begeistert zu sein. Nach dem Essen und einem ersten Champagnerglas (»Na dann, auf euch«) ließ er mich mit Nadine allein, sperrte sich im Schlafzimmer ein und hörte laut Rap, aus dem Zimmer schallte *99 Problems* von Jay-Z, und ich fragte mich, was er damit sagen wollte.

»Das ist ganz normal bei ihm«, sagte sie. »Wenn er bei seinen Eltern in der Filiale ausgeholfen hat, ist er immer ziemlich durch, da reagiert er sich gerne ein wenig ab.« Ich wollte ihr glauben.

Aber glücklicherweise konnte der sich dringend abreagieren müssende Elias noch von zwei seiner Kumpels aufgefangen werden, die etwas später dazustießen. Die beiden betraten die Wohnung, begrüßten Nadine und mich wortkarg, und obwohl jeweils ein »Hi« und ihre beiden Namen die einzigen Wörter waren, die wir ausgetauscht haben, konnte ich sie mir nicht merken. Die beiden verschwanden sofort mit Elias auf dem Balkon und zu dritt begannen sie, zu trinken; Whiskey und Wein, bestimmt halten sie sich alle für Feinschmecker, nachdem sie zwei Artikel darüber gelesen und einmal ein Tasting mitgemacht haben. Sie gaben sich keine Mühe, uns einzubinden, die Balkontür war die Grenze zwischen zwei Einheiten, die nichts miteinander zu tun haben sollten. Ich quittierte es mit einem Schulterzucken, Nadine hingegen mit ständigen Blicken nach draußen.

Ich überlegte kurz, sie zu fragen, was los sei, hielt mich jedoch zurück. Ich bin nur der Bruder, es geht mich nichts an, wenigstens einen Abend lang, dachte ich.

Hier und jetzt, in der überschaubaren Bar irgendwo in Schwabing, scheint Elias sehr gelöst. Seine Kumpels auch. Nadine ebenfalls, was mich beruhigt. Sie trinkt viel und ausgelassen, plaudert mit der Gruppe und einigen anderen Menschen, ist ganz sie selbst. Ihre Freundin hat doch noch abgesagt, aber das stört sie nicht wirklich; ohne es darauf anzulegen, lernt Nadine in anderthalb Stunden mehr Leute kennen als ich in zehn Jahren. Wir alle stoßen auf den Abend an, ich insgeheim noch auf den Untergang. Denn der kommt, das ist sicher.

Draußen wird es dunkel.

Elias quatscht mit mir, wirkt nur leicht angetrunken, obwohl er allein hier in der Bar schon drei Gläser Gin Tonic und zwei Gläser Champagner getrunken haben muss, wenn ich richtig mitgezählt habe. Er wird schon irgendwie ein angenehmer Typ sein, soweit ich das beurteilen kann und will; wir alle haben unsere Macken, und wenn er nach Feierabend eine Weile braucht, bis er sich entspannen kann, dann ist das eben so. Nadine ist erwachsen, selbstbewusst und nicht auf den Mund gefallen. Manchmal zwar ein Fähnchen im Wind, aber kommt Zeit, kommt Veränderung. Das Getränk prickelt mir schnell ins Hirn, die Munterkeit wacht auf und breakdanced in meinem Kopf. Es fühlt sich gut an, keine Konsequenzen tragen zu müssen. Ich bestelle ein zweites Glas Champagner. Was soll's.

Die Bar spielt einen wilden musikalischen Mix aus Hip-Hop-, Rock- und Pop-Klassikern. Hier sollen sich sowohl Mitte-30-jährige buckelnde Afterwork-Gesichter als auch Mitte-20-jährige rumstudierende Beforework-Gesichter wohlfühlen und sich für ein paar Stunden wie eine ganz große Nummer vorkommen können, wenn sie eine völlig überteuerte Flasche Alkohol gekauft haben und bei jeder Gelegenheit mit »Den Song kenn ich!« angeben können, wenn sie das wollen. Vielem kann ich nichts abgewinnen, aber als *Voodoo Child* von Jimi Hendrix gespielt wird, denke ich »fuck it«, schließe die Augen und lasse mich sanft vom wenigen Alkohol und hart vom brutalen Gitarrenorgasmus des Songs auf die noch leere Tanzfläche führen, spiele Luftgitarre und beame mich für fünf Minuten gedanklich nach Woodstock, weg aus irgendeiner schäbigen, pseudofancy Münchner Bar, in der auffallend zu viele dafür zu alte Männer mittels Basecaps krampfhaft versuchen, jung zu wirken.

Als das Lied vorbei ist, bemerke ich meinen Stirn- und Achselschweiß, schnüffle einmal kurz instinktiv daran und muss laut loslachen. Elias' Kumpels lachen auch, auch wenn ich mir nicht sicher bin, ob mit mir oder über mich, was mir schönerweise scheißegal ist. Kurz frage ich mich, wieso mir das nicht schon immer scheißegal war. Ich gehe auf die Toilette, benutze zum ersten Mal eins dieser »öffentlichen« Deodorants und erkenne endlich den Sinn darin.

Mir ist warm. Ich kühle mich mit einer Cola an der Bar, komme mit einer Frau ins Gespräch, die meine Tanzeinlage mit Amüsement beobachtet hat und mich fragt, mit wem ich da sei. Ich zeige auf Elias' Kumpels. Da sie mit ihren breiten Schultern und recht ähnlichen Klamotten irgendwie wie eine Gang wirken, sie auch Rap mögen und ich ihre Namen vergessen habe, habe ich sie mittlerweile einfach die »E-Unit« getauft. Ich will mit meinem zeigenden Finger weiterwandern, finde jedoch weder Nadine noch Elias.

Ich schaue durch die Glaswand nach draußen, sehe sie nicht. Ich entschuldige mich bei der Frau und gehe nach draußen. Noch immer keine Spur von den beiden. Ich checke mein Handy, nichts. Ich schaue mich um, nichts, nur andere Partymenschen, die Partydinge tun. Unter dem Schein der Straßenlaternen, getrieben von einer lauen Sommerbrise, fegt eine schwarze Plastiktüte über den Asphalt wie eine kleine Maus. Als ich gerade eine Zigarette aus der Schachtel kramen will, höre ich Stimmen.

Ich gehe ein paar Schritte ums Gebäude und sehe die beiden in einer dunklen Ecke. Er ist über sie gebeugt, sie versteckt sich in ihren eigenen Armen. Er stiert sie direkt an, fixiert sie. Als sie seinen Augen ausweichen und den Kopf zur Seite neigen will, packt er sie am Kinn und bewegt es zurück in sein Sichtfeld. Sein Ton ist bestimmt, stechend, er spuckt Kanonensalven aus, Nadine zerbröckelt. Ich verstehe die Wörter nicht, aber die Situation. Ich mache ein paar langsame Schritte auf sie zu. Sie sehen mich nicht.

Ich bilde mir ein, dass er mit jedem Schritt, den ich mache, leiser spricht. Als ich näher komme, sehe ich, wie er Nadine am Hals packt und sie würgt. Sie stößt klägliche Laute aus, ringt nach Luft, er lässt sie kurz atmen, drückt wieder zu. Ich stehe einen Moment da wie paralysiert, als wäre seine Hand gerade genauso an meinem Hals, ein Moment unter Wasser, in Ohnmacht badend, ein Moment, in dem alles in mir schreit, aber stumm bleibt, ich verbrenne und alles um mich herum mit mir, mein Körper ist ein schwarzes Loch, verschluckt alles, fühlt sich hohl an, hohl genug, dass etwas darin wachsen kann, etwas, das in mir sowieso sehr schnell fruchtbaren Boden findet: Hass.

In diesem einen Moment verbringt mein Erstgeborenes ein ganzes halbes Leben, ich begleite es zum Kindergarten, zum Zahnarzt, lasse es impfen, es wird größer und stärker und mächtiger, füttert sich von alleine, ich brauche ihm nur noch zuzuschauen, manchmal klopfe ich ihm auf die Schulter und rede ihm gut zu; es kann mir längst schon auf den Kopf spucken, wenn es möchte, es ist nicht mehr kontrollierbar, wir sind ebenbürtig, es wohnt zwar noch bei mir zu Hause, aber irgendwann wird es vollständig auf eigenen Beinen stehen, schon bald, daran glaube ich, das weiß ich, das ist sicher wie der Samen in der Kirche.

Und schließlich: Jeder Moment vergeht.

Er holt aus und versetzt ihr einen Schlag mitten ins Gesicht, ungebremst und gnadenlos, kaltblütig und hasserfüllt. Ihr Kopf bewegt sich in Kraftrichtung der Hand, dreht sich um 90 Grad; das Geräusch ist so laut, dass hinterher alles verstummt. Der Urknall. Alles zieht sich zusammen.

Mein Kind verlässt mich.

»DU VERFICKTE MISSGEBURT, DU DRECKIGER SCHEISSWICHSER!«

Eine halbe Sekunde ist er überrascht, die halbe Sekunde, die er letztlich zu spät reagiert. Mein Körper erinnert sich an ein paar Boxgrundlagen und ich verpasse ihm eine saubere Rechte mitten in die Fresse. Er hat nicht damit gerechnet, lässt Nadine los, taumelt zur Seite und verliert kurz das Gleichgewicht. Doch ich lasse ihn nicht fallen – ich helfe sofort nach. Ich stürme ihm hinterher, dresche wie wild in seine Magengrube, bis er sich zusammenkrümmt; alles, was ich mal an Technik gelernt habe, ist dahin. Mit einem markerschütternden Schrei erwidert er einen Schlag und trifft mich voll im Gesicht – doch ich spüre es kaum. Die Zeit verschwindet, jegliches Empfinden, meine ganze Wahrnehmung, alles verwischt und schwirrt vor sich hin, jede Bewegung dauert eine gefühlte Ewigkeit. Ich weiche kaum zurück, lasse ihn zu keinem Zeitpunkt aus den Augen und antworte ihm sofort, genauer gesagt seiner Nase. Als er zu Boden sinkt, zittere ich wie verrückt, die Anspannung ist grenzenlos. Für eine Sekunde hat Elias kein Gesicht, ist nur Hass und Geräusch, er schreit vor Schmerz oder Aggression oder beidem; das Einzige, was ich spüre, ist mein wie wild schlagender Puls sowie eine warme Flüssigkeit auf den Fingerknöcheln. Ich verstehe noch nicht ganz, was hier gerade eigentlich passiert. Er liegt vor mir auf dem Boden, ist aber noch immer energiegeladen und laut, seine Augen sind wieder da, sie funkeln mich an und wünschen mir den Tod.

»BEN!«, ruft Nadine, aber es hört sich an wie Hintergrundrauschen, in meinem Kopf spielen mir *Rage Against The Machine* ein Privatkonzert, das ich definitiv nicht ohne Tinnitus verlassen werde.

Elias schreit, will sich sofort wieder aufrappeln, doch ich reagiere rechtzeitig und trete ihn wieder nach unten. Und noch mal. Und noch mal. Mein Kind hat seinen Spielplatz entdeckt.

»HALT DEINE FRESSE, DU BESCHISSENE MISSGEBURT!«, brülle ich ihn an, werfe mich auf ihn, verpasse ihm noch mal eine Rechte und eine Linke und eine Mittlere und Obere und Untere, ich habe keine Kontrolle mehr über meine Gliedmaßen, sie fliegen völlig unkontrolliert in Richtung von Elias' Körper und Gesicht, während er sich krampfhaft mit den Armen wehrt und nur hin und wieder einen halben Treffer landet, aber keinen richtigen.

Ich merke mit jedem Schlag und jedem »BEN!« von Nadine, wie Elias die Kraft verlässt, er ruhiger wird, bis er sich schließlich nicht mehr bewegt.

Ich atme schwer, meine Hände blutverschmiert, beuge mich über ihn, checke, ob er noch atmet. Tut er.

»EY! EY DU DUMMER WICHSER, HAST DU DEN ARSCH OFFEN?!«, schreit die E-Unit.

Ich überlege kurz, ihnen die Situation zu erklären. Sehr kurz. Elias' Anblick macht deutlich, dass dieser Konflikt auf keinen Fall verbal geklärt werden wird.

Ohne den Vorteil des ersten Schlags bin ich sehr überfordert. Sie scheinen das zu riechen.

Das Zittern meines Körpers ist übermächtig, genau wie Elias' Kumpels. Ich versuche, mich irgendwie in Kampfstellung zu bringen, doch es ist nutzlos. Der erste von ihnen verpasst mir eine Gerade, ich kann weder kontern noch ausweichen. Ich will zurückschlagen, aber der andere tritt mir sofort frontal in den Bauch. Ich sacke zusammen, mein Hirn sucht Lösungen, und nachdem sich »kämpfen« ziemlich schnell als eher suboptimal herausgestellt hat, schreit alles nach flüchten. Weiter als drei Schritte schaffe ich es allerdings nicht, bis mich Arschgesicht Nummer eins am Schlafittchen packt und mich der Tritt von Arschgesicht Nummer zwei in die Position meines unausweichlichen Schicksals befördert: eingekauert auf dem Boden, die Schläge und Tritte zählend, in der Hoffnung, bis zum Ende zählen zu können und nicht das Bewusstsein zu verlieren. Weiter als acht komme ich jedoch nicht, die Schmerzen sind enorm, ich versuche, mich zu erinnern, was die beiden für Schuhe tragen, frage mich dann, wozu, was dieses Wissen jetzt für einen Unterschied machen würde, und langsam wird alles tauber und dumpfer. Im Hintergrund höre ich noch Nadine schreien.

Dann lasse ich los.

Ich versuche, meinen Körper zu spüren. Einfach zu spüren. Ob er noch da ist. Gespannt, wo der nächste Aufprall stattfinden wird.

Nirgends.

Die Tritte hören auf. Es scheint zu früh, ich kann noch etwas spüren, könnte vielleicht sogar aus eigener Kraft aufstehen.

Ich drehe mich und werde Zeuge eines völlig surrealen Szenarios. Eine schwarz gekleidete Gestalt nimmt die beiden alleine und nach allen Regeln der Kunst auseinander.

Jeder ihrer Angriffe wird sofort geblockt oder ihm ausgewichen, die Konter folgen so schnell, dass keiner der beiden weiß, wie ihm geschieht. Nachdem der Erste nachhaltig zu Boden geht, packt sich die Gestalt den anderen in eine Art professionellen Würgegriff, den Unterarm am Hals, hält ihn einfach, bis er Arschgesicht Nummer zwei einfach auf den Boden legt, völlig unaufgeregt, als hätte er gerade ein kleines Kind ins Bett gebracht, nur ein »Träum was Schönes« hätte noch gefehlt. Aber die Gestalt ist kein generischer Action-Film-Held mit flotten Sprüchen; die Gestalt kommt näher und ist Sandro.

»Ey, alles gut bei dir? Kannst du mich hören?«

»Ja«, krampfe ich heraus.

»Wo bist du grade?«

»Hä, was? In München.«

»Sehr gut. Wie heißt du?«

»Ben.«

»Ben? Alter! Ben! Junge, was los bei dir, warum hauen dir die Hemd-Pissköpfe da so dermaßen die Fresse ein?«

Ich zeige auf Elias. »Deshalb.« Sandro sieht den reglosen, blutverschmierten Elias, nickt seufzend und kratzt sich am Kopf.

»Ben?«, sagt Nadine, die sich vorsichtig zu uns herüberschiebt. »Alles in Ordnung?«

»Du solltest mal die anderen sehen«, krampfe ich heraus und muss lachen; es klingt völlig bizarr und psychotisch, als sei ich nicht mehr recht bei Verstand. Was vermutlich der Fall ist. Ich schmecke Blut. Das Lachen tut weh.

»Bruder, du kannst nicht einfach jemanden halb totschlagen!«, sagt Sandro, ich stütze mich einen Moment auf den Ellbogen, erhasche den Anblick der völlig zerrupften E-Unit, durch den seine Aussage einer gewissen Ironie nicht entbehrt. »Warum hast du das gemacht?«, fragt er.

»Der Wichser ... schlägt meine Schwester.«

Er schaut zu Nadine. Sie sieht auf den Boden, zur Seite. Obwohl ich noch immer halb im Delirium bin, spüre ich, wie wahnsinnig schmerzhaft und unangenehm das für sie ist. Dann nickt sie.

»Geh damit zur Polizei«, sagt er so knapp wie ernst.

Nadine schweigt.

»Der da ist keine Dauerlösung«, sagt er und zeigt auf mich. »Kein guter Bodyguard.«

Sie reagiert nicht.

»So, Bro, jetzt komm mal hoch da.« Er reicht mir die Hand und zieht mich nach oben, stützt mich, bis das meiste Blut meines Körpers wieder dorthin fließt, wo es soll.

»Geht's?«

»Glaub schon.«

»Kannst du mal kurz Wasser holen?«, sagt er zu Nadine. Sie nickt und verschwindet Richtung Bar.

»Was machst du hier eigentlich?«, frage ich.

»Türsteher. Ich bewach nicht nur Mülltonnen, weißt.«

»Ah.«

»Ich ruf 'nen Krankenwagen jetzt. Brauchst du auch einen? Oder gehst du selber hin?«

»Nee, danke. Ich geh heim.« Auf gar keinen Fall verbringe ich meine letzten Tage im Krankenhaus.

»Digga, die haben richtig fett auf dich eingetreten.«

»Egal. So schlimm ist's nicht. Also echt nicht. Bin ja noch da, oder? Also geistig.«

Sandro inspiziert mein Gesicht. »Ja gut, also Kiefer ist vermutlich nicht gebrochen«, sagt er und zeigt dann auf meine Stirn, »aber hier, du hast 'n Cut an der Stirn und 'ne aufgeplatzte Lippe. Tut das hier weh?« Er drückt sanft auf meine Rippen, ich stöhne direkt auf. »Jo, geprellt«, sagt er. »Also nicht megaschlimm, geht auch ohne Krankenhaus, aber ey, sei vorsichtig jetzt die Tage.«

»Alles klar.«

Nadine kommt mit einer Flasche Wasser zurück. Ich spüre jeden Tropfen mein Inneres hinunterfließen.

»Nadine?«, stammle ich.

»Ja?«

»Lass uns gehen. Nach Hause.«

»Was? Ben, du musst …«

»Nee. Passt. Sieht schlimmer aus, als es ist.« Sie schaut Sandro fragend an, der zuckt mit den Schultern. »Bitte«, flehe ich. Nadine weiß nicht, wie sie damit umgehen soll.

»Ich ruf euch ein Taxi«, unterbricht Sandro die Stille.

»Was? Wie? Nein, das geht nicht! Was ist mit Elias?«, fragt Nadine entgeistert.

»Ich kümmer mich drum. Ihr geht jetzt heim. Und halt dich von dem Typen fern.« Nadine will etwas erwidern, als Sandro hinzufügt: »Meine Mutter hat jahrelang unter so 'nem Arschloch gelitten und ich und mein Bruder auch. Und sie hat ihn auch noch jedes Mal verteidigt. Glaub mir, renn, solang du kannst.«

Nadine verstummt. Ich auch.

Sandro verabschiedet sich von uns, holt sein Handy raus, ein paar Minuten später steht ein Taxi da.

Ab nach Hause.

NACH UNS DIE STINKWUT
90 %

Am Abgrund gibt es oft einen guten Ausblick. Wenn es vor einem nach unten geht, bedeutet das, dass man aktuell recht weit oben ist. Aber auch, dass man fallen kann. Das Fenster ist offen, unsere Welt klein und die Nacht alt.

»Fuck, das brennt wie Scheiße!«, jammere ich.

»Es sieht ja auch richtig scheiße aus. So. Fertig.«

Ich biete ihr eine Zigarette an. Sie zögert kurz, greift dann zu.

»Danke. Seit 'ner Weile hab ich das nur noch heimlich gemacht.«

»Wieso?«

»Elias mochte das nicht.«

Ich überlege, was ich sagen soll, wie ich es ansprechen soll, wie ich den richtigen Ton treffe oder ob das überhaupt möglich ist. Ich entscheide mich, zu schweigen, sie nicht in eine unangenehme Situation zu bringen. Ich nicke. Schaue sie an. Wir blicken uns in die Augen. Schweigen beide.

»Weißt du … es hat so nicht angefangen«, durchbricht sie schließlich die Stille. »Überhaupt nicht.«

Ich brauche nichts zu sagen. Sie holt kurz Luft, überlegt, wo sie anfangen soll.

»Elias ist jemand, der in der Hölle Heizungen verkaufen

könnte. Und er weiß das. Es ist total krass. Wenn Elias irgendwo ins kalte Wasser geworfen wird, dauert's nicht lange und es ist sein Privatpool, als hätte er nie was anderes gemacht. Er weiß immer, welche Knöpfe er drücken muss, um das zu bekommen, was er will oder wen er will. Mich zum Beispiel.«

»Wie war das denn?«

»Völlig unspektakulär. In 'ner Bar. Ich fand ihn recht hot, auch wenn er eigentlich überhaupt nicht mein Typ ist. Wir ham' uns aber gut verstanden und ich dacht mir: ›Fuck it! Auf geht's, Toyboy!‹, und hab ihn eben mit nach Hause genommen. Irgendwie ist das dann aber nichts Lockeres geblieben. Er wollte ständig irgendwas mit mir machen, ins Museum, zu irgendwelchen Lesungen, ins Theater, picknicken. Er war echt hartnäckig und es ging ihm auch nicht nur ums Vögeln. Da dachte ich nach 'ner Weile: Ah, krass, der interessiert sich wohl *wirklich* für mich. Und irgendwann waren wir dann eben zusammen.«

»Klingt ja bisher ganz sympathisch.«

»Ja. War's auch. Also: Wir waren immer noch recht frisch zusammen, so zweieinhalb Monate, schätze ich, und ich war krass verknallt in ihn. Hätte ich vorher nie gedacht. Aber ich dachte: Geil! Wie schön ist das denn bitte? Und dann hab ich meine Tage nicht mehr bekommen.«

»Habt ihr nicht …«

»Ben, ich bin 'ne erwachsene Frau, die viel Sex hat, du kannst mir echt glauben, dass ich weiß, wie man verhütet.«

»Sorry, war nicht so gemeint!« Ich ärgere mich, dass es mir so schwerfällt, einfach mal über alte Muster drüberzukritzeln und sie ruhen zu lassen; vielleicht brauche ich einfach einen neuen Stift.

»Ja, das glaub ich dir, 'ne blöde Frage ist es trotzdem. Nachdem ich da aber alles durchprobiert hab, hab ich mir irgendwann gedacht: Warum ist das meine Aufgabe? Warum muss ich mich da so krass drum kümmern und die Kerle fast nicht? Zieh dir einfach ein bescheuertes Kondom über den Pimmel, so schwer ist das ja nicht.«

»Und was hast du dann zu ihm gesagt?«

»Erst mal nix. Und dann hab ich überlegt. Recht lange. Ob ich *jetzt* Kinder will, ob ich *überhaupt* Kinder will, ob ich ihn fragen soll, was *er* so denkt und will, aber ich hab dann einfach für mich festgestellt: Nee, ich will keine Kinder. Jetzt nicht und auch später nicht. Und nein, ich brauch ihn auch nicht fragen, *my body, my choice*, es ist mein Körper und die Entscheidung treff ich alleine. Und dann … hab ich abgetrieben.«

»Krass.«

Wir aschen synchron in den Abgrund. Ziehen. Ich suche ihre Hand mit meiner, die beiden finden und bergen einander. Dann umarmen wir uns und sagen nichts.

So stehen wir eine Weile da.

»Also weiß er es gar nicht?«, frage ich schließlich.

»Oooh, doch. Oh, doch. Als ich dann damit durch war, hab ich mich dazu entschlossen, ihm davon zu erzählen. Ich mein, bis dahin war er einer der einfühlsamsten Menschen, die ich kannte.« Sie schaut zur Seite. »Und dann ist es zum ersten Mal passiert. Er ist ausgerastet. So hab ich ihn noch nie gesehen. Ob ich den Arsch offen hätte, so was alleine zu entscheiden, das wäre mindestens genauso sehr seine Entscheidung gewesen, und was weiß ich noch. Seine Augen haben gebrannt, total krank, er sah völlig irre aus. Nach dem Schlag, also es war nur ein Schlag …«

»Was heißt hier *nur*? Einer ist einer zu viel!«, platzt es aus mir heraus, ich spüre meine Wut wieder hochkochen, doch merke, dass das jetzt nicht der Moment dafür ist.

»… jedenfalls: Danach hat er mich sofort in die Arme genommen, mich auf die Stirn geküsst, sofort beteuert, dass das gerade ein riesiger Fehler war, dass er gar nicht weiß, wo das herkommt, dass das für ihn nur deshalb ein so emotional aufgeladenes Thema ist, weil er mich liebt. Das war krass, das war das erste Mal, dass er mir das gesagt hat. Ich war komplett durch den Wind. Da ist dieser Typ, in den ich über beide Ohren verliebt bin, und der sagt mir, dass er mich liebt. Mir hat bis dato noch nie jemand gesagt, dass er mich liebt. Ich war wie vom Blitz getroffen.« Sie schüttelt den Kopf. »Er war auch völlig aufgelöst, völlig neben sich. Hat's sofort wahnsinnig bereut. Er hat sogar geweint. Bis zu dem Zeitpunkt wusste ich nicht mal, dass er dazu überhaupt fähig ist. Das muss jetzt total schräg klingen, ich weiß, aber im Wesentlichen war es so, dass ich *ihn* beruhigen musste.«

Meine Augen fallen mir fast aus und meine Ohren ab. »Wie jetzt?«, frage ich, als hätte ich mich verhört.

Nadine fährt fort: »So verletzlich hab ich ihn noch nie gesehen. In dem Moment kam's mir vor, als hätte er sich zum ersten Mal so richtig, richtig geöffnet. Ich war nur so: ›Ah, krass, er lässt mich wirklich an sich ran.‹ Und ich weiß, das ist irgendwie weird, aber ich hab mich dann gefühlt, als wäre ich ihm wirklich wichtig. Als wäre ich wirklich was wert.«

Ich schaue sie nur sprachlos an und stelle fest, dass ich es mir nicht annähernd vorstellen kann, wie es in ihrer Lage gewesen sein muss.

»Er hat sich dann noch 1000-mal entschuldigt und geschworen, dass das nie wieder passiert. Er war unglaublich … sanft.«

Ich kotze allein schon aufgrund seiner Formulierung »dass *es* nie wieder passiert«, als ob Schläge einfach so vom Himmel fallen und man keinerlei Einfluss oder Kontrolle darüber hat, dieses rhetorische Sich-aus-der-Verantwortung-Ziehen. Die Antwort auf die Frage, ob er seinen Schwur gehalten hat, kennen wir beide.

Sie nimmt einen tiefen Zug, atmet den Rauch aus und schließt die Augen, hält sich die Zigarettenhand vors Gesicht, versteckt sich. Sie schnieft. Ich beobachte den Hauch von Rauch, wie er ins Zimmer schwebt und sich sacht an die Decke schmiegt, um den Rauchmelder tänzelt, doch den interessiert das nicht.

»Was war denn heute der Auslöser?«

»Wir konnten keinen Sex haben, weil du da warst.«

»Bitte, was?«

»Und in der Bar hab ich ihm zu viel getrunken und scheinbar mit irgend 'nem Typen geflirtet, seiner Meinung nach.«

Mein Kopf schüttelt sich wie von alleine.

»Ich fass es nicht.«

»Weißt du«, sagt sie, »seit dem ersten fetten Streit wurde es irgendwie … irgendwie hängt seitdem alles schief. Wir streiten uns viel öfter. Ständig, eigentlich. Oft auch wegen Kleinscheiß. Und immer öfter eskaliert es dann auch …«

Sie schluckt.

»Ben, ich pack's nicht, ihm nach heute Abend noch mal unter die Augen zu treten. Ich hab richtig Angst, was er jetzt mit mir macht«, sagt sie perplex, mit Panik in der Stimme. Ich umarme sie fest.

»Bleib hier«, sage ich.

»Wie jetzt?«

»In meiner Wohnung.«

»Wir können doch nicht zu zweit in derselben Einzimmerbude wohnen.«

»Du kannst sie für dich haben.«

»Und was ist mit dir?«

»Ich komm bei 'ner Freundin unter.« Oder im Hotel, denke ich.

Sie überlegt.

»Da will ich noch mal drüber schlafen.«

»Aber bitte hier. Geh nicht zu ihm zurück. Ich bitte dich.«

Sie nickt. Wir lösen uns voneinander und beschließen, uns bettfertig zu machen.

»Sag mal, darf ich dich fragen, wieso du keine Kinder willst?«, frage ich, als wir im Dunkeln nebeneinander im Bett liegen.

Sie zögert. »Weil die's mal schlechter haben werden als wir.«

»Hm.«

»Wir zünden das Haus an, in dem wir leben, aber löschen es nicht, weil wir im dritten Stock wohnen und denken, das Feuer würde uns nie erreichen. Die unter uns verbrennen und schreien nach Hilfe, aber wir drehen lieber unsere Bluetooth-Boxen lauter, aus den Ohren, aus dem Sinn.«

Ich schnaube amüsiert, mein Zynismus labt sich an ihren Worten, meine soziale Ader auch, nur würzt sie die Erkenntnis mit ihren Tränen. Währenddessen sitzt meine unsoziale Ader breitärschig in der hinteren Reihe wie Jabba The Hutt, wirft sich Popcorn in den Rachen und lacht fatalistisch.

»Ich check's auch nicht, dass heutzutage *alle* Kinder wollen«, sagt sie. »Als ob's nichts Größeres gäbe. Die meisten kommen doch nicht mal mit sich selbst klar. Alles geht den Bach runter, aber die denken: *Hey, die Welt braucht unbedingt mehr von MIR! Das, was alles besser machen wird, ist der Spross MEINER Lenden!*«

Ich lache, weiß aber nicht, ob ich nicht eigentlich weinen sollte. Aber das soll nicht mehr mein Problem sein. Um fünf vor zwölf braucht man sich auch nicht mehr die Zähne zu putzen.

»Na ja, ich hab da vielleicht 'ne bisschen zu starke Meinung zu«, sagt sie.

»Lass ruhig alles raus.«

»Scheiße!«

Ich stupse ihr in die Seite. »Alles!«, sage ich.

»AAAAH!«, schreit sie.

»ALLES!«

»AAAAAAAAH!«

»Okay, das war jetzt vielleicht bisschen arg laut, ich hoff, dass die Nachbarn jetzt nicht sonst was denken.«

»Scheiß auf die Nachbarn!«

Wir lachen.

»Komm, ich zeig dir mal was«, sagt sie. »Funktioniert richtig geil, um sich abzuregen, mach mal noch mal das Licht an.«

Klick.

»Also: Du nimmst dir ein Kissen – rück mal ein Stück«, sagt sie und ich rutsche vorsichtig an den Rand des Bettes, »drückst deinen Kopf ins Kissen, damit das die Geräusche auffängt – und dann brüllst du, so laut du kannst!« Sie führt es vor und ich höre nur den dumpfen Rest ihres Schreis. »Siehste? So kannste alles rauslassen! Und wenn's nicht reicht, kannste noch die Arme und Beine dazu nehmen, guck, so.« Sie hämmert und trommelt und tritt und scheppert mit ihrem ganzen Körper auf die Matratze und brüllt dabei ins Kissen. Von oben schaut sie bestimmt aus wie ein Käfer mit epileptischem Anfall, Gregor Samsa auf Speed. Sie wird müde, taucht aus dem Kissen auf und atmet durch. »Jetzt du!«, sagt sie.

»Ähm, ich glaub, ich bin heute um ein Haar an 'ner Gehirnerschütterung und gebrochenen Rippen vorbeikommen.«

»Ah, oh, stimmt. Du hast dich vermutlich auch schon genug abreagiert.« Ihre Stimme senkt sich, sie macht das Licht wieder aus und legt sich zurück ins Bett. »Und du? Willst du mal Kinder?«, fragt sie.

»Keine Ahnung. Vermutlich nicht.«

»Ja, egal. Ist ja eh superhypothetisch alles. Man braucht ja sowieso überhaupt erst mal jemanden dafür. Falls du mal welche kriegen solltest, gib ihnen einfach keine bescheuerten Namen.«

»Ich werd mir Mühe geben.«

»Okay. Gute Nacht, Ben. Danke, dass du wieder da bist. Und danke, *dass* du da bist.«

»Gute Nacht.«

»Hey.«

»Mhm?«

»Danke.«

»Nichts zu danken.«

»Hey!«

»Ja?«

»Ich hab dich lieb.«

Mein Kopf wummert, ihre Worte durchströmen alle Windungen meines Bewusstseins, streicheln sanft mein Inneres an Stellen und auf eine Weise, die ich nicht kenne, von der ich aber vermute, sie mal gekannt zu haben, sie legen sich nieder und wachsen zu einem Lächeln heran. Mir wird warm. Ich zittere.

»Ich dich auch.«

WEICHEN
92 %

Es brodelt, es klickt, es fließt. Ich kann den Unterschied zwischen Traum und Realität noch nicht ganz ausmachen, mein Schädel brummt, mein Magen knurrt und meine Nase vernimmt einen dezenten Kaffeegeruch.

»Seit wann bist du denn schon wach?«, frage ich zerknautscht in den Raum hinein, während meine Augen sich noch darum bemühen, irgendetwas scharf zu stellen.

»Seit exakt einmal pinkeln gehen und einem Wasserkocher-Durchgang. Guten Morgen.«

»Morgen.« Ich hebe meinen Kopf vom Kissen, so gut ich kann. »Du hast schon Kaffee gemacht.«

»Passt das?«

»Klar!«

»Hat mich gestern auch extrem gewundert, dass du Tee wolltest.«

»Man muss auch mal raus aus der Komfortzone.«

Sie lacht laut auf, so laut, dass ich mich fast erschrecke.

»Was?! Herr Benjamin Schneider, dass ich solche Worte aus Ihrem Munde vernehmen darf!«

»Eeeey. Lass mich. War nur 'n Tee.«

Sie mustert mich und schmunzelt munter vor sich hin. »Wie geht's dir?«

»Bin völlig am Arsch. Alles tut weh. Aber irgendwie … besser als vermutet. Ich mein, hätte viel schlimmer sein können.«

»Hört sich gut an.« Sie wirft einen Blick auf meinen Radiowecker, drückt das Sieb der French Press nach unten, gießt den Kaffee in eine Tasse und reicht sie mir.

»Danke.«

»Bitte«, sagt sie und schaut sich bewusst in der Wohnung um. »Du hast es eigentlich ganz schnucklig hier.«

»Findest du?«

»Na ja, bisschen leer ist es irgendwie. Ziemlich leer sogar. Ist auch irgendwie neu bei dir. Du konntest doch sonst nie was wegwerfen. Aber doch, ich find's ganz schön. Dein eigenes kleines Reich.«

»Willst du die Wohnung?«

»Wie?«

»Ob du sie haben willst. Ich brauch sie nicht.«

Kaum spreche ich den Satz aus, merke ich, wie untaktisch er war.

»Was soll das heißen, du brauchst sie nicht?«

Ich winke ab. »Ach, einfach, dass ich auch bei 'ner Freundin unterkommen würde. Und, ähm, ja. Du brauchst sie. Also die Wohnung. Du solltest definitiv nicht zurück zu Elias.«

Sie grübelt, blickt im Raum umher. Ich beruhige mich. Knappe Kiste.

»Hm. Was für 'ne Freundin ist das denn?«

Ich überlege, was Nadine überzeugen könnte.

»Ach so, nee, nicht *eine* Freundin. *Meine* Freundin.«

»Du hast eine Freundin?! Und dir ist gestern nicht in den Sinn gekommen, das mal zu erwähnen, nachdem wir uns ein Jahr nicht mehr gesehen haben?«, sagt sie stürmisch und haut spielerisch nach mir. »Menschenskinder, Ben!«

»Ja, sorry, mein Fehler. Ich wollt halt wissen, was es bei *dir* so Neues gibt. Ist ja auch egal, jedenfalls bin ich eh ständig bei ihr, von daher …«, ich blicke meine kahlen Wände an, »ah, ja, genau, deswegen ist es hier auch so leer. Ich hab einen guten Batzen Zeug schon bei ihr, weil ich … genau … sowieso sehr oft bei ihr bin.«

»Okay. Na, dann ist das vielleicht gar nicht mal so blöd. Ich überleg es mir mal, ja? Aber erzähl mal, ist das was Ernstes?! Muss ja! Du bist quasi schon bei ihr *eingezogen*? Krass!«

Ich reibe mir demonstrativ die Schläfen. »Klar, erzähl ich dir, aber wollen wir erst mal was frühstücken?«

»Gute Idee, ich hab mega Hunger.«

Als ich mich aus dem Bett und in eine dunkle Jeans und helles T-Shirt gewuchtet habe, erstaunt mich kurz der Blick auf die Uhr: Es ist halb eins.

Zum Glück. Ich trinke meine Tasse leer und wir machen uns auf, schlendern über das sonnige Hellgrau der Straßen und ich fabuliere ihr eine Geschichte zusammen, wie ich meine angebliche Freundin kennengelernt hätte. Sie heißt Steffi, ich habe sie irgendwann zufällig bei einem Bahnchaos am Ostbahnhof getroffen, wir haben in dieselbe Richtung gemusst und sind am Bahnsteig ins Gespräch gekommen, typisch Münchner S-Bahn, 35 Minuten standen wir da dumm rum, aber wir haben uns super verstanden, nur hatte sie noch einen Freund, Betonung auf noch, zwei Monate später nämlich nicht mehr, und sie hatte sich tatsächlich an mich erinnern können, ich war baff, sie hatte mich als »Ben vom Bahnchaos« im Handy gespeichert und ich sie als »Steffi vom Bahnchaos«, wir scherzten rum, dass das unser gemeinsamer Adelstitel sei, und jetzt sind wir ein Paar und Friede, Freude, Zukunft.

Details sind wichtig. Fast hätte ich mir selbst geglaubt. Ich habe auch kurz überlegt, die Geschichte von Emma und mir zu erzählen, aber das hätte sie mir nicht abgekauft. Das Leben spielt manchmal unrealistischer als so manch erfundene Geschichte. Nadine glaubt sie jedenfalls und das ist gut.

Da wir deutlich später dran sind als die brunchende Schickeria Münchens, bekommen wir tatsächlich noch einen Tisch für zwei im Café Amsel.

Die Bedienung kennt mich mittlerweile und begrüßt uns herzlich. Mit einem breiten Lächeln im Gesicht fragt er nach unseren Namen und stellt sich anschließend selbst vor. Einfach so. Ich bin verwirrt. Seit Jahren komme ich hierher, noch nie habe ich ein Café als einen Ort gesehen, an dem man menschliche Kontakte knüpft, einfach so. Hier bestellt man Produkte, Getränke und Speisen, die bekommt man dann serviert, Dienstleistung, fertig, aus. Ich brauche kurz, steige dann aber in den Smalltalk ein. Die Bedienung heißt Frank, ist sehr bärtig und sehr nett.

Was hier denn gut wäre, fragt Nadine, und ich antworte, dass alles gut sei und ich alles schon probiert habe, sie braucht nur zu fragen. »Alles alles?«, fragt sie. »Oh, ja!«, wirft Frank ein, »Der Gute hier hat letztens an einem Tag alles auf der Karte gegessen und getrunken. Alles.«

»Wirklich?«, fragt sie ungläubig, »Wieso das denn?«

»Warum nicht?«, antworte ich.

Sie schüttelt amüsiert den Kopf. »Junge, Junge, du bist echt ein neuer Mensch. Was ein Jahr ausmacht, ey.«

Klar, ein Jahr, denke ich, lache innerlich zynisch und gerate dann ins Grübeln.

Frank unterbricht Geplapper und Gedanken mit einem »anyway«, ich frage mich kurz, ob er in seiner Freizeit am Lagerfeuer Gitarre spielt, und Nadine sagt, dass wir noch einen Moment brauchen. Frank geht. Ich merke, wie sie sehr zögerlich die Karte scannt und auf ihrem Daumennagel herumkaut. Ich kenne diesen Blick, es ist ihr Ich-kann's-mir-eigentlich-nicht-leisten-Blick. Sie bemerkt, wie ich ihn bemerke, und interveniert sofort: »Komm gar nicht erst auf die Idee, mich einzuladen!« Ich höre auf sie, komme aber auf eine andere Idee und entschuldige mich auf die Toilette. Ich sehe, wie sie in ihrem Geldbeutel kramt, und fange Frank auf meinem Weg Richtung Klo ab.

»Komm mal kurz hier rüber, bitte.«

Er ist verwirrt, folgt mir aber. Ich erkläre ihm die Lage, drücke ihm einen Hunderter in die Hand und sage: »Der Rest ist dann für dich.« Er nickt.

Als ich vom Pinkeln wiederkomme, nimmt Frank unsere Bestellung auf. Er schaut auf sein iPad-Kassensystem und verkündet: »Ha, krass. Ihr habt echt ein Scheißglück.«

»Was?«, fragt Nadine.

»Also, wir haben grade Jubiläumswoche. Und ihr seid die tausendsten Kunden! Und Kundinnen, sorry.«

»Wie jetzt? Und was heißt das?«

»Eure Bestellung geht aufs Haus!«

»Verarschst du uns?«

»Dazu hab ich keine Zeit, Liebste. Also die meisten freuen sich darüber. Die, die Nummer 500 waren zum Beispiel, die haben uns einen ganzen Pistazien-Cheesecake weggefuttert und haben's gefeiert.«

Ihre Skepsis weicht und ihre Augen leuchten auf, sie schaut mich verdutzt an, zögert einen Moment. »Ja, äh, geil!«, plumpst es dann aus ihr heraus. Sie strahlt, wir bestellen, danach singt sie: »Oh yeah, oh yeah, wir bekommen ein Frühstück – umsonst – oh yeah, oh yeah!«

Ich glaube, ich freue mich gerade.

Wir schlendern durch die Isarvorstadt, vorbei am Gärtnerplatz und der Fraunhoferstraße, bleiben vor einer Kirche stehen und Nadine meint, sie sei da jetzt schon so oft vorbeigelaufen, jetzt möchte sie auch mal wissen, wie dieses scheußliche Ding heißt.

»St. Maximilian«, lese ich vor.

»Hm.«

»Und, Wissensdurst gestillt?«, frage ich. »Was fängt man denn mit so 'ner Info an?«

»Ist doch egal. Ich find's einfach schön, was über die Stadt zu wissen, in der ich wohne. Und ich will den Eiffelturm-Effekt vermeiden.«

»Den was?«

»Das hab ich mir ausgedacht. Wenn du in Paris wohnst, gehst du nie auf den Eiffelturm. Warum auch? Du hast ihn ja ständig vor der Nase, Touris wuseln da rum, er geht dir eigentlich nur auf die Nerven, also gehst du da nie hin. Ist doch aber voll schade, oder? Weil vielleicht ist es ja wirklich ganz nett da oben, wenn man mal außerhalb der Stoßzeiten hingeht. Und das verpasst man dann, obwohl man's vor der Nase hat. So wie in München niemand ins Hofbräuhaus geht.«

»Warum auch?«

»Eben. Oder in Berlin auf den Fernsehturm oder in Stuttgart … ehrlich gesagt, keine Ahnung, was man in Stuttgart so macht.«

»Arbeiten wahrscheinlich.«

»Yeah.«

»Dafür gehen in München ja aber alle in den Englischen Garten und an die Isar.«

»Ja siehste, und es wär doch furchtbar, das nicht zu tun, nur weil man's vor der Nase hat.«

Sie scheint wieder – und ich hasse diesen Ausdruck – »ganz die Alte zu sein«, zurück zu sich gefunden zu haben, euphorisch über schöne Nichtigkeiten und nichtige Schönheiten plaudernd, die Mensch gewordene Antithese zu Regelstudienzeit, Weihnachtsbaumschmuck, *Tatort* und Bausparen.

Wir laufen die Wittelsbacherstraße entlang, im schützenden Schatten der Bäume. Ich würde jetzt gern irgendwas sagen wie »es riecht nach frisch gemähtem Gras, Sonnencreme und Kindheit« und dass der Wind die Geräusche badender und sich freuender Menschen zu uns herüberträgt, aber dafür sind wir zu nah an der Straße, es stinkt nach Abgasen und ist scheißlaut.

In der Mitte der Reichenbachbrücke bleiben wir stehen, unsere Blicke Richtung Flaucher gerichtet.

»Danke übrigens für das Frühstück.«

»Warum danke? Wir haben Glück ge…«

»Nein, haben wir nicht, also bitte. Du hast kein Trinkgeld gegeben, was super ungewöhnlich für dich ist, und ich hoffe wirklich schwer für Frank, dass er sich mit dem Kellnern kein Schauspielstudium finanziert, da seh ich keine Zukunft für ihn«, lacht sie, »Jubiläumswoche, was für ein Bullshit!«

»Verdammt.«

Sie umarmt mich von der Seite.

»Wie gesagt, danke.«

»Klar, gerne. Bist du grade so knapp bei Kasse?«

»Ich muss für Pharmazie echt scheiße viel lernen, dann jobbe ich nebenher eben noch, aber für München reicht das halt hinten und vorne nicht.«

»Aber gehört die Wohnung da nicht Elias' Eltern?«

»Ja, schon. Aber kennst du das nicht, was man über reiche Leute sagt? Das sind die schlimmsten und knauserigsten von allen. Elias wohnt da mietfrei, ich zahl aber den Mietspiegel-Preis mit 15 % Rabatt, weil ich ja die Freundin bin.«

Ich lache los.

»Kein Scheiß. Und Elias selber ist nich' besser. Klar, manchmal hat er die gebügelten Spendierhosen an und prahlt gerne, so wie gestern zum Beispiel, schau mal, Champagner. Aber ey, wir haben eine WG-App für stinknormale Lebensmitteleinkäufe gehabt. Als Paar. Immer wieder, wenn er was Feines für sich *selbst* wollte, hat er mich total gönnerhaft eingeladen, aber sonst hat er alles ganz strikt getrennt.«

»Der Typ macht mich so wahnsinnig aggressiv. Boah! Ich frag mich da echt, wie du das mitmachen konntest.«

»Tja, wieso hab ich das mitgemacht? Gute Frage, Mensch. Komisch, dass ich mir die nicht schon früher gestellt hab!«
Sie starrt aufs Wasser.

»Sorry, ich wollte nicht …«

»Na, keine Ahnung, warum ich das ›mitgemacht‹ hab! Weil mit uns allen irgendwas nicht stimmt! Wir sind doch alle irgendwie kaputt. Kennst du irgendjemand, der oder die normal im Kopf ist? Ich glaube, ich würde einem Menschen, der komplett normal im Kopf ist, nicht mal über den Weg trauen, weil ich mir denken würde, das kann doch nicht sein, *wie, mit dir ist nichts falsch, what the fuck, was ist falsch mit dir?* Und, keine Ahnung, das ist wohl mein blinder Fleck. Männer.«

Wir schweigen beide. Beobachten ein paar Enten, die an der Wasseroberfläche entlanggleiten, sich in die Isar setzen und vor sich hin treiben.

»Ich mein … weiß nicht. Wir sind ja beide super privilegiert aufgewachsen, hatten nie finanzielle Sorgen, aber das heißt ja nicht, dass wir deshalb einfach so glücklich sind. Ich frag mich zum Beispiel immer noch, was bei dir nicht stimmt, na ja, außer, dass du halt bisschen … festgefahren oder … verbohrt bist. Oder warst. Keine Ahnung. Aber vielleicht hast du auch einfach Glück.« Sie starrt mich einen langen Moment lang an. »Oder du versteckst es einfach sehr gut.«

Ich war schon immer mein liebstes Versteck; blöd nur, dass es so gut ist, dass mich dort wirklich nie jemand finden kann.

»Tut mir leid«, sage ich.

»Was denn?«

»Ach, alles. Dass ich immer so scheiße zu dir war.«

»Angenommen. Aber das stimmt ja so auch nicht ganz, du warst doch nicht *immer* scheiße zu mir. In den letzten Jahren hast du es vielleicht ein bisschen zu gut mit mir gemeint und dich als Ersatz-Papa aufgespielt. Ja, das war bisschen zu viel. Aber nichts, was man nicht verzeihen kann.«

Sie lächelt. Ich nehme sie in den Arm.

»Nimm meine Wohnung«, sage ich. »Bitte. Zumindest, bis du was anderes hast.«

»Wie viel kostet deine Miete denn?«

»Du musst mir dafür nichts geben. Ich meine, ich würde die ja so oder so zahlen, ob du da jetzt wohnst oder nicht.«

»Ich kann das nicht, Ben. Lass mich dir was dafür geben. Wie viel?«

Ich grüble kurz, um mir eine plausible Lüge einfallen zu lassen. »520 warm.«

»Verarsch mich nicht.«

Ich habe zu lange gegrübelt.

»Verdammt. Ja gut. 800.«

»Das kann ich mir nicht leisten. Sorry.«

»Musst du ja nicht, ich will nix dafür, glaub's mir doch, du nutzt mich auch nicht aus oder sonst was. Ich hab nicht so oft die Gelegenheit, jemandem zu helfen, der mir was bedeutet.«

Mein Hirn stolpert und fällt ungebremst auf die Fresse. Es rappelt sich auf und fragt mein Herz: »Es gibt Menschen, die uns was bedeuten? Warum wusste ich davon nichts?!«, während mein Herz nur mit den Schultern zuckt und erwidert: »Tja, du hast ja nie gefragt.«

Nadine strahlt und singt mit Kindergartenstimme: »I-iiich bedeute dir waaas! I-iiich bedeute dir waaas! Na nana naa naaa!«

Wir lachen. Ich gebe mich pikiert: »Schön, dass du meine Gefühle so respektierst.«

»Du hast Gefühle? Ich bin entzückt!«, sagt sie und umarmt mich. »Spaß, Spaß, Spaß.«

»Da siehste mal, ich war selbst überrascht. Aber seh ich das jetzt richtig: Du willst keine Hilfe oder Unterstützung von mir, obwohl du sehr knapp bei Kasse bist?«

»Genaaauu!«

»Sicher?«

»Ja. Sicher.«

Ich greife meinen Geldbeutel und hole einen 100-Euro-Schein heraus. Ich halte ihn ihr vor die Nase.

»Sicher, dass du das nicht gebrauchen kannst?«

Sie zeigt dem Schein einen Stinkefinger.

Ich werfe den Schein in den Fluss.

Ihr Lächeln verschwindet schneller als Atheismus im abstürzenden Flugzeug.

»Äääääh«, antwortet sie eloquent.

Ich nehme einen zweiten Hunderter in die Hand.

»Nee? Keine Hilfe?«

Ihr Mund bleibt stumm, ihre Augen verfolgen den Schein in meiner Hand.

Kein Wort. Zack.

»BEN, BIST DU BESCHEUERT?!«

Dritter Schein.

»HÖR AUF DAMIT!«

Die ersten Leute auf der Brücke drehen sich zu uns um, es wird Nadine unangenehm. Ich weiß nicht, ob ich jemals so viel Spaß hatte.

»Willst du ihn?«

»NEIN, ABER DU KANNST DOCH NICHT …«

»Doch.«

Schwups. Ich hole einen vierten heraus.

»WARUM HAST DU ÜBERHAUPT SO VIEL BARGELD DABEI? HÖR AUF!« Sie greift nach meinem Unterarm. Ich ziehe ihn weg.

Eine Pfandflaschensammlerin läuft vorbei, ich halte sie kurz an und frage: »Hey, wollen Sie 100 Euro?«, sie schaut mich entgeistert an, nimmt den Schein, sagt leise »Danke« und läuft völlig verdutzt weiter, schaut mir noch einige Male ungläubig hinterher.

»Das ist besser«, sagt Nadine.

Nummer fünf.

»BEN …«

Die Isar dankt.

»OKAY! OOOKAY! Ist ja gut! Ich nehm deine Wohnung. Du bist ja völlig übergeschnappt.«

Ich grinse. Sie haut mir leicht auf die Stirn.

»Der ganze Bub ein Depp«, sagt sie in ihrem schlechtesten Bayerisch.

Wir beschließen, zu ihr nach Hause zu fahren und ihre wichtigsten Habseligkeiten zu holen, in der Hoffnung, dass Elias noch nicht da ist. Ist er nicht. Als wir in meiner Wohnung ankommen, gebe ich ihr die Schlüssel und empfehle, Sandro zum eigentlichen »Umzug« mitzunehmen. Sie hält das für eine gute Idee. Ich gebe ihr seine Nummer.

Wir gehen Pizza essen, Spezi trinken, legen uns bis zur Dämmerung in den Englischen Garten und ich stelle fest: Der Sommer ist in der Stadt und den Köpfen der Menschen angekommen.

Vielleicht sogar in meinem.

SCHUBWEISE
94 %

Ich sitze im Hotelzimmer und habe mein Handy am Ohr. Es tutet.

»Hi Ben!«, sagt eine Stimme am Telefon, die nicht Emma gehört.

»Wer ist da?«

»Feli.«

»Hi Feli! Wo ist denn Emma?«

»Emma ist im Krankenhaus.«

»Was?«, stammle ich, während es mir den Magen umdreht. Nein, denke ich, nicht sie, denke ich.

»Ich bin bei ihr im Zimmer, sie ist grade bei der Oberärztin.«

»Fuck. Was ist denn passiert? Geht's ihr gut?«

»Ja.«

»Äh, okay. Gut. Kann ich irgendwas tun, ihr irgendwas bringen, ihr …«

»Ich denke nicht«, sagt sie, im Hintergrund sind Geräusche zu vernehmen, »sie kommt gerade wieder, warte mal.«

»Wo liegt sie denn? Kann … kann ich sie besuchen oder so?«

»Ich frag sie.«

Hintergrundgemurmel.

»Wenn du magst, gerne. Sie liegt im Klinikum rechts der Isar, ich schreib dir gleich, wo genau.«

»Alles klar, ich komm vorbei.«

Sie legt ohne weiteren Kommentar auf. Kurz darauf bekomme ich eine WhatsApp-Nachricht von einer fremden Nummer, mit Flur- und Zimmernummer und dem Hinweis: »Sie mag gelbe Tulpen sehr gerne und Mitleid überhaupt nicht. Nur, dass du vorbereitet bist. LG Feli«.

Gute Menschen.

Um zirka halb elf betrete ich mit Rucksack auf dem Rücken die Neurologie. Die Info, dass sie dort liegt, hat mich erst verwundert und dann rätselnd zurückgelassen. Nach kurzer Odyssee durch die sterilen Gänge lande ich in ihrem Krankenzimmer, das sie sich mit einer dösenden und schnarchenden alten Dame teilt. Ich betrete das Zimmer und sehe blasse Wände, blasse Betten, blasse Gesichter; alles ist steril, seelen- und trostlos. Der Raum erinnert mich daran, wieso es Kranken- und nicht Gesundenhaus heißt.

»Hey«, sage ich. »Schön, dich zu sehen.«

»Hey, ebenfalls«, sagt sie, »was ist denn mit deinem Gesicht passiert?«

»Hab eine kassiert.«

»Mehr als eine vermutlich.«

»Stimmt.« Emma liegt im Bett, an ihrem Arm ist eine Kanüle festgepflastert. Sie hat Augenringe, ein etwas aufgeschwemmtes Gesicht und wirkt gleichzeitig angespannt und erschöpft, sonst aber recht normal; trotzdem liegt ein

Schleier der Schwermut über allem im Raum. Ich setze mich auf einen Stuhl an ihrem Bett.

»Wie geht's dir?«, frage ich.

»Besser als vor zwei Tagen.«

»Was ist denn passiert, was fehlt dir? Feli hat mir quasi nichts erzählt.«

»Ist dir schon aufgefallen, dass ich zum Beispiel keinen Alkohol trinke? Und dass mich Hitze sehr doll fertigmacht?«, fragt sie in einem resignierten Tonfall.

»Schon.«

»Und ist dir auf dem Festival aufgefallen, dass ich jeden Morgen Tabletten schlucke?«

»Was? Nein.«

Meine Hände liegen auf meinen Oberschenkeln und wollen irgendetwas tun, sie streifen und kratzen meine Jeans entlang und kommen nicht zur Ruhe.

»Fuck, bin ich diskret. Ha. Ich bin gut«, murmelt sie und reckt unbegeistert eine Faust halb in die Luft.

»Das heißt ...?«

»Ich hab MS.«

»Fuck.«

»Jap.«

»Das ...« tut mir leid, möchte ich sagen, besinne mich aber auf Felis Ratschlag, »ist richtig scheiße. Ähm ... was ist MS noch mal?«

»Multiple Sklerose. Mein Immunsystem greift mein eigenes Nervensystem an.«

»Fuck.«

»Jap.«

Ich krame unbeholfen nach Worten.

»Shit ey. Krankheiten sind so richtig unfaire Fickdrecksscheiße.«

»Ach was? Wie kommst du denn zu der ausgeklügelten Erkenntnis?«, sagt sie mit hochgezogenen Augenbrauen.

»Na, es ist ja nicht so, als wärst du von ’nem MS-Laster umgefahren worden und bäm, auf einmal hast du’s, sowas kommt ja vermutlich einfach aus dem Nichts und zack, hast du die Arschkarte.«

Sie zuckt mit den Schultern.

»Und dass das grade dir passiert … das hast du nicht verdient.«

Ihre Miene entgleist. »Was soll das denn heißen?«

»Wie? Ich …«

»Boah, ich hasse diesen Satz, *du hast das nicht verdient*«, ihr Ton wird schärfer, sticht, »wer sagt denn, dass ich das nicht verdient hab? Hm? Und wer hat es denn bitte verdient, wenn schon nicht ich?«

»Also, ich meine …«

Mein Kopf rotiert, spielt mir Gesichter der Vergangenheit und Gegenwart vor; er bleibt kurz bei Reichardt stehen, kurz bei mir, rattert weiter und weiter, und je länger er rattert, desto schneller rattert er, desto weniger ist zu erkennen.

»Ich würde niemandem diese beschissene Krankheit wünschen, niemandem!«

Das Bild verschwimmt, wird immer unschärfer und blendet schließlich über in ein alles einnehmendes Dunkel.

»Tut mir leid. Du hast recht.«

»Den Scheiß musste ich mir schon so oft anhören, ich krieg da die Krise.«

»Verstehe. Sorry.«

»Ja, passt«, grummelt sie.

»Und wieso bist du jetzt grade hier? Musst du immer mal wieder hierher?«

»Nee. Ich hatte einen Schub.«

»Was bedeutet das?«

Sie wird ruhiger, starrt apathisch und leer in mein Gesicht. »Ich werd dir jetzt keine Nachhilfe in MS geben, das kannste gerne selber nachschauen, wenn's dich interessiert, aber wie gesagt, mein Körper greift mein Nervensystem an, und bei mir eben in Schüben, also in unregelmäßigen Abständen, und das kann dann irgendeine Körperfunktion treffen und die beeinträchtigen. Am Anfang war's zum Beispiel mein linkes Auge.«

»Okay. Und der Schub jetzt?«

»Mein rechtes Bein.« Es geht ihr verdammt sachlich über die Lippen. Bei jeder Erneuerung eines Personalausweises wird emotionaler kommuniziert. »Ich bin im Treppenhaus fast die Stufen runtergefallen, weil ich das Bein nicht mehr anziehen konnte und es kaum mehr gespürt hab, es hat sich so angefühlt, als würde das nur an mir dranhängen, aber nicht wirklich zu mir gehören. Als wenn's betäubt gewesen wäre und ich es nur mitgeschleift hätte.«

»Fuck.«

Ich kratze all meine Fassung zusammen, und als ich merke, wie sich meine Emotionen in den Vordergrund drängen möchten, drücke ich sie mit aller Gewalt zurück. Völlig unangemessen, hier zu weinen, was soll das denn jetzt, völlig albern. Reiß dich zusammen. Ich schlucke es runter und es funktioniert. Ich will nicht, dass es wirkt, als sei mein Mitleid schmerzhafter als ihre Realität, die Realität eines sich selbst zerstörenden Körpers. Am liebsten würde ich ihr einfach meinen geben.

»Wie geht's dir jetzt?«, frage ich.

»So weit ganz okay«, sagt sie, »abgesehen davon, dass ich müde bin, aber nicht schlafen kann, meine Backen sich anfühlen, als wären sie Brei, und ich angespannt bin wie Sau.«

»Klingt spaßig.«

»Scheißkortison, ey. Ich würd am liebsten einen Hund beißen!«

»Hä?«

»Keine Ahnung! Das Zeug macht mich fertig. Es nervt. Na ja, wie auch immer.« Sie starrt schweigend zum Fenster hinaus. Ich weiß nicht, was ich sagen soll, also öffne ich meinen Rucksack und krame darin herum.

»Was hast du denn da?«, fragt sie.

Ich packe einen Zettel aus, auf dem gelbe Tulpen abgedruckt sind.

»Ich dachte, echte wären zu kitschig, aber hier hast du ein paar theoretische Blumen.« Sie kichert und nimmt den Zettel gespielt euphorisch in die Hand. Der Themenwechsel scheint sie abzulenken.

»Danke schön! Das ist das schönste theoretische Geschenk, das ich seit Langem bekommen hab!«

»Stets zu Diensten. Aber«, sage ich und ziehe noch etwas aus dem Rucksack, »das ist natürlich nicht alles. Ein paar BrezeN, nur für dich. Also falls du die jetzt grade essen darfst. Ich hab extra geschaut, dass mir kein *Zugeroaster …*«

»Boah, du sagst das so falsch«, sagt sie und lacht.

»... dass mir kein Zugereister, also explizit kein nach München gezogener Bäcker oder keine Bäckerin, eine BrezeL verkauft. Tada! As bayerisch as possible.«

»Mega!«

»Und Spezi gibt's auch.«

Als die Flaschen aneinanderklimpern, grunzt die alte Frau im anderen Bett kurz auf, schaut sich verdutzt um und wird langsam wach.

»Geil!«, sagt Emma.

»Und«, ich verlasse das Zimmer und komme mit einem Strauß gelber Tulpen wieder, »noch richtige Blumen!«

»Iiiih, wie kitschig!«, frotzelt sie. Ich drehe mich sofort um und wende mich der alten Dame zu, die Blumen anbietend.

»Entschuldigen Sie, gnädige Dame ...«

»Ist ja gut!«, raunt Emma mir zu.

»Was?«, fragt die Dame noch halb schlaftrunken.

»Ich ... äh, nichts. Ich wollte mich nur entschuldigen, falls ich Sie geweckt habe. Wollen Sie vielleicht eine Brezel?«

»Naa, I mog koa Brezn und a Brezel scho glei goa ned, lasst's mir mei Ruah!«, raunt sie mich mit einem so tiefen Bayerisch an, dass ich sofort einen ländlich-herben Kuhstallgeruch in der Nase habe. Emma kichert vorsichtig in ihre vorgehaltene Hand.

»Alles klar, kein Problem, schönen Tag noch«, will ich sie befrieden.

»Schleich di!«, sagt sie auf eine verzückend gesprächsbeendende Art.

Ich reiche Emma den Strauß, sie nimmt ihn an sich und betrachtet ihn wie ein Kind ein Kaleidoskop. Sie schließt die Augen und riecht daran. »Der ist superschön. Danke.«

Sie lächelt. Ich auch.

Wir essen und trinken und schweigen ein angenehmes Schweigen, kein »Es gibt nichts mehr zu sagen«-Schweigen, sondern ein »Pause machen«-Schweigen, ein »Man versteht sich auch ohne Worte«-Schweigen. Sie bröselt auf die Decke, ich wische die Krümel auf eine Zeitschrift und entsorge sie.

Vorsichtig ergreife ich wieder das Wort: »Wie war das denn bei deinem ersten Schub, mit deinem Auge? Siehst du da jetzt nix mehr?«

Sie schweigt.

»Also es interessiert mich einfach, wir können aber auch über was anderes reden, wenn du magst.«

»Nee, ist okay«, sagt sie und sammelt sich. »Also am Anfang hab ich einfach weniger gesehen; weniger Licht, weniger Farben, alles war dunkler und ich hatte richtig Schmerzen im Auge, so einen unangenehmen Druck. Irgendwann kamen graue Stellen im Sichtfeld dazu. Ich hatte richtig Panik. Mit der Zeit ging das aber langsam wieder zurück, also es hat sich wieder gebessert, meine Sehkraft ist aber trotzdem nicht mehr so gut wie vorher.«

Sie zuckt mit den Schultern.

»Du steckst das echt weg, als wär's nichts. Krass. Sehr bewundernswert«, sage ich.

»Nein.«

»Hm?«

»Nein, tu ich nicht. Ich steck das nicht weg, als wär's nix«, sagt sie ruhig und bestimmt und sieht mir dabei direkt in die Augen. »Überhaupt nicht.«

»Inwiefern nicht?«, frage ich behutsam, fast schon hauchend, als könnten die falschen Worte etwas zerbrechen.

»Es ist eine Sache, zu wissen, dass ich das hab. Das ist ja schon beschissen genug. Ich leb dauerhaft mit der Angst, dass jederzeit was passieren kann. Ich muss Tabletten nehmen, ständig bei meiner Neurologin antanzen, MRTs machen lassen, auf mich achten, keine Zigaretten, kein Alkohol, nur noch hin und wieder kiffen gegen Muskelschmerzen, das ist ja alles okay.« Sie trinkt einen Schluck Spezi, starrt das Etikett an. Beginnt, es abzupulen. »Die andere Sache ist, es zu *spüren*. Mir geht's gut. Also mir *ging's* gut. Ich hab's halt verdrängt. Fuck, ey, die letzten Monate waren so schön. Und dann, zack, in your face.«

Ich nehme ihre Hand und hoffe, es ist ihr nicht unangenehm. Ist es nicht. Sie erwidert.

»Mein eigener Körper ist ein fucking Damoklesschwert. Yay!« Sie seufzt. »Ich dachte, ich hätte mich damit abgefunden. Na ja. Falsch gedacht.«

Sie atmet tief ein und aus. Ihre Hand drückt stärker zu.

Wir sitzen eine Minute einfach so da, vielleicht zwei, vielleicht mehr. Die Stille wird nur einmal kurz von einem sehr auswürfig klingenden Rotzen der alten Dame unterbrochen, dessen Absurdität uns beide zum Kichern bringt. Die Frau raunt ein »Hm?« hinterher, unsicher, ob wir sie meinen, schließt dann aber wieder die Augen und kümmert sich vermutlich wieder ums Schlechtgelauntsein. Kurz frage ich mich, was sie hierhergebracht haben könnte, und finde es nicht mehr lustig.

»Hast du Angst?«, frage ich Emma. Sie überlegt.

»Ich schieb die Angst irgendwie vor mir her, aber die kommt immer wieder. Wie wenn man nachts 'ne Allee von Laternen langläuft, man lässt den Schatten immer hinter sich, aber der kommt immer und immer wieder aus dem Nichts nach vorne geschossen, bis die Scheißallee irgendwann vorbei ist.«

»Meinste, das geht mit der Zeit weg?«

»Vielleicht. Wenn man von der Allee nicht runterkommt, muss man halt mit ihr leben lernen.«

»Wie oft kommen Schübe denn normalerweise?«

»Keine Ahnung, unregelmäßig halt. Ich weiß nicht, wann der nächste ist. Vielleicht morgen, vielleicht in zwei Jahren, vielleicht in fünf ...«

»Das heißt aber auch, du kannst Glück haben und hast jetzt vielleicht 30 Jahre keinen Schub mehr.«

»Ja, schon. Vielleicht aber auch nicht.«

Sie besieht unsere ineinander verschränkten Hände, fährt mit ihrem Zeigefinger über meinen Handrücken.

»Das gehört halt zu mir«, sagt sie, »es ist scheiße, ich hab's mir nicht ausgesucht, aber ich muss halt damit leben. Und ich sterbe jetzt auch nicht viel früher oder so deswegen. Ich leb fast genauso lang wie gesunde Menschen. Die Frage ist halt nur, wie.«

»Ich drück dir alle verfügbaren Daumen.«

Sie schmunzelt kurz, dann schweigen wir. Sie schließt die Augen. Ich schaue in ihr Gesicht, friedlich und unerschütterlich, trotzdem bleich, geschwächt, eine unwirkliche Kombination. Ich erinnere mich an die letzten Wochen mit ihr; der Lebensdurst ist offensichtlich stärker, wenn man sich immer wieder vor Augen halten muss, wie wenig Zeit man zum Trinken hat.

»Seit wann weißt du das denn?«

»Die Diagnose hab ich seit fünf Jahren, da war ich 22.«

»Wie war das, als du's erfahren hast?«

»Furchtbar.«

»Glaub ich dir. Ist bestimmt heftig, wenn man das gesagt bekommt.«

»Die Diagnose selber nicht mal. Die war fast so 'ne Art Befreiung aus dieser beschissenen, furchtbaren Ungewissheit der Zeit davor. Boah, und die Genugtuung war krass, als ich's allen unter die Nase reiben konnte, als die Diagnose dann da war.«

»Hä, wie meinste?«

»Alle – wirklich fucking ALLE – haben mich einfach nicht ernst genommen währenddessen. ›Ach, mach dir keinen Kopf, das ist nix‹, ›Das wird schon‹, ›Nee, such da nix drüber im Internet, das macht dich nur verrückt‹, und und und, ›Mach's nicht größer, als es ist, das wird schon nix sein‹, blablabla. Alle haben so getan, als würde ich mich irgendwie anstellen oder so, als wäre ich ein Hypochonder, alle, meine Eltern, meine Freundinnen und Freunde, die Leute aus der Uni, einfach alle«, sagt sie wütend, während sie versucht, sich zu beherrschen. »Ich saß zwei Wochen auf heißen Kohlen, und als ich die Diagnose dann bekommen hab, war ich nur so: Da! Fickt euch! Fickt euch alle hart! Hier, ich simuliere nicht! Hier steht's!«

Die Aufregung hat sie sichtlich angestrengt. Sie atmet durch und nimmt sich zurück, bis der Zorn in ihren Augen abnimmt.

»Ach du Scheiße«, sage ich.

»Immer wenn ich da dran zurückdenk, bin ich direkt wieder auf 180«, sagt sie ruhig und beherrscht, »niemand hat auch nur irgendwas gesagt wie ›Hey, fuck ey, das könnte echt was Ernstes sein, pass bitte auf dich auf, ich bin für dich da, schau, das hier ist der worst case, und selbst wenn es das ist, wir packen das, ich bin da, ich bleib da‹, irgendwas in der Art, nee, niemand, egal, wer. Das hätte ich mir irgendwie gewünscht.«

Sie starrt an die Decke, presst die Lippen aufeinander. »Oder dass wenigstens mal jemand gefragt hätte: ›Hey, was brauchst du gerade?‹« Sie atmet laut und schnell ein, dreht ihren Kopf zur Seite. »Boah, ich weiß echt nich', warum ich dir das erzähle.«

Ich lächle.

»Was wünschst du dir jetzt grade?«, frage ich.

»Keine Ahnung«, murmelt sie. »Vielleicht … einfach nicht alleine sein.«

»Kriegen wir hin.«

Ich gebe ihr einen Kuss auf die Stirn und sie lächelt.

»Fühlst du dich denn oft allein? Du kennst doch Tausende Leute und hast ständig Menschen um dich rum.«

»Jaaa, schon. Aber wenn's drauf ankommt, dünnt sich das schnell aus. Das Interessante dabei ist, find ich, dass alle *mich* ständig nach Hilfe fragen. Und ich helf ja gerne. Wirklich. Aber wenn ich mal Unterstützung brauch, heißt's fast immer, ›die packt das schon, die ist doch tough‹ oder ›die ist doch stark, die kriegt immer alles gebacken‹, und das stimmt meistens schon, ja. Ich komm sehr gut selber klar. Aber ich will es nicht immer *müssen*.«

Den restlichen Tag verbringe ich bei und mit ihr, an ihrem Bett und mit leichten Spaziergängen. Ich hole uns Kreuzworträtsel und weiteres genießbares Essen, zwischendurch kommen Krankenhausangestellte ins Zimmer und machen mit ihr Physiotherapie und Massagen. Einmal lässt sie mich alleine zurück, als sie zu einem Nerventest muss, um zu schauen, ob sie Berührungen im Bein spürt. Wir lernen die alte Dame kennen, sie heißt Rosi, ist ihrer eigenen Meinung nach »viel zu alt« und hat nicht eingesehen, sich die Einkäufe in die Wohnung tragen, geschweige denn liefern zu lassen. Sie sei noch fit, sagt sie, »wie a junger Hupfer«, aber leider sei sie letztens nach dem »Hupfen« gestürzt. Jetzt hat sie ein Schädelhirntrauma und bald eine wöchentlich gelieferte Biokiste. Als Emma mich als ihr Gspusi vorstellt, lacht sie sehr laut auf (»Ha! Ihr jungen Leut'!«). Am Ende des Tages hat sie sich an uns gewöhnt und nimmt sogar eine Brezel an, bevor ich gehe. Ich gebe Emma einen Abschiedskuss und warte auf das Ende des Tages.

Am nächsten Tag komme ich wieder und bleibe, so lange sie mich lassen.

Am übernächsten Tag bekommt sie die Ergebnisse früher als gedacht, die Abschlussvisite ist noch am selben Abend statt am nächsten Morgen. Ich warte im sterilen Foyer, das mit ein paar Pflanzen geschmückt ist, die bestimmt keine bis kaum Pflege bedürfen und jede Apokalypse überleben würden. Müssen sie auch, die Luft hier schmeckt nach Desinfektionsmittel und Bedauern. Emma kommt auf Krücken den Flur entlang, ich geleite sie ins Carsharing-Auto und fahre sie nach Hause.

ZURÜCK
98 %

Die Uhr sagt 19:30 und wir nicht viel. Wir betreten das Gebäude, in dem sie wohnt, und arbeiten uns langsam die Treppe hoch.

Dritter Stock, kein Aufzug. Jede einzelne Stufe ist schief, selbst wenn sich eine gerade unter ihnen verstecken würde, würde man die nicht erkennen, weil die genauso aus der Reihe tanzen würde wie alle anderen auch. Die gesamte Treppe ist am Geländer an einer riesigen Holzsäule befestigt, die sich vom Erdgeschoss bis ganz nach oben in den vierten Stock zieht.

»In den Neunzigern haben die hier richtig fette Partys gefeiert, so heftig, dass die Treppe Risse bekommen hat«, erklärt Emma.

»Ach krass. Und, ist das immer noch so mit den Partys hier?«

»Ha, you wish. Wenn du freitagabends auf dem Balkon mit deinem Handy Musik hörst, kommt ein Werkstudent von oben runter und beschwert sich, ob's denn nicht leiser geht, er müsse ja morgen früh arbeiten.«

Punk ist tot, denke ich. Am nächsten kommt man der Rebellion heutzutage, indem man einen wütenden Tweet in den Orbit hinausposaunt, und wenn der mehr als drei

Likes kriegt, fühlt man sich, als hätte man die Welt verändert. Wie schön sie wäre, wenn das tatsächlich klappen würde.

»Ich kenn das von früher. Bei mir im alten Job haben auch alle ihr Burnout als Medaille getragen und verstanden. Wenn du nicht kurz vorm Zusammenbruch bist, biste faul.«

»Zum Glück zwingt die ja niemand dazu. Also gefällt's ihnen ja irgendwie. Können ja alle machen, wie sie wollen. Verstehen muss ich's nicht.«

Sie gibt mir den Schlüssel, ich schließe die Wohnung auf. Drei Zimmer, zwei Menschen. Ihre Mitbewohnerin ist aber nie da, entweder arbeitet sie oder ist, so wie jetzt, bei ihrer Verlobten.

»Am Anfang fand ich's bisschen schade, mittlerweile hab ich mich dran gewöhnt«, meint Emma. Sie führt mich einmal durch.

Ihr eigenes Zimmer ist eine Bastion des geordneten Chaos. Ein riesiges quadratisches Regal teilt den Raum, die Bücher sind in zwei Reihen hineingequetscht und gestapelt und quillen heraus, als hätte sich das Möbelstück überfressen. Überall Kleinkram, Andenken, Souvenirs, Dekoscheiß.

An der Wand hängen wild durcheinander jede Menge Bilder, schief, gerahmt und ungerahmt, teilweise einfach lose Polaroid-Aufnahmen mit Reißnägeln befestigt, ein unüberschaubarer Wulst von Menschen und Ereignissen, ein Konglomerat aller möglichen Erinnerungen. Kaum ein freier Platz ist ungenutzt. Am Fenster Pflanzen, an der Tür Sticker, überall Trubel, dieser Raum wird wirklich bewohnt und belebt. Ich zeige auf die Bilder. »Hat das hier eigentlich irgendein Konzept?«

»Nee, hab einfach drauflos gehämmert. Gerade passt nicht zu mir. Ich mag das so.«

»Gefällt mir auch irgendwie.«

»Sicher?«, fragt sie lachend.

»Klar. Wenn ich das nächste Mal umziehe, mach ich das auch so«, versichere ich.

Haha.

»Hast du denn genügend Bilder?«

»Die werden sich dann schon finden.«

»Sehr gut. Also ich brauch immer irgendwas an den Wänden. Ich find, das macht Räume einfach lebendiger. Und das überträgt sich dann immer auf einen. Auf mich zumindest«, sagt sie. »Ein Freund von mir ist mal umgezogen, hat seine ganzen alten Bilder und Poster mitgenommen und sie in seinem neuen Zimmer in die Ecke gestellt. Und da standen die dann. Bis er wieder ausgezogen ist.«

»Haha«, sage ich und fühle mich erwischt.

»Er war sich nie sicher, wo er die Bilder hinhängen soll, weil er Angst hatte, dass es ihm vielleicht an dieser oder jener Stelle doch nicht gefällt, dass da dann ein unschönes Loch in der Wand ist oder sonst was. Das Ergebnis war dann halt, wie gesagt, dass die Wände bis zum Ende weiß geblieben sind. Obwohl es jede Menge Möglichkeiten gegeben hätte.«

Sie zuckt mit den Schultern.

»Dass man einen Nagel auch wieder aus der Wand rausziehen und das Loch zuspachteln und überstreichen kann, das kam ihm nicht mal in den Sinn. Das lag komplett außerhalb seiner Vorstellungskraft. Als ich ihm das beim Auszug gesagt hab, war ihm das richtig unangenehm.«

»Und wie sieht seine neue Wohnung jetzt aus?«

»Megaschön! Er hat am Anfang bisschen rumprobiert und dann peu à peu seinen Stil gefunden, und ich lieb's. Aber ohne das Rumprobieren wäre er da halt nicht hingekommen.«

Ich frage mich, ob ich noch zu dekorieren brauche, wenn die Substanz bröckelt, oder ob es reicht, bis zum Einsturz die Fassade aufrechtzuerhalten.

Sie setzt sich ins Bett, während ich in der Küche Tee mache. Ich komme zurück, reiche ihr eine Tasse, wir plaudern und es fühlt sich an, als bräuchte es nicht mehr als das. Zwei Getränke, zwei Menschen, ein paar Wörter. Wir sitzen am Tisch und ich erzähle ihr vom Zwischenfall mit Nadine und Elias. »Der Sandro, der Security vom Supermarkt?!«, lacht sie an entsprechender Stelle. »Wie geil ist das denn?«

»Wär natürlich geiler, wenn's nicht nötig gewesen wäre. Aber joa, jetzt hab ich sie eben bei mir einquartiert.«

»Du hast das Richtige getan.«

»Jedenfalls wollte ich dich fragen …«

»Du kannst hier pennen, klar.«

»Oh, danke.«

»Aber – aber! Was bringst du denn so mit, also außer der Fähigkeit, Tee kochen zu können?«

»Brezeln.«

»Brezen! Das müssen aber schon viele sein, um eine Miete zu zahlen. Was noch?«

»Ich kann deine Steuererklärung machen.«

»Sexy. Was noch?«

»Ich hab ein richtig geiles Huhn-T-Shirt.«

Sie lacht. »Da hast du aber früh deinen Trumpf gespielt.«

»Ich hatte nie sonderlich viel Glück im Spiel.«

»Und in der Liebe?«

»Seh ich so aus?«

»Hm.«

Ich umklammere meine Tasse wie ein Schiffsgeländer auf hoher See. »Wann hast du eigentlich Geburtstag?«, fragt sie aus dem Nichts.

»Äh, so in drei Monaten ungefähr, wieso?«

»Weil ich jetzt dein Sternzeichen und deinen Aszendenten rausfinden will, um zu schauen, ob die Sterne meinen, dass wir gut zueinander passen.«

Ich runzle die Stirn.

»Natürlich nicht, mich interessiert einfach, wann du Geburtstag hast.«

»Ah. Okay.«

»Und, hast schon Pläne? Feierst du?«

»Nee, hab ich nicht vor.«

»Hast eher einen ruhigen Tag angedacht?«

»Kann man so sagen.«

Sie wartet kurz, um mir Platz zu lassen, noch etwas zu ergänzen. Ich verzichte. »Okay«, sagt sie und anschließend legt sich eine Stille über den Raum, die sich unberechenbar anfühlt.

Ich lehne mich zu ihr und suche ihre Hand, um sie zu streicheln. Ich fühle mich verklebt im Kopf. Sie nimmt meine Hand zaghaft in Empfang und räuspert sich. »Sag mal, was wird'n das mit uns eigentlich? Deiner Meinung nach?«, fragt sie.

»Wie meinst?«

»Also ich verbring gern Zeit mit dir, ich fühl mich bei dir

ziemlich wohl, aber ich hab total das Gefühl, dass es bei dir … na ja, ich weiß nicht so recht. Bei dir ist es irgendwie mal so, mal so. Du hast immer so 'nen Schutzwall aufgebaut, über den man nur hin und wieder mal drüberspicken kann, aber auch immer nur ganz kurz. Na ja, also ich frag nur, damit wir beide hier ungefähr wissen, wo das Ganze hinführt. Halt so, um Missverständnisse zu vermeiden.«

»Okay.«

»Weil bisher hab ich das als was recht Lockeres gesehen und jetzt nicht direkt als was, das auf was Langfristiges rausläuft, nur dass du das weißt, und …«

»Alles easy.«

Langfristig, was für ein Quatsch. Jede Form von Langfristigkeit ist eine Illusion. Man kann immer erst im Nachhinein sagen, ob etwas langfristig *war*. Jede Beziehung kann abrupt enden, jedes Gebäude einstürzen, jeder Job plötzlich gekündigt werden, egal, was für Versprechungen und Berechnungen am Anfang stattgefunden haben. Alles, was nach einer Weile noch steht, wird zum Wunderwerk erklärt. Über die Trümmerhaufen redet man einfach nicht. Und von denen gibt es deutlich mehr.

»Okay, cool«, sagt sie, »aber wie ist es denn bei dir? Sag mal. Das interessiert mich schon. Und über so was sollte man immer reden, finde ich. Vor allem rechtzeitig.«

Mein Verstand tanzt noch in anderen Regionen, ich winke ihn her, er trabt langsam los.

»Keine Ahnung. Ich hab mir darüber noch keine Gedanken gemacht. Ist auch egal. Kein Stress.« Meine Schläfen pulsieren, die Schläge machen sich bemerkbar. »Bin eh bald weg«, murmle ich mit geschlossenen Augen vor mich hin, während mich eine Salve aus Müdigkeit gähnend niederstreckt.

»Äh, okay? Wie meinst du das denn?«

»Hä?«

Fuck.

»Was das heißen soll, du bist eh bald weg? Bin ich irgendwie so 'ne Art temporäres Projekt für dich, oder wie?«

»Was? Nein, nein, Quatsch.«

Kontrolle. Bisher hatte ich die Kontrolle über mich. Weitestgehend zumindest. Habe es sogar geschafft, die Anarchie irgendwie lenken zu können, aber ein unaufmerksamer Moment reicht. Aber wozu etwas beziehungsweise jemand Toten kontrollieren? Ich bin es leid.

»Okay, was dann? Find ich schon 'ne ziemlich komische Ansage.«

Fuck it.

»Ich, ähm ... werde bald sterben.«

Sie richtet sich auf, ihr Gesicht entgleist. »Bitte, was? Was ist los? Warum?«

»Ich lasse mich umbringen.«

Sie richtet sich auf, lehnt sich mit aufrechtem Rücken an die Wand, schaut mir völlig verdattert ins Gesicht, versteht nicht ganz.

»Was? Wie?«

»Ich hab einen Auftragsmörder dafür bezahlt, mich umzubringen.« In meinem Ton liegt eine Selbstverständlichkeit, die mich selbst überrascht. Sie genauso. Ihr Mund geht auf, sie will etwas sagen, reißt die Worte jedoch rechtzeitig wieder zurück in sich hinein. Sammelt sich. Überlegt.

»Verarsch…«, fängt sie an. Mein Blick verneint.

»Wieso?«, fragt sie baff.

Diese Frage ist so banal wie gewaltig.

»Weil ich nicht mehr will.«

»Warum?«

»Weil alles, was ich die letzten Jahre verspürt hab, nur eine einzige, große Leere ist«, sage ich, langsam, bedacht, ein Wort nach dem anderen.

»Wirklich, alles?«

»Ja.«

»Deshalb die Brandwunden?«

»Woher weißt du das?«

»Ich hab dich jetzt schon oft genug nackt gesehen.«

»Hm.«

»Also, ähm«, stottert sie, »ja. Uff. Ich bin ziemlich, ich sag mal … damit hab ich nicht gerechnet.«

»Wäre komisch, wenn du's hättest.«

»Magst du drüber reden?«

Ich zucke mit den Schultern. »Klar, wieso nicht.«

»Ich brauch noch einen Tee«, sagt sie, »magst du auch noch einen?«

»Gern.«

Sie fährt sich durch die Haare und will sich aufrichten.

»Bleib liegen, ich mach«, sage ich und gehe in die Küche.

Ich befülle den Wasserkocher, warte und starre durchs Fenster. Auf der Straße sitzen ein paar junge Menschen auf dem Bordstein, trinken Bier und wirken dabei, als hätten sie alles, was sie brauchen – und vor allem: es sich ausgesucht. Genau das wollen sie hier und jetzt und genau so,

Bier trinken auf diesem Bordstein, das ist die bestmögliche Verwendung von Zeit und Raum und Geld, sie reden und lachen und rauchen und trinken, haben sich, hurra. Eine Person hat Dreadlocks auf dem Kopf und eine Zigarette in der Hand und ich muss daran denken, dass Marketing Krieg ist, Wirtschaft ist Krieg und Krieg ist Wirtschaftswachstum, der Kreis schließt sich, und egal, wie scheiße man es findet, man ist Teil davon. Prost.

Ich komme mit zwei Tassen Kräutertee zurück, reiche ihr ihre, sie schlürft einmal sehr unvorsichtig daran und stellt sie auf ihrem Nachttisch ab. Ich setze mich neben sie aufs Bett.

»Also bitte versteh mich nicht falsch, ich würde einfach mal ganz naiv drauflos fragen, ist das okay?«, fragt sie.

»Ist okay.«

»Alles klar.«

»Du musst mich auch nicht mit Samthandschuhen anfassen.«

»Okay. Mhh … in den letzten Wochen, hast du da was gefühlt? So ganz grundsätzlich, irgendwas? Also was anderes als diese Leere?«

Ich lasse die letzten Wochen Revue passieren.

»Puh.«

»Bei der Sache mit deiner Schwester und ihrem Freund zum Beispiel? Oder als du gekündigt hast? Oder auf dem Festival?«

»Ja, schon.«

»Erzähl.«

»Bei der Sache mit Nadine einen wahnsinnigen Hass auf ihren Freund … und irgendwie war's schön, zu wissen, dass es ihr jetzt hoffentlich besser gehen wird. Und dass wir uns wieder verstehen und gut miteinander sind und, äh … dass wir uns lieb haben.«

»Das ist schön.«

»Dann … weiß nicht, also den Job gekündigt zu haben, das war schon befreiend. Ja, befreiend trifft's ganz gut, glaub ich. Und 'ne gewisse Schadenfreude oder Genugtuung, weil, ich hab, na ja, sagen wir mal, meinem Ex-Chef danach noch ein kleines bisschen das Leben schwermachen können.«

»Klingt nach dem Traum vieler Leute«, sagt sie lächelnd.

»Oh, es war fantastisch. Ähm. Und ansonsten, hm.«

»Hast du auch so was wie Freude empfunden?«

»Ich denke … ja. Also ja, hab ich. Tatsächlich.« Ich komme mir wahnsinnig merkwürdig vor, während ich das sage.

»Das ist doch wunderbar! Wann oder wie kam das?«

»Ich weiß nicht … ich glaube, oft einfach deshalb, weil ich was getan hab, weil mir … vermutlich, weil mir alles egal war.«

»Wie hat sich das angefühlt?«

Ich überlege. Sie lässt mir Zeit, verliert mich nicht aus den Augen. »Gut«, denke und sage ich. Sie wirkt angespannt, hochkonzentriert. »Doch, das hat sich ganz gut angefühlt.«

»Gut. Das ist gut.«

Ich fühle mich dumm. Da hat das Leben dieser wundervollen Frau gerade mit voller Wucht in die Fresse geschlagen und jetzt kümmert sie sich um mein Gejammer. Ich schüttle den Kopf.

»Ist alles okay?«, fragt sie.

»Ja. Ich komm mir nur völlig bescheuert vor gerade. Ich mein, du hattest eben einen MS-Schub und ich …«

»Man muss Leiden nicht vergleichen, bitte mach dir jetzt deswegen keinen Kopf. Das ist okay. Ich meine, wenn du dich wirklich umbringst …«

»… umbringen lässt«, werfe ich ein.

»Ja, wenn du dich umbringen lässt, dann ist das jetzt im Moment deutlich gefährlicher als meine MS.«

Sie hat mich nicht Klugscheißer genannt. Sie nimmt mich ernst. Ich reibe mir die Augen.

»Also ich fand die Zeit mit dir sehr schön«, sagt sie. »Ich *finde* sie sehr schön, ich genieße das wirklich. Und ich würde dich sehr vermissen, wenn du nicht mehr da wärst.«

Ich muss schlucken, der Kloß im Hals verschließt luftdicht. Ich sage nichts.

»Du hast eben gesagt, alles habe sich leer angefühlt in den letzten Jahren, richtig?«, fragt sie.

»Jap.«

»Und du hast gesagt, es hat sich gut angefühlt, als dir alles egal war, ja?«

»Ja. Worauf willst du hinaus?«

»Diese Momente, in denen dir alles egal war, die sich gut angefühlt haben – haben die sich auch leer angefühlt?«

Ich setze mich auf dem Bett auf, lehne mich an die Wand, mein Hintern auf der warmen, weichen Matratze gebettet, mein Rücken angelehnt an die kalte, harte Wand.

»Ich weiß nicht. Denke schon.«

»Seit du den Plan gefasst hast, also seit du den Killer engagiert hast«, sagt sie und hält kurz inne, »hast du dir da auch schon mal überlegt, dich vielleicht doch noch anders zu entscheiden?«

Die letzten Wochen rasen vor meinem inneren Auge vorbei, dann die letzten Jahre, ich schweife gedanklich völlig ab, Bilder und Gerüche und Töne vermischen sich und das Letzte, woran ich denke, als ich wieder zu mir komme, ist, dass man den Satz »Den musst du mal gesehen haben!« nur über Filme sagt, die man *selbst* gesehen hat, Menschen halten sich selbst für die Wahrheit und das Zentrum. Ich schaue Emma an, mir fällt sogar ihre Frage wieder ein. Ich muss lachen, sie schaut sehr skeptisch und besorgt.

»Die Sonne scheint zum Fenster rein, hak's ab, es wird schon richtig sein«, sage ich.

»Was soll das heißen?«

»Das ist so 'n alter Spruch aus der Wirtschaftsprüfung. Das sagt man manchmal so vor sich hin, wenn man wieder endlos viele Belege prüft, wo man weiß, dass die eigentlich eh alle stimmen. Man bekommt ja irgendwann ein Gefühl dafür, ob ein Mandant oder eine Mandantin richtig arbeitet. Da kann man dann davon ausgehen, dass, wenn ich jetzt 50 Belege geprüft hab und alle richtig waren, die letzten fünf auch stimmen werden. Man prüft sie natürlich trotzdem. Aber selbst, wenn nicht: vielleicht sind die auch schon unwesentlich.«

Erst als ich aufhöre zu sprechen, bemerke ich, dass ich grade Fachgeschwafel ausgekotzt habe.

»Okay. Aber hast du denn bisher all deine Belege geprüft?«

»Hm?«

»Im Hinblick auf dein Leben?«

Ich schweige.

»Du bist noch viel zu jung, um alle geprüft haben zu können, also lässt du ja grade welche weg, weil du ein Gefühl hast. Was aber, wenn dich dein Gefühl täuscht? Was, wenn unter den letzten fünf Stück wichtige Fehler sind? Wesentliche Fehler, die das Gesamtbild ins Wanken bringen?«

»Das wär natürlich scheiße«, sage ich und weiß selbst nicht, ob ich gerade von der Wirtschaftsprüfung oder meinem Leben rede.

»Dann hättest du deinen Job nicht richtig gemacht.«

»Das stimmt.«

»Meinst du, in den letzten Wochen waren vielleicht ein paar solcher Fehler dabei? Hast du dir überlegt, ob du die richtige Entscheidung getroffen hast?«

Ich überlege.

»Ich muss sagen … Hm. Es gab schon Momente, die mich haben zweifeln lassen.« Ich habe das komische Gefühl, schwach zu wirken, als ich das sage. Mein Verstand klinkt sich ein und erinnert mich sanft an meine eigenen Worte, dass alles egal sei und ist und wird. Ich glaube ihm.

»Gut«, sagt sie. »Das ist gut.«

»Ich weiß nicht.«

»Du hast doch bestimmt 'ne Menge Rechtliches machen müssen, oder? Also inhaltlich, im Studium und danach im Job, mein ich.«

Ich habe keine Ahnung, worauf sie hinauswill.

»Hä? Ja, klar.«

»Dann sagt dir ja *in dubio pro reo* was.«

»Im Zweifel für den Angeklagten.«

»Solltest du dein Leben nicht freisprechen, wenn es

Zweifel in der Anklage gibt? Wenn du dir nicht sicher sein kannst, ob du's wirklich zu 100 % verurteilen solltest?«

»Hm.« Eins null Logik.

»Auf Englisch heißt das ja *benefit of the doubt*, quasi der *Vorteil des Zweifels*, ich find, das passt ganz gut. Zweifel können wichtig und vorteilhaft sein. Und was bringen.«

»Dann kann ich ja aber auch die Entscheidung anzweifeln, es nicht zu tun – und es einfach tun.«

»Dann wirst du aber nie wissen, ob es richtig war.«

»Was weiß ich schon? Das ganze Leben ist doch nur ein einziges großes Ratespiel. Und ich hab mich halt oft verschätzt.«

»Aber wenn du aufhörst zu spielen, verlierst du auf jeden Fall.«

»Vielleicht hab ich das längst. Ich weiß es nicht.«

Sie lehnt sich zurück, stützt sich mit den Ellbogen auf dem Bett ab, die Beine ausgestreckt, sucht in der Struktur der Deckentapete nach Antworten.

»Willst du's rausfinden?«

»Ähm. Wie denn?«

»Willst du, ja oder nein?«

»Ja, klar.«

Sie nimmt sich ihre Krücken, eine Jutetasche und geht aus dem Zimmer. Ich höre ein Quietschen, es klappert, klickt, erneutes Quietschen.

»Augen zumachen!«, ruft sie ins Zimmer hinein. Ich gehorche. Höre sie zurück ins Zimmer tapsen. Spüre über die Matratze, dass sie sich hingesetzt hat. Sie kramt etwas aus der Jutetasche.

»Augen auf!«, sagt sie.

Ich blicke in den Lauf eines silbernen Revolvers.

Ich erschrecke zu Tode.

»ALTER!«, schreie ich, mein Herz stolpert und läuft gegen eine Wand und taumelt, mein Verstand rennt und schreit wild umher. Sie wirkt komplett stoisch, ich weiß nicht, ob mich das entspannen oder noch weiter beunruhigen sollte.

»Das hier ist ein ganz normaler Jagdrevolver, nix Besonderes, aber effektiv, gutes Preis-Leistungs-Verhältnis. Meine Mitbewohnerin würde mich umbringen, wenn sie wüsste, dass ich weiß, wo sie ihre Schlüssel für den Waffenschrank versteckt hat.«

Ich starre sie an und habe das Gefühl, seit einer halben Minute nicht eingeatmet zu haben.

»Sie ist Jägerin«, erklärt sie.

Die Trommel der Waffe ist ausschwenkbar. Sie zeigt sie mir. Sechs Patronen haben Platz, eine ist drin, dunkelrot, bordeaux, fast braun. Sie dreht die Trommel, klappt sie ein und hält mir die Waffe hin.

Ich starre sie nur an, die Waffe, sie, die Waffe, weiß nicht, was ich damit tun soll.

»Find's raus«, sagt sie.

Ich nehme sie in die Hand, unschlüssig, abwesend, verwirrt, mein Verstand sorgt erfolgreich dafür, mich komplett gefrieren zu lassen.

»Die Chance ist eins zu sechs. 16,7 %«, sagt Emma ruhig, sachlich. »Find raus, ob's die Zweifel wert sind, weiterzuraten.«

Die Waffe wiegt eine Tonne, drückt mich in meine Sitzposition, sie ist kalt und elegant. Viele Leute haben sich sehr lange sehr viel Mühe gegeben, etwas Leben einzuhauchen, etwas in die Welt zu bringen, das Leben aus der Welt bringt. Ich wiege sie hin und her, schaue in den Lauf, betrachte die Trommel, den Abzug, den Griff. Ich fühle mich wie in einem Eisbecken, gefriere, als würde mein Körper überall Stiche abbekommen, 4000 Nadeln bohren sich in mich und nageln mich an Ort und Stelle fest.

Ich lege meine Hand um den Revolver, greife zu, halte ihn fest, will ihn Richtung Schläfe führen, doch er wird schwerer und schwerer; als ich auf Höhe meiner Brust angekommen bin, beginne ich, zu zittern, ich befehle meinem Körper, sich einen Ruck zu geben, jetzt, du Drecksding, führ die Scheißwaffe an dein Scheißhirn, und mein Körper macht einen Ruck.

Nur in die andere Richtung.

Ich presse den Revolver in die Matratze, als ob ich ihn dadurch weiter von mir wegbekommen würde, es ergibt überhaupt keinen Sinn. Ich gebe ihn ihr zurück. Sobald er meine Hand verlassen hat, kämpfen sich die 25 Grad Außentemperatur wieder zu mir.

Ich atme tief ein.

Emma nimmt die Waffe an sich, legt sie fachfrauisch in ihre Hand, richtet sie auf mich und drückt ab.

Klick.

Mein Gehirn kotzt in meinen Schädel, alles wird schwarz, blitzt und kribbelt und explodiert, meine Brust zieht sich zusammen, ich schreie so laut und so schrill und so unmenschlich, dass ich meine eigene Stimme nicht erkenne, ich verschlucke mich an meinem eigenen Atem.

Dann komme ich wieder zu mir.

Dem Klick folgte kein Knall.

»BIST DU WAHNSINNIG?«, brülle ich sie an. »HAST DU DEN ARSCH OFFEN? WILLST DU MICH VERARSCHEN?« Ich verliere mich völlig, ich weiß nicht, wie lange ich sie beleidige und ankeife und schreie, auf jeden Fall so lange, bis ich merke, dass sie beginnt, zu lächeln. Kein Grinsen, kein Lachen, sie findet es nicht lustig, sie freut sich, ehrlich und aufrichtig.

»Du hast es rausgefunden.«

»WAS?«

»Du willst hierbleiben. Du willst nicht gehen.«

Mein Herz pumpt mein Blut siebenmal schneller durch meinen Körper als normalerweise, beruhigt sich langsam wieder, schaltet einen Gang runter, zwei, drei, bis sich auch meine Atmung einklinkt und mich sacht an die Hand nimmt und sanft zurück auf den Boden der Tatsachen setzt. Tatsache ist: Ich bin noch hier.

Die Beruhigung hält jedoch nicht lange, weil ich im nächsten Atemzug überrollt werde von einem Tsunami aus Emotionen, aufgestauten, verdrängten, totgeglaubten, aufs Bitterste ignorierten Emotionen, ich gebe einen merkwürdigen Fiepslaut von mir und drehe mich weg. Versuche, sie zurückzuhalten, verstecke mich.

»Hey, Ben. Mach die Hand da weg.«

»Mhmmhm«, murmle ich, ich will nicht, aber an meinem Tonfall merkt man es sowieso.

»Mach die Hand da weg. Ich will dein Gesicht mal sehen, wenn du's nicht kontrollierst. Bitte.«

Ich nehme sie weg.

»Schön«, sagt sie.

»Selber«, antworte ich.

Ich fange an zu weinen. Ungeniert und unverhohlen und freiheraus, aufrichtig, ohne Scham. Erst leise, schluchzend, bis mein Inneres doch eruptiert und alles herausbricht, Rotz, Wasser, Tränen, Geräusche und Gefühle, ein unangenehmer Vulkan, den ich seit – ja, seit wann eigentlich? – eigentlich mein ganzes Leben unterdrückt und gestopft und gedeckelt und geschlossen gehalten habe. Es hört nicht auf, scheint nicht zu enden, ich kann die Geräusche nicht kontrollieren, das Zittern nicht und das, was in meinem Kopf und meiner Seele passiert, auch nicht. Bilder schießen mir in den Schädel, die ich seit der Kindheit nicht mehr gesehen habe, vieles verstehe ich erst jetzt, vieles verstand ich schon vorher, wollte es aber nie wieder sehen.

Gerade, als ich mich frage, ob das noch normal ist, nimmt Emma mich in den Arm, hält mich, ich sabbere ihre Schulter komplett voll, aber das ist okay, sie hat eben auf mich geschossen.

Als ich ruhiger werde, nehme ich ihre Hand und so sitzen wir da, einen Moment, zwei, 354, ich weiß es nicht, viele jedenfalls, ich denke an nichts.

Aber alles kommt einmal und geht für immer. Auch Tränen. Das ist irgendwie doch ganz schön, denke ich.

»Was, wenn die Patrone im Lauf gewesen wäre?«, frage ich sie, nach wie vor schluchzend.

»Ach. Ich hatte halt Vertrauen.«

»Du bist völlig durchgeknallt. Absolut wahnsinnig.«

»Keine Angst. Das war keine richtige Patrone. Das war ’ne Pufferpatrone. Wenn die drin ist, klickt die Trommel weiter, als wär’ keine drin.«

Vor Erleichterung startet in meiner Magengegend ein Flugzeug, mein komplettes Inneres schwappt einmal von oben nach unten und wieder zurück.

»Boah.«

»Ich bin doch nicht bescheuert, ich will doch keine Leiche in meinem Bett haben, und die Sauerei erst, sag mal!«, kichert sie. Sowas in der Art hätte ich mir auch denken können; aber im Angesicht einer potenziellen Kugel, die in Überschallgeschwindigkeit auf einen zurast, kann sich das logische Denkvermögen durchaus verlangsamen. Ich frage mich, wieso man Patronen Kugeln nennt, und dann Emma, weshalb sie sich so gut damit auskennt. Abgesehen von ihrer Mitbewohnerin, die einen Jagdschein hat und ihr ständig ungefragt Bilder toter Wildschweine und Rehe zeigt (»Selber geschossen! Geil, oder?« – »Jaaa … total …«), erklärt sie mir, dass sie als Kind nicht umhinkam, von ihrem Vater etwas über Waffen zu lernen.

Ich weine und vergesse alles. Ich bin komplett fertig. Körperlich. Seelisch. Es ist dunkel, ich kauere mich völlig schief in ihr Bett, habe keine Kraft für Gedanken und Taten, bekomme nur noch mit, wie Emma mir sanft den Kopf streichelt.

Ich komme erst wieder zu mir, als es am nächsten Tag in der Früh dämmert.

»Guten Morgen«, sagt sie.

»Ja«, sage ich, »da hast du recht.«

WIDERRUFSBELEHRUNG
100 %

Am nächsten Morgen kann ich wieder halbwegs klar denken. Ich gehe Brötchen holen und Emma ermahnt mich, es heiße »Semmeln«. Vor mir in der Schlange steht ein veganer Kunde, der mit der Bäckerin ein ausführliches Q&A veranstaltet, ich beobachte es beseelt und freue mich aufs Essen. Als ich zurückkomme, dampfen Kaffee und Tee bereits einladend. Emma sitzt zwischen Aufstrichen, Käse und Marmelade am gedeckten Tisch und lächelt.

Sie fragt mich, wie der Auftragsmord zustande gekommen ist und wie man ihn wieder aufhalten kann. Ich erzähle ihr von Tobi und der buchstäblichen Deadline, bei dem Wort lacht sie kurz auf, entschuldigt sich und fragt, wie weit die schon fortgeschritten sei.

Mein Gesicht entgleist.

»Ab heute geht's los«, sage ich und muss schlucken.

»Was?! Holy shit, hätte ich das gewusst, hätte ich dich gestern nicht einfach einschlafen lassen!«

Sofort und ohne einen weiteren Gedanken zu verschwenden, rufe ich Tobi an. Es tutet.

Kein Anschluss unter dieser Nummer.

»Fuck«, sagt Emma.

»Oh«, sage ich.

FUCK.

»Joa«, sage ich.

FUCKFUCKFUCKFUCKFUCKFUCKFUCK.

Ich rufe WhatsApp auf, klicke auf seinen Kontakt, schreibe ihm »Hey« und »Ich will das Ganze abblasen. Sofort. Bitte sag deinem Kontakt, dass ich es nicht mehr will«, merke aber, die Nachrichten bekommen nur einen Haken und sein Profilbild wird mir nicht angezeigt. Blockiert oder inaktive Nummer.

»Okay, alles klar«, sage ich, meine es aber nicht. »Alles klar. Alles klar. Aaalles klar.« Ich raufe mir die Haare und zeige Emma das Display.

»Shit.«

Kurze Besprechung. Ich fahre zu Tobi nach Hause. »Meld dich, wenn du was Neues weißt«, sagt sie.

Schwabing: saubere Straßen, gefüllte Einkaufstüten, leere Gesichter. Alles wie immer.

Auf dem Klingelschild, das seit unserem Kennenlernen den Namen »Brandl« zierte, steht jetzt »Falkenberg«. Mein Kopf erhitzt sich trotz des Schattens, glühende Panik macht sich breit und ich klingle Sturm. Keine Rückmeldung. Als jemand aus dem Gebäude heraustritt, drücke ich die zufallende Tür auf und gehe hinein. Ich schieße die Stufen hinauf und klopfe, schlage, hämmere an seine Tür.

»MEINE GÜTE«, dröhnt es. Eine Mittvierzigerin öffnet ebenso verschlafen wie genervt die Tür. »WAS DENN?«, blafft sie mich an. Ich schaue an ihr vorbei in die Wohnung hinein, die Einrichtung ist nicht wiederzuerkennen.

»Sorry«, stammle ich verwirrt.

»Es ist Sonntagvormittag, einmal kann ich ausschlafen, *einmal,* was – um Gottes willen, *was* – willst du denn?!«

»Tut mir sehr leid, es ist aber *wirklich* dringend. Wohnt Tobi noch hier?«

»Wer?«

»Tobias Brandl.«

»Nie gehört.«

»Der hat vor Ihnen hier gewohnt.«

»Nee.«

»Äääh, doch?«

»*Äääh,* nein. Vor mir hat eine alte Frau hier gewohnt, irgend 'ne Beamtin oder so. Hat mir zumindest meine Maklerin gesagt. Die hieß Brandl, glaube ich, ja.«

Zu sich nach Hause, Ausnahme, weil wir uns so gut verstehen, Rotwein, Stichworte und Stichbilder schießen mir durch den Kopf. Ich ertrinke.

»Wirklich?«, frage ich verzweifelt.

»Seh ich aus, als hätte ich Lust auf Rätselspaß?«

»Tut mir leid. Einen schönen Tag noch.«

»Worum geht's denn, was ist denn so dringend?«

Meine Stimme zerschellt, sinkt ab, ist ein einziges Wrack. »Ich glaube, Sie würden mich für verrückt erklären.«

»Ist längst passiert«, sagt sie genervt, spürt aber offensichtlich, dass gerade etwas in mir zerbrochen ist. »Kann ich irgendwie helfen?«, fragt sie, während sie sich die Schläfen reibt.

»Nicht wirklich … vielleicht einfach … wie lange wohnen Sie schon hier?«

»Seit anderthalb Monaten.«

Mir entgleist das Gesicht.

»Oookay. Okay. Vielen Dank. Schönen Tag noch.«

»Ebenfalls.«

Tür zu.

Augen zu.

Ich gehe zurück zu Emma, gedankenverloren schubst mich die U-Bahn hin und her und auch die richtige Haltestelle reißt mich nicht aus meiner lähmenden Trance, die mir die ganze Zeit nur folgende Frage entgegenschreit: »Was jetzt?!«

Ich öffne die Wohnungstür und höre, wie Emma gerade duscht.

Ich setze mich an den Küchentisch.

Ich kann nicht denken.

Kann mich nicht konzentrierienernejrnjen.

Kann mich nicht entscheiden, ob ich der Wut, der Angst oder dem rationalen Problemlösungsvermögen den Vorrang geben soll. Muss ich auch nicht. Die Panik hat längst übernommen.

»Und?«, fragt sie.

»Wohnt nicht mehr da.«

»Fuck.«

JA, GANZ RECHT, FUCK, ABER HALLO FUCK, SOWAS VON FUCK, DANKE DAFÜR, FUCK FUCK FUCK.

»Und jetzt?«, fragt sie.

Ich lasse meinen Kopf in meinen Händen versinken und versuche, so oft wie möglich so tief wie möglich einzuatmen. Ich starre auf den Küchentisch, meine Augen springen hektisch von links nach rechts, als würden sie einem sehr schnellen Tennismatch folgen.

»Ich muss weg.«

»Wohin?«

»Weg. Weit weg. Irgendwohin, wo man mich nicht findet. Oder halt so weit, dass der Killer es nicht einsieht, mir zu folgen. Wo man mich nicht verfolgen kann. Keine Ahnung.«

Emma scheint das nicht für die beste Idee zu halten, will etwas erwidern, doch ad hoc fällt ihr nichts Besseres oder anderes ein.

»Und am besten so schnell wie möglich«, füge ich hinzu.

»Ja«, sagt sie, »scheint so.«

SCHEINWERFER

100 %

Ich danke dem Universum und vielleicht auch Gott, aber vor allem der SIXT Gold Card. Vor vier Monaten hatte ich ein verhasstes Mandat im letzten Loch in der Oberpfalz, das man nur mit dem Auto erreichen konnte, und ich hätte nicht gedacht, dass sich das letzten Endes doch noch irgendwie als hilfreich erweisen würde. Aber jetzt bin ich Goldkunde und fickt euch alle, man bediene mich gefälligst zuerst, ich sterbe hier.

Ich sitze in irgendeinem BMW, hasse mich dafür, aber in der Not frisst der Teufel Fliegen und ich verhungere. Ein Glück, dass ich das noch hinauszögern kann. Hoffe ich.

Ich befinde mich auf der A96 und habe Landsberg und Memmingen schon hinter mir gelassen. Ich bin einer dieser unangenehmen Linke-Spur-Wichser und spüre für ein paar Momente, was der Reiz an der Raserei ist. Trotzdem halte ich nach wie vor alle, die das machen, für bekloppte, unsoziale Wichser – jede Person mit etwas Resthirn und halbwegs gesundem Menschenverstand sollte sich dringendst selbst den Bleifuß abschneiden. Das tue ich dann auch recht schnell, als ich feststelle, dass der Zweck meiner Flucht nicht durch ihre Art und Weise gefährdet werden sollte.

Als das Album von Zugezogen Maskulin zum dritten Mal anfängt und die Autoboxen mir *Was für eine Zeit* entgegenschreien, komme ich zu mir und stelle fest, dass ich in einer halben Stunde in Lindau am Bodensee bin.

Gibt Schlimmeres, denke ich.

Ich bin da. Steige aus.

Ich gehe irgendwo pissen und einen überteuerten Eiskaffee trinken. Der See ist genauso blau wie der Himmel und das Wasser glitzert, als wäre es computeranimiert; ich frage mich, wie kaputt meine Generation oder zumindest ich sein muss, die Realität an der Illusion zu messen und nicht andersrum.

Ich schaue mich an der Uferpromenade um. Es gibt grummlige, halbverwesene Rentnerinnen und Rentner, Touris mit bauchnabelhohen Cargohosen und genauso wenig Stil- wie Schamempfinden und sehr vereinzelt Gruppen von Jugendlichen mit aufgedrehter Handymusik, die so cool wie möglich auf allem sitzen außer auf Dingen, die fürs Sitzen gemacht wurden: Pfosten, Banklehnen, Geländer oder Schultern anderer Halbstarker. Eine Zirka-14-Jährige sitzt auf den Schultern eines Zirka-14-Jährigen, der es unter der Last keine vier Meter schafft. Sie fällt herunter und zwei andere fangen sie auf. Alle lachen befreit.

Niemand hier sieht nach Auftragsmörder aus.

Das ist gut, denke ich.

Ich beschließe, die Nacht hier zu verbringen.

Ich stehe in einer Schlange und will einen Flammkuchen. Vor mir in der Schlange steht ein Touri-Gesicht und sagt der Verkäuferin: »Wenn ich den See seh, will ich kein Meer mehr.« Das Gesicht lacht. Die Verkäuferin ringt sich schmerzverzerrt ein Grinsen ab und nickt, bis das Gesicht weg ist. Ich leide mit ihr.

Ich beschließe, mich zu tarnen, frage das Gesicht, wo es sein Outfit herhat, und gehe hässliche Klamotten shoppen. Zwei Stunden später sehe ich aus, als hätte ich entweder eine Midlife-Crisis oder meine Jungfräulichkeit zurückerlangt: rot-weißes Karohemd, beige Cargohose, gelber Anglerhut. Die modische Flucht nach vorne.

Ich suche ein Hotel, finde aber keins. Es ist Hochsaison. Jede verschissene Hundehütte ist für ein kleines Vermögen vermietet. Dann halt doch nicht Bodensee. Ein neues Ziel, ein neuer Weg muss her. Frage mich, ob Abgeschiedenheit oder Menschenmengen besser sind.

Ich habe kaum Bargeld mehr, hebe frisches ab. 700 sollten erst mal reichen. Mein Kontostand verrät mir derweil, dass ich die letzten Wochen wirklich, wirklich davon ausgegangen bin, zu sterben. Mich wundert allein der Fakt, die Summe überhaupt nicht mehr überprüft zu haben; normalerweise checke ich die so oft wie andere Leute Facebook, Instagram, Twitter und wie die ganze andere lebensaussaugende Social-Media-Scheiße heißt. 2500 Euro sind noch drauf, ein halbes ehemaliges Bruttomonatsgehalt. Sonst sind alle Ersparnisse der letzten zehn Jahre weg. Wenn ich bedenke, dass ich dafür im besten Fall ein Leben, mein Leben, bekommen habe, meine ich, noch ganz günstig davongekommen zu sein.

Ich packe die Scheine in meinen Geldbeutel, wertvolles, buntes Papier in eine wertlose Tasche aus toter Rinderhaut, und denke daran, dass bei jeder Abhebung der Ort des Geldautomaten aufgeführt wird. Ich hinterlasse Spuren.

Was, wenn der Killer perfekt getarnt ist? Haben Kaffee und Flammkuchen nicht auch etwas komisch geschmeckt vorhin? Wurde ich schon vergiftet? Bilde ich mir das ein? Habe ich ganz genau beobachtet, wie die Sachen zubereitet wurden? Werde ich wahnsinnig?

Als ich im Internet die Sicherheit des Onlinebankings meiner Bank recherchieren will, glotze ich auf mein Handy – den schlimmsten freiwilligen, persönlichen Peilsender, den es gibt. Ein unangenehmes Kribbeln durchfährt mich und instinktiv hole ich aus, um es in den See zu befördern – finde es aber eine zu große Verschwendung. Ich schreibe die Telefonnummern von Emma und meiner Schwester auf ein Blatt Papier, lösche alles, formatiere das Ding, setze es auf Werkseinstellungen zurück, nehme die SIM-Karte raus und schenke das Gerät einer Obdachlosen, in der Hoffnung, dass sie noch ein bisschen Kohle dafür rausschlagen kann.

Ich setze mich ins Auto und fahre weiter. Fühle mich kurz wie der Vollpfosten in *Faserland*, nur nicht ganz so bescheuert; eigentlich haben wir nichts gemeinsam, außer dass wir durch Deutschland gurken. Ich würde gerne kotzen, mir eine Zigarette und dann eine Barbour-Jacke anzünden. Ein hervorragendes Buch für alle, die noch nie ein Buch gelesen haben.

Ich rüttle mich kurz. Meine Fresse. Warum fällt es mir so unfassbar schwer, Dinge einfach mal gut oder wenigstens neutral zu finden? Warum so unfassbar leicht, sie zu hassen? Warum? Wozu? Was hat mir das jemals gebracht? Ich hätte Dinge öfters mit den Augen eines Begeisterten betrachten sollen.

Ich fahre gedankenlos am See entlang, Bäume zieren das Ufer und Weingärten die Hänge gegenüber. Mit der Dämmerung gehen die Lichter an und erhellen den ganzen See; er schimmert und wirkt, als würde er mir zum Abschied winken wollen.

Jay-Z und *Linkin Park* jagen mich über die Autobahn und ich denke an nichts, nicht an früher, morgen, nicht an Emma, meine Schwester, meine Eltern, den verfickten Reichardt, nicht an Gedanken oder Taten oder Ideen oder Einstellungen, nicht daran, zu denken oder nicht zu denken, oder daran, was eine Meta-Ebene ist. Ich singe und rappe mal mit, mal nicht. Bei einem Tank-Zwischenstopp stelle ich fest, dass es dunkel ist und ich gerade an Mannheim vorbeigekommen bin. Ich überlege, in Frankfurt nach einer Bleibe für die Nacht zu schauen, kurz auch, meine Mutter zu besuchen, halte es aber für keine gute Idee, sie mit meiner eventuellen Exekution zu konfrontieren.

Ich bewege mich weiter in Richtung Gießen. Da ich aber Städtenamen, die Verben sind, albern finde, bleibe ich auf der A5, als mir die Augen zunehmend zufallen und mir der Gedanke kommt, einfach auf einer Raststätte im Auto zu übernachten. »Limes« nennt sich der halbe Hektar betoniertes Land, ich halte es für ein gutes Zeichen, einen Schutzwall kann ich jetzt gebrauchen. Überall eingezeichnete Parkplätze, zur Linken ein paar Lkws mit schlafenden Truckern, zur Rechten ein nicht sonderlich dichter Wald und ein winziger Selbstbedienungsimbiss namens »Harry & Till« zieren das Areal, sonst nichts.

Auf den schicken Bänken vor der Fressbude sitzen zwei

Trucker und trinken Bier, sie taxieren mich kurz und nicken, als ich ihnen ein »'n Abend!« zuwerfe. Ich betrete den Imbiss. Sie haben zwar eine Siebträgermaschine, aber die warme Karte und die Reste der Auslage lassen vermuten, dass Harry und Till sich mehr dem Geschmack und weniger der kardiovaskulären Gesundheit der Kundinnen und Kunden verpflichtet fühlen. Ich hole mir eine Portion Herzinfarkt-Pommes, Wasser und Orangensaft.

Draußen setze ich mich mit einigem Abstand zu den Truckern auf eine andere schicke Bank und tunke die sehr mittelmäßigen Pommes in die göttlich-gottlose Schaschliksoße, die ich dem gelangweilten Harry oder Till statt des Standardketchups abgeschwatzt habe. Die Trucker reden über Löhne, Fußball, Ausländer und Frauen in einem Ton, der schon das unfreiwillige Lauschen wahnsinnig unangenehm macht und bei der Hälfte der Internetlinken einen sofortigen Schlaganfall verursachen würde. Als meine Pommes halbleer sind, kommt ein junger Kollege der beiden vom Kacken wieder, dem die Gespräche auch unangenehm sind, was laut den beiden älteren Herren jedoch daran liegt, dass ebenjener junger Kollege wohl schon zu lange nicht mehr gefickt wurde. Mahlzeit. Ich bin gottfroh, selbst ein Feuerzeug zu haben, zünde mir eine Zigarette an, finde sie nach ein paar Zügen wahnsinnig widerlich und drücke sie aus.

In meinem Leihauto lege ich mich auf den Rücksitz, ziehe einen Pulli an und stelle mir vor, es sei meine Gammelcouch. Die ist auch »eigentlich zu klein«, aber reicht doch immer irgendwie.

Zum ersten Mal seit dem Frühstück komme ich zur Ruhe.

Ich bin müde. Ich atme durch und durch das Atmen verlangsamt sich auch die Raserei im Kopf, irgendwo hier, mitten in Hessen, am Pickel des Arschs der Welt. Ich habe Angst. Ich muss kurz lachen, weil ich mal wieder so dumm war, mir meinen Teufel selbst geschaffen zu haben.

Ich werde ruhig und hoffnungsvoll und denke das erste Mal an mein Leben danach. Ich werde mir schöne Poster holen und einfach aufhängen. Vielleicht ziehe ich in eine WG. Vielleicht lerne ich tanzen. Vielleicht studiere ich noch mal. Vielleicht bewerbe ich mich bei einer NGO. Irgendeinen Job brauche ich, aber das ist okay, ich empfinde das Leben nicht mehr als Bewerbungsgespräch. Ich darf glücklich sein. Ich werde wieder containern gehen. Ich werde lernen, Dinge auch mal uneingeschränkt zu mögen. Menschen können gut sein. Ich erwarte nichts mehr. Kontrolle ist eine Illusion. Mein Kopf schwurbelt meine Augen zu. Alles vergeht. Alles kann trotzdem schön sein. Das Auto wird kalt, in meinem Pulli ist mir warm, es fühlt sich gut an, da zu sein.

Ich drehe mich zur Seite, liege da wie ein Embryo im Mutterleib, schlafe langsam eingeigelt ein. Ich glaube, ich träume schon. Bin wieder 20 Jahre alt, schlendere durch Barcelona, habe Muskelkater vom Spazierengehen und dem Knipsen von Fotos von Gebäuden, von denen ich nicht weiß, was sie eigentlich für Gebäude sind, Fotos, die auf meiner Speicherkarte verrotten, es ist warm und bunt, stehe im Park Güell, aber ohne Touris, nur ich. Alleine. Atmen. Vor mir liegt Barcelona und die Welt und das Leben, es ist hell. Ich schließe die Augen und atme. Öffne sie wieder und auf einen Schlag ist alles dunkel, zappenduster, finster und der eben noch wundervolle, bunte Park wirkt auf einmal unheimlich, ich schlendere eine große Treppe hinunter und frage mich währenddessen, wieso unheimlich nicht einfach das Gegenteil von heimlich bedeutet, sondern bedrohlich oder beklemmend. Der Gedanke lenkt mich ab, es ist weniger gruselig. Das ist gut. Ich höre Motorengeräusche, weiß aber nicht, von wo. Drehe mich nach links, nichts, nach rechts, nichts, das Geräusch, das die Reifen auf dem Sand machen, deutet aber darauf hin, dass ein Auto immer näher und näher kommt. Ich schaue mich um, es wird immer lauter, müsste eigentlich direkt vor mir stehen, ich bin verwirrt. Auf einmal hupt es ohrenbetäubend, nicht wie eine Hupe, eher wie ein Schrei, der Schrei eines Schweins, das man schlachtet und das um sein Leben quiekt, es hört nicht auf, ich halte mir die Ohren zu, drehe mich um. Das Auto steht direkt vor mir, das Fernlicht angeschaltet, ich erkenne nichts, es blendet. Das Auto fährt zwei metallene Arme aus, reißt mir die Hände von den Ohren, es ist höllisch laut, ich kann mich nicht wehren, bin hilflos, bin ausgeliefert, bin taub.

Ich schrecke hoch. Schwitze. Versuche, mich zu beruhigen. Halb benommen höre ich, wie gerade wirklich ein Auto auf einen der Parkplätze fährt und stehen bleibt. Türen werden zugeschlagen. Jemand läuft über den Platz. Vielleicht auch mehrere Leute. Ich habe kein Zeitgefühl mehr.

Dann Schritte. Ich igle mich ein, verstecke mich, mache mich klein. Bestimmt hat der Kiosk noch auf. Bestimmt muss jemand pinkeln.

Es klopft ans Fenster. Entschlossen. Energisch. Ich drehe am Rad und garantiert nicht am Fensterheber.

»Hallo? Jemand da?«, fragt eine tiefe Stimme.

FUCK.

Hätte ich das Auto noch mal wechseln sollen? Hätte ich ein älteres mieten sollen? Wird das Ding hier getrackt? Die haben bestimmt GPS und Seriennummern oder irgendeinen eingebauten Elektronikscheiß, mit dem man das Ding nachverfolgen kann. VERDAMMT. Wie kann man nur so beschissen dumm sein, wie, wie, WIE? Mein Hirn sucht so schnell nach Lösungen, dass es stecken bleibt. Ich liege nur still da, stelle mich tot, tue so, als wäre ich nicht hier.

»Benjamin Schneider?«

FUCK FUCK FUCK.

Vielleicht tötet er Leute ja nur, wenn er freie Schussbahn hat, vielleicht ist es ihm zu stressig, auch noch eine Autoscheibe dafür einzuschlagen oder einzuschießen.

»Ich hab doch vorhin gesehen, wie du hier eingestiegen bist.«

Was für ein dummer Gedanke, als ob sich ein verschissener Auftragsmörder von einer Autoscheibe aufhalten lässt, das wäre ja noch schöner.

Er leuchtet ins Wageninnere.

Ich fange an zu weinen.

Ich bete, weil mir nichts anderes mehr einfällt.

»Ah, da bist du ja! Warum sagst du denn nichts, Mensch?«

Ich schicke ein paar schnelle Stoßgebete Richtung Himmel oder Universum oder wem oder was auch immer. Bitte pass auf meine Schwester auf; bitte sorge dafür, dass meine Mutter nicht einsam bleibt; bitte sei für Emma da; und bitte mach, dass das, was danach kommt, schön ist. Ich weiß selbst nicht, wen ich damit meine. Wenn es nicht zu spät wäre, vielleicht mich.

»Sorry Mann, dass ich dich jetzt geweckt hab, aber der Imbiss macht zu und der Verkäufer hat mir deine Kreditkarte gegeben, die lag unterm Tresen. Die willst du doch bestimmt wiederhaben, und na ja, ich dachte, ich drück die dir lieber in die Hand, statt sie unter'n Scheibenwischer zu klemmen.«

Ich brauche einen Moment, um meine Gedanken zu sammeln. Er klopft noch mal. »Hallooo?«

»Hä, was?«, stammle ich.

»Deine Kreditkarte. Hier.«

Er presst sie gegen die Scheibe, ich öffne die Tür. Das Licht im Wageninneren geht an, ich nehme die Karte völlig perplex entgegen. Es ist der junge, nette Trucker.

»Und ähm, ich hab vorhin gesehen, dass du Zigaretten hast, meinst du, ich kann mir da eine schnorren?«, fragt er.

»Äh, klar.« Ich reiche ihm die Schachtel. »Kannste behalten.«

»Echt? Danke, Mann!«

»Bitte, bitte … danke dir.«

»Gerne«, sagt er, salutiert kurz verabschiedend, »schönen Abend noch.«

»Mhm, dir auch.«

Ich bin wach und unruhig, kann so nicht ein- und schon gar nicht ausschlafen, liege in der Vorhölle, verbrenne bei dem Gedanken, auf der Stelle zu bleiben.

Ich setze mich ans Steuer und fahre weiter.

An der nächstbesten Tankstelle fülle ich Benzin und Koffein auf. Super E10 und diese widerlichen Fertig-Cappuccini; wer auch nur einmal im Urlaub in Italien war oder auch nur einmal *Felicità* gehört hat, sollte sich von denen persönlich beleidigt fühlen. Drei davon, bitte, ja, danke, ciao. Ich schaue mich um, nirgends auch nur eine Menschen- oder Tierseele, und ich denke, wenn ich mich selbst von außen beobachten könnte, würde ich mir vorkommen wie der letzte Psycho oder ein Methsüchtiger auf Entzug, die Paranoia ist real.

Erst bei 120 km/h komme ich wieder zu Verstand. Hier scheint die Gefahr, eine Kugel in den Schädel gejagt zu bekommen, gering, der Kaffee ist abgepackt, ergo kein Gift drin, wunderbar, toll, grandios, das ist gut. Felicità, Gesundheit, hurra.

Mein Puls flacht ab, ich denke wieder. Ich denke, dass es keine Lösung sein kann, mein restliches Leben auf der Autobahn zu verbringen, und ich denke, es ist nötig, Profis zu konsultieren.

MULMIG IM SINNE DER ANKLAGE

102 %

Es ist hell und halb sechs, als ich vor der Münchner Polizeiinspektion stehe, die mehr nach Villa als nach Verbrechensbekämpfung aussieht. Einfach deswegen, weil es eine verschissene Villa *ist*. Ich frage mich, ob es in den Münchner Polizei-Kastenwägen hinten Snacks und Getränke gibt oder ob man zwischen drei verschiedenen Handschellen-Modellen wählen kann. Vielleicht ja. Aber vermutlich nur, wenn man weiß ist.

Ich spreche mit einem Lautsprecher an der Außenwand des Gebäudes und lasse jegliche Fassade fallen, erzähle der sanften Stimme, dass man mich umbringen will, alles. Sie lässt mich seufzend herein. Ja, Tschuldigung, dass ich dich am Ende oder Anfang deiner Schicht mit meinem nervigen Leben belästige, du Arschkrampe, denke ich, beruhige mich aber schnell wieder. Ich bin zwar übermüdet, aber erst mal in Sicherheit.

Ich trete ein. Gehe durch einen Vorraum und stehe vor einem bauchnabelhohen Tresen aus Birkenholz. Dahinter sitzt der sanfte Langweiler von der Sprechanlage, ein grauhaariger, wampiger Polizist, dem die Gleichgültigkeit und das bayerische Grantler-Gen ins faltige Gesicht geritzt sind.

»Jetzt noch mal. Warum wollen Sie Anzeige erstatten?«

»Es ist so: Ich wollte mich umbringen, aber es nicht selber tun. Mein Dealer meinte dann, er kann mir übers Darknet einen Auftragsmörder besorgen.«

Seine Augen verengen sich, werden skeptisch.

»Also für mich. Damit ich mich nicht selbst umbringen muss. Aber ich will nicht mehr sterben.«

Er seufzt und grummelt ein paar Töne vor sich hin, die Verständnis suggerieren sollen. Glaube ich zumindest. Er dreht sich zur Seite und ruft in einen Nebenraum hinein. »Sarah? Kannst du mal kommen?«

Sarah ist deutlich jünger und deutlich weniger gelangweilt.

»Das ist eher was für dich, du bist doch deutlich fitter in so Cyberkram«, sagt der vermutlich in jeder Hinsicht unfittere sanfte Langweiler, setzt und langweilt sich wieder.

Sarah schüttelt kaum merkbar den Kopf. »Na dann folgen Sie mir mal.« Sie begleitet mich ein paar Meter weiter in einen Raum mit zwei vollausgestatteten Arbeitsplätzen und setzt sich an den Computer des rechten Schreibtischs. Bittet mich, Platz zu nehmen.

Sie nimmt meine Personalien auf, dann erzähle ich ihr alles. Sie hört aufmerksam zu, tippt Notizen mit.

»Und Sie haben alles versucht, um diesen Herrn Brandl zu erreichen? Falls das sein richtiger Name ist.«

»Ja. Und ich bezweifle wirklich stark, dass er tatsächlich so heißt.«

»Wir können mal unser Glück versuchen«, sagt sie, widmet sich dem Computer und tippt. Ihre Augen springen fokussiert über den Bildschirm, mit dem Zeigefinger klopft sie sich immer wieder leicht und rhythmisch auf die Lippe.

»Tobias Brandl?«, fragt sie.

»Jap.«

»Haben Sie eventuell noch irgendwas anderes von ihm? Ein Geburtsdatum, ein Bild, irgendwas?«

»Leider nein. Wobei: eine Handynummer. Vermutlich aber eine alte.«

»Schadet zumindest nicht«

Ich halte ihr mein Handy hin, sie tippt.

»Alles klar, vielen Dank. Dann lassen Sie mich mal schauen.«

Sie schaut und klickt und scrollt einige Minuten, bis sie mich zu sich herüberwinkt, damit ich einen Blick auf den Bildschirm erhaschen kann.

»Ist er das?«, fragt sie.

»JA!«, stürzt es aus mir heraus.

»Sehr gut, dann haben wir ja Glück gehabt. Der Gute ist mit diesem Aliasnamen schon mal in Erscheinung getreten.«

»Das heißt?«

»Sie sind wohl nicht der Erste, der durch ihn Geld verloren hat. Kreditkartenbetrug, Kleinigkeiten mit Drogen … nichts Besonderes oder Großes. Sie meinten, er hätte gesagt, er besorge Ihnen den Auftragsmörder über das Darknet?«

»Genau.«

»Das heißt, er hat nichts – wirklich nichts – von irgendeiner Form der organisierten Kriminalität gesagt, keine Rockerbanden, Clans, Neonazi-Gangs, Mafia oder sonst was? Nur das Darknet?«

»Ja.«

»Dann glaube ich, Ihnen mitteilen zu müssen, dass er Sie, na ja, übers Ohr gehauen hat.«

Ich starre sie einen Moment an, als wäre ich eine Kuh, die aus dem Gatter glotzt, brauche einen Moment, um die Bedeutung dieser Worte zu erfassen. »Sie meinen …«

»Er ist ein Betrüger, Sie waren verzweifelt und damit ein leichtes Ziel. Das hat er gerochen. Das ist die für mich plausibelste Erklärung. Auftragsmorde übers Darknet sind nur urbane Legenden, sie können in einem Land wie Deutschland nicht mal eben jemanden einfach so aus dem Weg räumen lassen.«

Ich nehme vor Erleichterung einen so tiefen Atemzug, dass ich das Gefühl habe, von ihr gerade einen dritten Lungenflügel geschenkt bekommen zu haben.

»Ich lasse ihn mal zur Festnahme ausschreiben. Unter normalen Umständen und insofern er sich noch in Deutschland befindet, sollten wir das schaffen.«

»Muss ich … oder sollte ich jetzt in eine Sicherheitsverwahrung oder irgendwie so was?«

»Nein. Es besteht für Sie keine akute Gefahr. So wie ich das sehe, schaut das nach einem Betrugsfall aus, wenn auch nicht nach einem klassischen.«

»Okay.« Mein Kopf brummt, meine Augenlider reißt es in die Tiefe, sind kaum mehr oben zu halten.

»Sie können beruhigt nach Hause gehen.«

»Okay.«

»Ich wünsche Ihnen noch einen schönen Tag.«

Ich glaube ihr.

DÄMMERUNG

»Hey«, sagt Emma verschlafen, »das ging ja schnell.« Ich schlurfe in die Wohnung, falle ihr einmal kurz in die Arme und dann halbtot ins Bett.

»Was ist mit dem Killer?«, fragt sie.

»Gab nie einen.«

Ich merke, dass ich gerade noch ein »Danke« herausmurmeln kann, bevor ich einschlafe.

Als ich aufwache, wird es langsam dunkel. Mein Körper fühlt sich generalüberholt an. Auf dem Küchentisch liegen ein Schlüssel und ein Zettel:

Bin beim Rehasport und so um 21:30 wieder da. Kannst alles essen und trinken, was du findest. Freut mich, dass du da bist. Bussi, Emma.
PS: Schickes Outfit!

Ich muss lächeln, setze mich und starre durch die chaotische, kreativ-dreckige Küche. Im Kampf gegen den Staub offenbart sich die Sinnlosigkeit des Daseins, heißt es. Muskeln, Wissen und eine saubere Wohnung haben gemeinsam, dass man sich immer wieder drum kümmern muss, damit sie nicht verkümmern. Vermutlich wüsste man eine saubere Wohnung nicht zu schätzen, wenn man sie nie putzen müsste. Ich bin ein Stück Staub, das hofft, dass sich das Universum mit dem Putzen noch ein wenig Zeit lässt. Sobald ich weggewischt wurde, ist es, als hätte ich nie existiert. Fühlt sich auf einmal sehr befreiend an.

Ich spüre einen merkwürdigen, schwer bestimmbaren Drang, irgendetwas zu tun. Ich packe den Schlüssel ein, verlasse das Haus und gehe einfach drauflos.

Ich komme am Bavariapark vorbei und streife über die blätterüberdachten Wege, zu deren Boden sich nur einzelne, raffinierte Sonnenstrahlen durchschlängeln. Der Park ist aufgebaut wie eine Art Kolosseum, eine Arena; in der Mitte eine große Wiese, auf der gerade irgendeine Sportgruppe umherhüpft, umrandet von Baumalleen. Ich taufe ihn den »Schottischen Garten«, da er irgendwie aussieht wie der Englische Garten, nur kleiner. Seit dem Brexit denke ich mir, dass man den sowieso mal umbenennen könnte.

Ich frage mich, ob so etwas wie verlorene Zeit existiert oder ob die Zeit, die man dazu aufbringt, Zeit als verloren zu bezeichnen, die einzige Art verlorener Zeit ist. Die Sonne schickt einen goldenen Schimmer über die Häuserdächer in mein Gesicht. Ich bewege mich in Richtung meiner Wohnung, vielleicht ist meine Schwester gerade da.

Ich schwebe vor mich hin. Ich habe keine Uhr und kein Handy, und das ist gut. Nadine ist zu Hause, sie empfängt mich mit einer Umarmung und feuerroten Haaren. Die neue Farbe steht ihr. Als ich ihr das sage, bedankt und freut sie sich und wir beschließen, zur Feier ein Eis essen zu gehen. Sie erzählt, dass sie wieder atmen kann, seit sie Elias verlassen hat; langsam, aber sicher, geht es ihr besser. Sandro hat beim Umzug geholfen, mit ihm versteht sie sich erstaunlich gut. Sie lächelt. Ich freue mich für sie. So sehr, dass es sich fast anfühlt, als wäre das Gute mir passiert.

Immer glücklich zu sein ist unmöglich, ist nicht menschlich, ist unrealistisch und das Streben danach sinnlos. »Ich werde 'ne Therapie anfangen«, sage ich. In ihren Augen liegen viel Verständnis und wenig Überraschung. »Das ist super«, sagt sie, »ich auch wieder.« Keine Fragen, keine Skepsis, eine lange Umarmung.

»Bis bald«, sagen wir. Beim nächsten Mal erzähle ich ihr alles, nehme ich mir vor.

Ich überquere die Isar, trabe gedankenlos durch das Dunkel, das Wasser glitzert vom entfernten Schein der Straßenlaternen. Ich komme an meiner alten Kanzlei vorbei und sehe, dass Reichardts Büro noch hell ist, alle anderen Räume dunkel. Vermutlich war die Reinigungskraft schon da. Kurz tut er mir leid.

Wir werden von Dingen angetrieben, die wir nicht haben oder nicht sind. So weit, so scheiße. Aber vielleicht sind wir, wenn wir darauf verzichten können, nicht antriebslos, sondern bereits da. Wenn man nichts braucht, fehlt nichts. Unverkrampft wollen, bedingungslos wünschen, drauf scheißen, wenn's am Ende nicht klappt.

Ich gehe zurück zu Emma.

»Ich hab Croissants dabei«, sage ich croissantzeigend.

»Du Gourmet«, sagt sie.

Sie meint, sie habe keinen Hunger mehr, dafür aber nachgedacht.

»Ich will nach Kolumbien«, sagt sie.

»Ich weiß.«

»Nee, also wirklich, ernsthaft. *Jetzt.* Nicht irgendwann.

Ich will das schon so lange und schieb es immer vor mir her, und je älter ich werde, desto unwahrscheinlich wird's.«

Ich stimme ihr zu und ermutige sie.

»Zurückkommen kann ich ja immer, wenn's nix ist«, sagt sie und hat recht. Endgültig sind meistens nur unsere Einstellungen.

»Wann willste denn los?«, frage ich.

»Sobald ich in München ohne Pulli friere.«

Wir reden von Lebenshaltungskosten, Urlaubssemestern, medizinischer Versorgung, Journalismus vor Ort, Connections und wie sie sich über Wasser halten kann.

»Vielleicht auch schon früher«, wirft sie ein.

Auch der tollste und beste Plan ist für den Arsch, wenn er nie ausgeführt wird. Morgen schreibt sie drei Kontakte an, verkündet sie. Während wir darüber reden, erhasche ich immer wieder Funken des unverfälschten Feuers der Freude in ihrem Gesicht, Vorfreude, Lust auf Leben und Neues. Ein Lachen kann hübsch, attraktiv oder schön sein; ihres ist alles und mehr.

Wir schlafen miteinander. Es fühlt sich nach Abschied an. Ist es nicht zwangsläufig, das ist mir klar, aber vielleicht schon. Aber selbst, wenn: Es ist immer besser, etwas Schönes zu erfahren, das irgendwann endet, als von vorneherein darauf zu verzichten, weil es endet oder enden könnte. Alles endet. Und ja, am Ende ist es sowieso egal. Am Ende bleibt sowieso nichts. Am Ende ist das Ergebnis dasselbe. Aber man lebt ja nicht für das Ende, sondern für das Zwischendrin.

Wir sitzen croissantessend im Bett.

»Weißt du, ich war noch nie verliebt«, sage ich.

Sie lehnt sich an die Wand, nimmt einen Biss.

»Wieso nicht?«

»Keine Ahnung. Entweder anderes im Kopf gehabt, mich nicht getraut oder nicht gedacht, dass mich jemand wirklich gut finden könnte.«

»Wärst du's gerne mal?«

»Ja … schon.«

Sie grinst mich an.

»Bist du in mich verliebt?«

Ich kichere kurz.

»Subtil!«, sage ich. »Nee. Nicht wirklich, glaube ich. Aber ich glaub, ich hab durch dich eine ungefähre Ahnung davon bekommen, wie's sein könnte.«

»Ich kann's sehr empfehlen.«

Ich beiße von meinem Croissant ab und begutachte beschwingt die Decke.

»Weißt du, was das Gute daran ist, dass du nicht weißt, was Liebe ist oder wie es ist, verliebt zu sein?«, fragt sie. Ich zucke mit den Schultern. »Du hast jede Menge Zeit, es rauszufinden!«

»Hm.«

»Die Suche nach der Antwort macht Spaß. Manche sagen sogar: mehr als die Antwort selber. So oder so, genieß es.«

Sie lässt mich auf unbestimmte Zeit bei ihr wohnen.

Es ist spät, die Welt und wir schalten uns für ein paar Stunden aus, alles ruht. Wenn es dunkel wird, woher haben wir die Gewissheit, dass die Sonne wieder aufgeht? Haben wir nicht. Aber wir glauben daran.

Ab jetzt lebe ich mein Leben, statt es nur zu verwalten, statt nur darüber nachzudenken. Ich glaube daran.

WIE ICH AUFHÖRE, ZU ENDEN

»Der Tod ist das Tor zum Leben«, steht auf der Rückseite eines Grabsteins. Zwei Meter darunter liegen Heidi und Horst Geiter. Gleicher Geburtsjahrgang, sie ist 21 Jahre nach ihm gestorben. Ich frage mich, wie das für sie war.

Der Friedhof ist unverändert grün, aber erst jetzt fällt mir auf, dass die verschiedenen Rasenflächen unterschiedliche Grüntöne haben. Vielleicht kann man daran ablesen, wer hier mehr und wer weniger oft besucht wird. Vielleicht auch nicht.

Die Fläche vor seinem Grab wirkt nahezu unberührt, sein Grün sieht wunderschön aus.

Heute ist sein Geburtstag.

Ich sage »ist« und nicht »war«, da heute immer sein Geburtstag bleiben wird, der Tag, an dem er in diese Welt geschlüpft ist, heute vor 29 Jahren hat seine Mutter dieses kleine Geschöpf und jede Menge Zukunft und Hoffnung in die Welt gepresst. Später injizierte man ihm Erwartungen, Träume, Zwänge, Gepflogenheiten und beschoss ihn dann permanent mit immerschönen Menschen in der Werbung, Erfolgscoaches auf YouTube und perfekten Leben auf Instagram.

Die Angst vor Fehlern pferchte ihn ein, die Überzeugung, »gut« sei nicht gut, weil es immer ein »besser« gibt, fraß ihn auf, die Entfremdung zersetzte und verdaute ihn und schied ihn verkümmert wieder aus; die Triebe des Selbsthasses und der Ohnmacht hatten ab da leichtes Spiel mit ihm und wucherten den Selbsterhaltungstrieb zu, bis sie ihm vollends die Luft zum Atmen nahmen.

Klar sind wir frei, denken wir. Aber nur, weil wir unsere Käfige nicht sehen können, heißt es nicht, dass sie nicht existieren und mehr als real sind.

Ich schlendere weiter. Dieser Ort wäre ohne die Holzkreuze, Grabsteine und Bodenplatten mit Namen und Zahlen darauf beinahe ein Naherholungsgebiet. Rasen und Blumen penibel gepflegt, Bäume, die Schatten spenden, bezaubernde Bänke, die sich aufopferungsvoll an jeden Hintern schmiegen. Aber niemand sonnt sich gerne auf einem Friedhof.

Was heute sowieso nicht ginge, denn die Wolken haben die Sonne schon bei Tagesanbruch auf die Ersatzbank verbannt. Die Schwüle des Tages elektrisiert die Luft und die Schweißtropfen laufen an mir herunter, als sei ich ein Kühlschrank, den man dringend mal wieder abtauen müsste.

Zwei Fakten, zwei Quadratmeter, ein Stück Stein und zwischen den Jahreszahlen ein Bindestrich, der für ein Leben steht.

Ich gieße die Blumen auf seinem Grab und stelle fest, dass seine Eltern kürzlich hier gewesen sein müssen. Es ist neu bepflanzt. Es ist schön.

Bisher habe ich jedes Mal, wenn ich hier gewesen bin, über seinen Tod nachgedacht, das Wieso, das Wie, das Vorher, ob man es hätte merken können, was das für mich bedeutet, was mir das für eine Lehre sein kann, wie es den

Eltern und Geschwistern geht, was oder wer das hätte verhindern können.

Heute nicht.

Heute gedenke ich seines Lebens, nicht seines Todes. Das Leben gehört den Lebenden, heißt es; das macht ihn quasi zum Alumni. Ich denke daran, wie wir in der fünften Klasse Sitznachbarn wurden, wie wir an der Bushaltestelle fremde Leute mit Schneebällen abwarfen und dann um unser Leben rannten, wie wir mit 13 Jahren auf LAN-Partys und später dann auf richtige Partys gegangen sind, wie wir uns gefragt haben, welche Klamotten cool aussehen und wie man Frauen anspricht, was wir studieren und mit unseren Leben anstellen wollen.

Auf Letzteres hat er seine Antwort gefunden.

Ich habe dafür noch ein bisschen Zeit.

Mit dem Tod muss ich mich noch früh genug rumschlagen. Und wenn er irgendwann da ist, trinke ich meinen Kaffee leer, gebe ihm die Hand und bin gespannt, wo der Ausflug hinführt. Und bis dahin weiß ich: Es gibt ein Leben vor dem Tod.

Ich winke ihm. »Bis bald, Alex«, sage ich. Ein kaum wahrnehmbarer Luftstrom lässt eine Primel auf dem Grab hin und her wiegen und es sieht aus, als würde er zurückwinken.

Vielleicht wird heute ein guter Tag.

Und falls nicht, dann eben nicht.

Das ist okay.

Ich habe die Hoffnung aufgegeben.

Ich brauche sie nicht mehr.

EY! STOPP!

Es ist noch nicht ganz vorbei, denn ich sage jetzt noch ein paar Leuten Danke. Das sollte man grundsätzlich öfter tun. »Aber das interessiert mich nicht!«, höre ich dich jammern. »Danksagungen sind doch immer nur Aufzählungen von irgendwelchen Namen, mit denen keine Sau was anfangen kann!«

Du liest das jetzt gefälligst!

»Nein!«

Doch!

»Nein!«

Und was tust du hier gerade?

Ich danke Anna Teufel, die diesen Roman vom ersten bis zum letzten Satz begleitet, beraten und immer wieder gefeedbackt hat. Danke für deinen Input, deine Zeit und Energie, fürs Draufhauen, für jede Anmerkung und jedes Beruhigen in fahrigen Situationen. Danke fürs Da-Sein und fürs Du-Sein.

Ich danke meinem Bruder Moritz (ja, wir heißen Max und Moritz, das fanden unsere Eltern sehr lustig). Danke für deine Unterstützung. Danke für deine Frohnatur. Danke, dass du immer für mich da bist. Danke, dass es dich gibt. Danke für alles. Ich hab dich lieb.

Ich danke meinen Eltern, dass erst mein Bruder die Pointe war. Danke für eure Bedingungslosigkeit. Danke, dass ihr immer für mich da seid und in absolut allem unterstützt, was ich so treibe. Danke für eure Einsicht. Ich hab euch lieb.

Ich danke meiner Lektorin Esther Böminghaus, die mich nach einem recht speziellen Stand-up-Comedy-Auftritt angesprochen und damit einen der seltsamsten Abende meiner Karriere zu einem der wichtigsten überhaupt gemacht hat. Ich danke meiner Lektorin Nadine Jendrusch, die sich bei dtv sehr für mich und diesen Roman stark gemacht hat, danke für dein unermüdliches Engagement von Anfang bis Ende. Ich danke dtv, dass dieser Roman jetzt tatsächlich existiert (ich kann es immer noch nicht richtig fassen) und dass ich so wundervoll und offenherzig willkommen geheißen wurde.

Ich danke Andrea Schuster fürs Mutmachen, Unterstützen und Immereinoffenesohrhaben. Ich danke Martina Borger fürs frühe Unterstützen und Beraten, ebenso Franzi Schindler, Franziska Hansel, Pierre Jarawan, Marcel Lorenz, Stephan Knösel und Christine Thienelt.

Ich danke Vishal für unsere Freundschaft, all die Gespräche und die Zeit und das Lachen.

Ich danke für Vorablesen, inhaltliches Checken, Meinung und Input: Sonja Eichhorn (beste Teamleiterin der Welt), Elisa Agbaglah (beste Schauspielerin der Welt), Marina Sigl (beste Lehrerin der Welt) und Yasmine Tröndle (beste Yasmine der Welt). Danke fürs Beantworten von Recherche-Fragen an Selina, Joana Schorstädt, Reinhard Tröndle, Achim »Waseem« Seger, Lukas Zweng, Nicole Sigrüner sowie den netten Mitarbeitenden der Bezirkssparkasse Reichenau und des Klinikums rechts der Isar.

Ich danke allen Dankwürdigen, denen ich dummerweise vergessen habe, zu danken. Sorgt einfach dafür, dass dieses Buch sehr oft gekauft wird, dann kommt ihr in eine neue Auflage.

Ich danke dem Freistaat Bayern für das Stipendienprogramm »Junge Kunst und neue Wege«, mit dem dieser Roman unterstützt wurde. Ich danke außerdem Comic Sans MS, Noise-Cancelling-Kopfhörern, der Deutschen Bahn, Club Mate, Kaffee und Croissants.

Ich danke dieser Danksagung, dass ich fast jeden Satz gleich anfangen kann,* wenn ich das möchte, weil niemand irgendwelche literarischen Ansprüche an eine Danksagung hat. Rhabarberkuchen. Seht ihr, das kann ich einfach so machen, niemanden juckt's. Ist halt eine Danksagung. Gemüselasagne. ICH KANN HIER MACHEN, WAS ICH WILL! Außer, die Danksagung wird 20 Seiten lang, dann

* Außerdem wäre es hier komisch, Dank zu steigern (vielen Dank, ganz vielen Dank, tausend Dank usw.). Weiß ja auch niemand, ob »ganz vielen Dank« jetzt mehr als »tausend Dank« ist, nachher fühlt sich noch jemand weniger gedankt und das wäre sehr blöd, Danken soll doch was Schönes sein. Danke, dass du das verstehst.

müssen wir noch mal drüber reden, hat Nadine gesagt. Ich danke meinem übermüdeten Hirn, das (warum auch immer) nur nach Mitternacht an dieser Danksagung schreiben wollte und meiner Albernheit, dass ich mich hierfür erst in ein paar Jahren schämen werde.

Ich danke dir fürs Lesen.

Ich danke dem Leben.

Und natürlich:

Danke Lisa. Danke für deine Wärme, dein Strahlen und Lachen, dafür, dass du immer für mich da bist, danke für die unbeschreibliche Geborgenheit und Leichtigkeit, danke, dass ich mich bei dir, bei uns, so unglaublich zu Hause fühle, dafür, dass Worte hier nicht reichen. Ich liebe dich.